AF235070

Tina Charcoal Burner
Verloren im Seelenschmerz

Herstellung und Verlag:
BoD - Books on Demand, Norderstedt
© 2020

ISBN 9783752885927

Teil 1

Tina Charcoal Burner

Verloren
im
Seelenschmerz

Liebe ist wie eine Flamme
Anfangs zart flackernd
Nährt man sie richtig,
bestimmt man,
ob sie einen wärmt oder verbrennt

Irland - endlich war ich angekommen.

Ich, Kim Webster, Einzelkind, Single und aufsteigende Innenarchitektin. Meine Eltern waren schon sehr bald verstorben und hatten mir mit einer kleinen Erbschaft ermöglicht, weiterhin mein berufliches Ziel in die Tat umzusetzen. In Deutschland konnte ich nicht so recht Fuß fassen wegen der andauernden Wirtschaftskrise. Deshalb hatte ich mich entschieden die grüne Insel zu erobern, zumal hier eine Schwester meines Vaters lebte und ich etwas Rückhalt von dieser Seite hatte.

Meine guten Freunde hatten mich beschworen, diesen Entschluss genau zu überdenken und da ich ein sehr risikofreudiger Mensch bin, ließen mich deren guten Ratschläge kalt.

Außerdem hatte mich bereits als Kind die Geschichte der Kelten, die Schriftzeichen Ogham, die Anderswelt der Leprechauns, Fairies und Halloween schon immer fasziniert.

Ich war der Sprache Gälisch und Englisch mächtig und durfte somit keine Verständigungsschwierigkeiten mit den hiesigen Einwohnern haben.

Alte renovierungsbedürftige Schlösser und Burgen gab es in Irland genügend und man würde sicher meine Hilfe in Anspruch nehmen wollen. No Risk, no Fun dachte ich mir. Nach meiner Riesenabschiedsparty hatte ich dann Deutschland den Rücken gekehrt.

Nun war ich gespannt, ob mein kürzlich erworbenes Appartement verteilt auf zwei Etagen das hielt, was es in dem Prospekt versprach. Der Makler meinte, dass die Renovierung noch nicht vollständig abgeschlossen wäre, aber das machte nichts. Ich war heilfroh, etwas Passendes für meinen Stil gefunden zu haben. Die Räumlichkeiten inklusive einem Atelier, waren echt der Hammer. Hier konnte ich in aller Ruhe meiner

Kreativität freien Lauf lassen und meine Zeichnungen entwerfen. Ich freute mich schon richtig auf meine Arbeit. Eine kleine Klientel hatte ich auch schon an Land gezogen und wenn ich gut war, würden mir die Aufträge nur so ins Haus flattern.

Nach der Trennung von meinem Exfreund Jack, brauchte ich einfach etwas Ruhe und Zeit für mich. Ich stieg aus dem Taxi, dass mich vom Flughafen abgeholt hatte, bezahlte und sah an der Fassade des Hauses hoch. Von außen machte es einen sehr guten Eindruck. Ich nahm meinen Reisekoffer umständlich aus dem Auto und drehte mich um. Im gleichen Augenblick stieß ich mit einem gutaussehenden Mann meines Alters zusammen, der es recht eilig hatte und mein Taxi übernehmen wollte. Meine Handtasche, die ich mir unter den Arm geklemmt hatte, fiel auf den Gehsteig, alle Utensilien kullerten heraus und ohne mich eines Blickes zu würdigen, stieg dieser Typ einfach ins Taxi ein. Ich schimpfte hinterher, ging in die Knie, sammelte alle Gegenstände ein und knallte sie in meine Tasche. Als ich aufstand und dem Wagen hinterher sah, blickten mich aus dem Rückfenster zwei unwiderstehliche blaue Augen an und dann war das Fahrzeug um die Ecke verschwunden. Diese Augen sollten mir bald noch einmal begegnen. Ich begab mich ins Gebäude und fuhr mit dem Aufzug bis unter das Dach in mein Appartement. Als ich aus dem Lift stieg, der mich direkt in die Wohnung brachte, traf mich bald der Schlag, denn das volle Chaos sprang mir entgegen. Überall Leitern, halbleere Farbeimer und herumeilende Arbeiter. Der Koffer fiel mir aus der Hand. Entsetzt starrte ich in alle Richtungen. Nichts, aber auch gar nichts war hier schon vorangeschritten. Es herrschte immer noch das gleiche Chaos wie vor einem Vierteljahr vor. Da eilte bereits der Makler auf mich zu.

„Ich bin untröstlich und muss für diesen Zustand um Entschuldigung bitten. Natürlich wird ihre Wohnung schnellstens fertig gestellt. Dafür werde ich persönlich sorgen."

„Mister Willow, ich habe fest damit gerechnet, die Wohnung übermorgen beziehen zu können. Die Möbel werden bis dahin geliefert, nun das Chaos hier und es wäre freundlich gewesen, wenn man mich über den Zustand informiert hätte. Schließlich muss ich meinen Lebensunterhalt verdienen und dazu benötigte ich das Atelier."

Der Makler war untröstlich.

„Ich verspreche, dass ich mich umgehend um eine angemessene Bleibe für sie kümmern werde. Die Immobilienfirma übernimmt selbstverständlich die Kosten für die Einlagerung ihrer Möbel, bis dieses Appartement bezugsfertig ist."

So wie es hier aussah, dachte ich mir, brauchten die Handwerker noch locker ein halbes Jahr. Na, einen tollen Start hatte ich mir da ausgesucht und wenn das weiterging, konnte ich gleich wieder postwendend nach Deutschland zurück. Der Makler bat um etwas Geduld und tätigte schnell ein paar Gespräche, dann wandte er sich wieder an mich.

„Ich habe leider in der Nähe kein passendes Atelier beschaffen können, aber zwei Kilometer von hier auf einem Schlossanwesen, steht schon seit etlichen Jahren ein Kavaliershaus leer. Dies könnte ihren Ansprüchen gerecht werden. Der Schlossherr ist einverstanden und es kann sofort besichtigt werden. Außerdem müssen sie keine Miete zahlen, solange sie dort wohnen. Das übernimmt kurzfristig die Immobilenfirma zusätzlich als Entschädigung, für das noch nicht fertiggestellte Appartement."

Ich überlegte nicht lange, willigte ein und fand das Angebot akzeptabel, da ich heute unbedingt, irgendwo unterkommen musste. Noch schlimmer konnte es für mich auch nicht mehr werden. Der Makler begleitete mich zu seinem Auto und dann machten wir uns auf den Weg zu diesem Anwesen. Die Landschaft, durch die wir fuhren, war idyllisch und ich dachte, dass dies wenigstens etwas Positives für den Anfang war.

Kurze Zeit später bogen wir ab und erreichten ein riesiges Eisentor, geprägt mit den Buchstaben MR und je einem stilisierten Raben rechts und links neben der Schrift. Dahinter erstreckte sich eine Allee und der anschließend, farbenprächtig bepflanzte Park erschien endlos und ich war völlig fasziniert. Im gleichen Moment erblickte ich ein imposantes Schloss und kam aus dem Staunen nicht heraus. Das Gebäude war uralt und ich bekam das das Gefühl nicht los, in einen Vampirfilm versetzt worden zu sein. Mich würde überhaupt nicht wundern, wenn sich im Kellertrakt des Gebäudes eine Gruft befand, wo die Verstorbenen ihre letzte Ruhe gefunden hatten. Ich war noch damit beschäftigt das eben gesehene zu verarbeiten, als wir bereits anhielten. Der Makler stieg aus, umrundete das Auto, öffnete mir die Tür und half mir galant beim Aussteigen. Wir eilten zur Eingangstür des Schlosses, die sich gleichzeitig mit unserem Eintreffen öffnete, als habe man uns bereits kommen sehen. Ich war überrascht, denn hier sah ich sie wieder, diese blauen Augen. Mein Gegenüber stutzte kurz als er mich erblickte und wandte sich dann, ohne mich eines weiteren Blickes zu würdigen an den Makler.

„Mister Willow, dass ist also die junge Dame, die sich

für das Haus interessieren würde?", fragte er. Dieser sah den Schlossbesitzer an.

„Ich hatte heute bereits das Vergnügen diesen Herrn in Augenschein nehmen zu dürfen", erwähnte ich in Richtung Makler.

Er konnte nicht wissen, dass ich zuvor im wahrsten Sinne des Wortes einen Zusammenstoß mit diesem Gentleman hatte. Mister Willow schaute verwundert und der Schlossherr grinste vor sich hin.

Arroganter Fatzke, dachte ich im Stillen und blickte ihn dabei mehr als durchdringend an. Mein Gegenüber reichte mir die Hand.

„Lord Miles of Raven. Mit wem habe ich das werte Vergnügen?"

Ich schüttelte ihm die Hand und nannte ebenfalls meinen Namen.

„Kim Webster, ohne Titel, sehr angenehm."

Sein Händedruck beeindruckte mich und außerdem sah er unverschämt gut aus. Hohe schlanke, kräftige Erscheinung, die Haare länger, was ihn hervorragend kleidete. Wie aus einem alten Mantel- und Degenfilm, eher noch wie aus einem Horrorfilm, schoss es mir durch den Kopf. Würde ins Mittelalter passen, dass passende Schloss hatte er ja schon. Wir musterten uns gegenseitig von oben bis unten. Der Makler rief uns in die Realität zurück.

„Können wir das Objekt ansehen, für das sich Miss Webster interessiert?", wollte er wissen.

„Selbstverständlich", antwortete Lord Raven und ging voraus.

Kaum bogen wir um die Ecke des Schlosses, erspähte ich ein passables Gebäude und ich war begeistert. Liebe auf den ersten Blick nennt man das wohl, dachte ich bei mir.

„Das ist besagtes Kavaliershaus und wurde um die Jahrhundertwende in ein Gästehaus umgebaut. Ab und zu wurde es in den letzten Jahren von meinen Freunden bewohnt, steht aber sonst über das ganze Jahr vollkommen leer", klärte mich der Besitzer auf.

Lord Raven öffnete die Tür um uns den Vortritt zu lassen. Als ich an ihm vorbeiging, streiften wir uns kurz und ich hatte das Gefühl, einen Stromschlag bekommen zu haben. Unsicher schaute ich ihn an, dieser grinste, blickte mir in die Augen und ich versank in endlose Tiefen. Verstört und irritiert wandte ich meinen Blick ab. Die Räume des Hauses waren zwar nicht groß, würden aber für den Moment optimal ausreichen. Der Flur war lang und schmal. Die Küche rechts daneben, war klein, aber funktionell und modern ausgestattet. Das angrenzende Bad war in meiner Lieblingsfarbe blau gehalten und hatte einen mediterranen Touch. Das Wohnzimmer war modern und besaß die neueste HiFi-Technik. Im Schlafzimmer stand ein riesiges, eisernes Bettgestell und schien aus dem Mittelalter übrig geblieben zu sein. Ich lachte innerlich auf, dachte ziemlich kitschig, aber der Zweck heiligt die Mittel und zum Schlafen reichte es vorerst aus. Alle Räume besaßen einen Kamin, außer in der Küche.

„Okay, das Haus ist annehmbar und nun hätte ich gerne das Atelier gesehen. Bis jetzt habe ich hier nichts erkennen können, was diesem annähernd entspricht", erklärte ich ihm.

Lord Raven ging voraus und öffnete neben dem Schlafzimmer noch eine weitere Tür. Dahinter lag ein Raum, der einem Atelier ähnelte. Hier war irgendwann ein Wintergarten angebaut worden. Nicht gerade im Stil eines Ateliers, aber es würde momentan seinen

Zweck erfüllen. Das Haus hatte etwas Magisches an sich und zog mich regelrecht an.

„Genau wie für mich geschaffen, als wenn es auf mich gewartet hätte", meinte ich zum Makler.

Als ich in Miles of Ravens Gesicht schaute, hatte ich das Gefühl, dass er sich köstlich amüsierte.

„Wenn beide Seiten einverstanden sind, können wir den Mietvertrag proforma unterschreiben", meinte Mister Willow und ich willigte zustimmend ein.

„Das Unterzeichnen des Vertrages läuft nicht weg und ich denke, Miss Webster wird von der langen Anreise müde sein und sich frisch machen wollen", entgegnete Raven und blickte mich fragend dabei an.

„Sehr aufmerksam. Vielen Dank für das Angebot auf das ich später zurückkomme. Mein Koffer steht noch im unfertigen Appartement und ich muss mit zurück, um diesen zu holen", erklärte ich ihm.

„Das passt ja vortrefflich, denn ich wollte noch in die Stadt und kann diesen auf dem Heimweg mitbringen", meinte er darauf.

„Ich möchte ihnen auf keinen Fall unnötige Umstände machen", warf ich ein.

„Nein, das macht überhaupt nichts aus und liegt auf meinem Weg. Eine Sache wäre noch zu klären, über die sie sich nicht wundern sollten. Ich veranstalte jede Woche am Mittwoch, also heute abends, eine kleine Feier im Schloss. Ich halte dies schon seit Ewigkeiten so und sie brauchen sich keine unnötigen Gedanken machen, dass sie hier vor dem Haus jemand belästigen wird. Ich würde mich allerdings freuen, wenn sie daran teilnehmen. Hoffentlich sind sie nicht zu müde dazu, denn ich möchte sie meinen Gästen als neue Mieterin vorstellen. Sicherlich befindet sich unter meinen Freunden der eine oder andere Interessent. Eine

Supergelegenheit ihren Kundenstamm zu vergrößern. Ich gehe doch davon aus, dass sie Kunstlerin sind, da sie ein Atelier benötigen", hakte Lord Raven nach.

Ich überlegte kurz.

„Herzlichen Dank für die Einladung und ein bisschen Zerstreuung wird mir sicher gut bekommen", gab ich von mir.

Täuschte ich mich oder sah ich in seinen Augen ein triumphierendes Aufblitzen. Der Makler wünschte mir gute Geschäfte, verabschiedete sich und verschwand. Da ich ein ausgiebiges Bad nehmen und nicht gestört werden wollte, bat ich Raven, den Koffer vor der Tür abzustellen. Er überreichte mir den Schlüssel für das Haus und beim Hinausgehen grinste er mich frech an. Idiot, dachte ich und schloss mit Nachdruck die Tür hinter ihm. Ich konnte mein Glück nicht fassen und lief alle Zimmer nochmals ab. Herrlich!

Ich verschwand im Bad, zog mich aus und ließ das Wasser in die Wanne laufen. Es war alles vorhanden, als wenn man bereits mit meiner Ankunft gerechnet hätte. Langsam stieg ich in die Wanne und lehnte mich entspannt zurück. Die Strapazen des Tages fielen von mir ab und hatten mich kurz im Lande der Träume versinken lassen. Ein Geräusch, das ich nicht zuordnen konnte, ließ mich hochschrecken. Täuschte ich mich, oder war tatsächlich jemand in der Küche zu Gange. Ich stieg aus der Badewanne, nahm das Badelaken vom Haken und wickelte es notdürftig um mich. Mit vorsichtigen Schritten schlich ich zur Tür, machte diese leise auf, lauschte und hörte nichts. Dumme Kuh schallt ich mich, wer sollte hier wohl sein, deine Nerven spielen dir einen Streich. Ich lief in die Küche, um mir etwas zum Trinken zu holen und starrte urplötzlich in die Augen von Lord Raven. Er stand mitten im Raum mit meinem Koffer. Ich erschrak, schrie auf und schlug mir die Hände vor den Mund. Durch diese hastige Bewegung fiel mir das Badelaken zu Boden. Ich stand, splitterfasernackt, so wie ich erschaffen wurde vor ihm. Raven war genauso überrascht wie ich, starrte mich erstaunt an und lachte schallend los. Ich war über dieses Verhalten ziemlich sauer.

„Verdammt! Was suchen sie hier? Vor allen Dingen, wie sind sie hier hereingekommen? Ich hatte sie doch extra gebeten, den Koffer vor die Tür zu stellen!", brüllte ich ihn an und versuchte meine Nacktheit mit den Händen zu verdecken.

„Nachdem ich klingelte und niemand öffnete, bin ich in der Annahme gewesen, dass sie noch einmal weg gegangen sind. Ich besitze noch den Zweitschlüssel", meinte er lässig.

Ich stand wie erstarrt und schaute ihn immer noch unverständlich an. Da kam er aufreizend langsam auf mich zu. Den Blick immer noch auf mich gerichtet, bückte er sich und hob das Badelaken hoch. Grinsend reichte er es mir. Wieder meiner Nacktheit bewusst, entriss ich es ihm, hielt es an mich gedrückt und mir stieg die Schamesröte ins Gesicht, während er sich aufreizend langsam umdrehte.

„Wenn ich schon hier bin, kann ich ihnen gleich einen Kaffee kochen, der ihre Geister wieder etwas beleben wird", gab er von sich.

„Bei ihnen scheint wohl eher gerade etwas anderes durch meinen Anblick belebt worden zu sein. Ich hoffe sie überleben es", entrutschte es mir.

Raven lachte, bis ihm die Tränen kamen und fand mich sehr witzig.

„Sie sind nicht die erste und letzte Frau, die ich nackt

gesehen habe", warf er ein.

Ich drehte mich um, schnappte meinen Koffer und verschwand im Schlafzimmer. Schnell suchte ich etwas zum Anziehen und streifte es mir über. Ein Blick in den Spiegel signalisierte mir perfekt und dann eilte ich in die Küche zurück. Raven hatte inzwischen einen Snack zubereitet, den ich trotz seines ungebührlichen Benehmens dankend annahm. Er grinste mich erneut an.

„Bitte, nehmen sie Platz und da wir das gleiche Alter haben, können wir uns eigentlich Duzen", bot er mir an. „Außerdem wollte ich gerade wegen heute Abend noch etwas mit ihnen besprechen."

„Das mit dem Du geht klar, kein Problem. Ich habe gar keine richtige Lust heute abends noch einmal groß wegzugehen", erklärte ich und sah in sein enttäuschtes Gesicht.

„Obwohl, wenn ich es recht überlege auf so einen Ball bin ich allerdings schon neugierig und ich muss ja nicht ewig bleiben", räumte ich beschwichtigend ein.

Miles nickte und informierte mich ein wenig über das Schloss und die Umgebung.

„Kim, ich veranstalte mittwochs eine Art Maskenball und alle Gäste kleiden sich im angemessenen Stil. Ich habe einen kleinen Hang zu Gothic", gestand er.

Nun musste ich lachen und dachte bei mir, mein Gott wie doof in diesem Alter Gothicpartys zu veranstalten. Er schien wirklich in der Zeit des Mittelalters stehen geblieben zu sein. Nun, jeder hatte ein kleines Faible. Meines war Inliner fahren und so ein Gothicabend konnte sicher interessant und aufschlussreich werden. Miles schaute mich verwundert an, weil ich lachte.

„Entschuldigung, Miles. Das hört sich für mich etwas eigenartig an. Scheint mir aber, dass es zur Geschichte der Insel und auch irgendwie zu dem ganzen Anwesen passt. Gothicpartys, die sehr geheimnisvoll klingen. Ausschweifende Maskenbälle, Halloween, Elfen und mehr dieser Dinge. Leider muss ich dich enttäuschen. Ich habe das kleine Schwarze und meine Ersatzhauer nicht eingepackt und kann somit nicht stilgerecht vor dir erscheinen", kommentierte ich lachend.

Miles ignorierte meinen Einwurf und ließ sich nicht aus der Ruhe bringen.

„Das macht überhaupt nichts. Ich brauche nur deine Kleider- und Schuhgröße und schon werde ich dir ein passendes Outfit für diesen Abend zusammenstellen."

Lachend nannte ich meine Größen. Er verabschiedete sich kurz und wollte gleich wieder hier sein. Ich nahm das Essen zu mir und kurz darauf stand Miles schon wieder vor der Tür. Diesmal klingelte er anständig wie sich das gehörte. Das Kleid, was er dabei hatte, war ein Traum in schwarz und gefiel mir sehr gut. Miles wäre es lieb gewesen, wen ich es sofort angezogen hätte. Ich lachte auf.

„Nein, mein Lieber, dass lassen wir schön bleiben. Du musst dich noch gedulden, denn diese Überraschung hebe ich mir für nachher auf."

Miles schaute auf die Uhr und stand auf.

„Also, gut. Ich erwarte dich um zwanzig Uhr. Besser noch, ich lasse dich abholen", sagte er.

Ich bedankte mich, brachte ihn noch zur Tür und verabschiedete mich von ihm. Nachdenklich eilte ich in die Küche, setzte mich und schloss meine Augen. Trotz seiner arroganten Art, die er an den Tag legte, besaß Miles ein unwiderstehliches Erscheinungsbild. Jedes Mal, wenn er mich mit diesen blauen Augen fixierte und ansprach, bekam ich Herzklopfen wie ein verliebter Teenager. Ich trank meinen Kaffee aus und verschwand dann ganz in meine Gedanken versunken mit den Kleidungsstücken ins Schlafzimmer.

Insgeheim fragte ich mich, woher er diese so schnell bekommen hatte. Langsam machten sich die Strapazen des Tages bemerkbar und ich legte mich etwas hin. Kurz nach 19 Uhr zog ich mich um und blickte in den Spiegel. Das Kleid war die Krönung. Enganliegend und tief ausgeschnitten, umschmeichelte es meinen Körper. Die vorne geschnürte Korsage brachte meine Figur voll zur Geltung und rundete alles noch ab. Miles tendierte in die Richtung Romantic-Goth. Das Make-up war auch schnell aufgelegt und die Sache sah perfekt aus. Als ich mit meinem Styling fertig war, blickte ich anerkennend in den Spiegel. So wie ich aussah, konnte mir heute keiner widerstehen, vor allem die männlichen Gäste nicht. Ich grinste meinem Spiegelbild zu. Es klingelte Sturm an der Tür und mein Abholdienst schien da zu sein. Schnell schnappte ich meine Handtasche und ein leichtes Cape und öffnete die Tür. Womit ich nicht gerechnet hatte, war, dass Miles mich selbst abholen würde. Er schaute mich an und pfiff anerkennend. Ich wurde verlegen, streckte ihm die Zunge heraus und reichte ihm meine Hand. Er lachte, nahm mich galant in Empfang und schritt in Richtung Schloss. Miles sah in seinem schwarzen Gewand wirklich umwerfend aus. Wir erreichten den Hintereingang und ich schaute ihn fragend an.

„Hier geht es in den Küchentrakt", erklärte er. „Falls du das dringende Bedürfnis hast mich zu besuchen, kannst du diesen Weg als Abkürzung benutzen. Milly, meine Haushälterin ist außer Mittwoch immer da und freut sich sicher über etwas Abwechslung."

Durch eine massive, blaue Holztür betraten wir den Raum. Die Küche war eine richtige Schlossküche, sehr spartanisch aber dennoch gemütlich und zweckmäßig eingerichtet. Ich blickte mich neugierig um und stockte kurz. Miles zog mich daraufhin ungeduldig weiter in Richtung Saal, wie er mir erklärte. Als wir eintraten fielen wir erst gar nicht auf. Stimmengewirr und leise Musik drang an mein Ohr. Ich blieb stehen, mir blieb vor Staunen die Luft weg und schaute mit offenem Mund in die Runde. Ein riesiger Saal öffnete sich vor mir mit einer imposanten Treppe, die in die oberen Stockwerke führte. Der Fußboden bestand aus weißem Marmor. Riesige Büfetts waren aufgebaut, um für das Wohl der Gäste zu sorgen. Sogar einen eigenen DJ hatte Miles bestellt. Er bemerkte mein Zögern beim Weiterlaufen und schaute mich an. Ich muss ziemlich dumm ausgesehen haben, als ich da so stand mit erstauntem Gesicht. Miles fing schallend das Lachen an. Es war so laut, dass urplötzlich alle Blicke der Gäste auf uns fielen. Die Stille die kurz darauf eintrat, erschreckte mich etwas und ich blickte in die Runde. Miles zog mich ungeduldig weiter und stellte mich nach und nach den anwesenden Gästen als neue Mieterin vor. Alle Gäste waren wirklich im Stil von Gothic gekleidet und in jeder Altersgruppe anwesend. Man musterte mich besonders sorgfältig. Ich dachte, völlig irre was hier abläuft und fühlte mich langsam unwohl unter diesen durchdringenden Blicken. Miles wurde von einigen Herren befragt unter welchem Namen ich heute abends hier angesprochen werden wollte. Verständnislos und stirnrunzelnd schaute ich Miles an.

„Oh, ich vergaß zu erwähnen, dass an diesen Abenden jeder ein Pseudonym trägt. Wie darf man dich denn für heute titulieren, Kim?", entschuldigte er sich.

Wütend blickte ich ihm in die Augen.

„Verdammt noch einmal, da hast du mich aber schön auflaufen lassen", zischte ich.

Er grinste nur. Schnell entschloss ich mich für den Namen DarknessLady. Dieser fiel mir gerade spontan ein. Miles teilte meinen Namen mit und fragte nach, ob jemand Einwände hatte. Keiner widersprach.

„Ich denke der Name passt vortrefflich zu deinem Erscheinungsbild", meinte er.

Vollidiot, dachte ich, auch noch um Erlaubnis fragen, dass ich diesen Namen behalten darf. Wo war ich hier nur gelandet und was für Spinner waren das nur. Der Abend schien noch lustig zu werden und ich wollte mich überraschen lassen, was auf mich zukam. Miles führte mich von einer Gruppe zu anderen und ich musste endlose Fragen zu meiner Person beantworten. Langsam, aber sicher, nervte mich das.

„Mein Gott, Miles. Wie lange dauert diese Prozedur noch an? Meine Füße schmerzen, ich bin müde und hätte wohl lieber zuhause bleiben sollen."

Er entschuldigte sich bei mir für sein Unverständnis und brachte mich zu seinem Tisch, an dem schon etliche Damen saßen und mich abfällig von oben bis unten musterten. Auweia, dachte ich nur, jetzt muss ich auch noch Zickenterror ertragen. Darauf hatte ich nun wirklich keine Lust. Na, denn Prost, Kim. Ich nahm dem Kellner, der gerade mit einem Tablett voller Sektgläser vorbeikam, gleich zwei davon ab. Miles schaute mich belustigt an.

„Du brauchst mich gar nicht anzusehen. Die sind zum Aufwärmen und für meinen Kreislauf gedacht, damit dieser wieder in Schwung kommt", meinte ich und grinste zurück.

Miles nahm Platz und sofort fielen sämtliche Damen unverfroren über ihn her, als hätten sie unbezahlbare

Eigentumsrechte an ihm erworben. Zum Glück stand etwas abseits ein Stuhl, auf den ich mich erschöpft niederließ. So konnte ich aus dem Hintergrund das Spektakel mitverfolgen. Das Gekicher und Gekreische dieser Gänse ging mir derart auf die Nerven, dass ich mich nach einiger Zeit mehr als gelangweilt erhob und unbemerkt verschwand. Miles war so extrem in seine Damengruppe involviert, dass er nicht mitbekam, wie ich mich selbstständig machte, um die angrenzenden Räumlichkeiten zu erkunden. Ich fand sein Verhalten mir gegenüber überaus peinlich.

Hier und da traf mich ein anerkennender Blick der Männerwelt, als ich durch die angrenzenden Säle schritt. An einem dieser Riesenfenster in der Eingangshalle stoppte ich und schaute hinaus. Von hier konnte man den weitläufigen Schlosspark einsehen und die verteilten, aufgestellten Fackeln verliehen ihm, mit ihren dadurch verursachten Schattenspielen etwas Unheimliches. Der Vollmond an diesem Abend rundete das Bild noch gespenstisch ab und meine Fantasie ging mit mir durch. Ich setzte mich auf den gepolsterten Vorsprung am Fenster, der schon eher wie eine Sitzbank anmutete und hoffte, so etwas Ruhe zu bekommen. Meine Füße schmerzten und ich zog die Schuhe aus. Von hier beobachtete ich die Menschenmenge im Tanzsaal und machte mir so ein paar Gedanken über jeden einzelnen. Miles konnte ich sehr gut erkennen und sein eigenartiges Verhalten studieren. Sein Hühnerhaufen hatte ihn in Beschlag und jede wollte Aufmerksamkeit auf sich ziehen. Ein Küsschen hier, ein Küsschen da und Miles schien es auch noch sichtlich zu genießen. Ich lachte in mich hinein und dachte nur, du armer Kerl, wie in einem billigen Groschenroman. Miles schaute kurz in die

Richtung, wo ich vor ein paar Minuten noch neben ihm gesessen hatte und schien plötzlich zu bemerken, dass ich nicht mehr in der Nähe war. Er stutzte und blickte sich suchend um. Ich rutschte etwas in den Hintergrund, feixte vor mich hin und versteckte mich hinter einem der schweren Brokatvorhänge. Von hier hatte ich aber immer noch eine Prima Position, um ihn weiter beobachten zu können. Seine Blicke wurden unruhiger und hastiger, als er mich nirgends erblicken konnte. Während er Ausschau hielt, beugte sich eine der Frauen über ihn und versperrte ihm somit die Sicht. Miles reagierte ziemlich heftig und riss sie zur Seite. Das geschah impulsiv, dass sie den Halt verlor und unfreiwillig auf ihrem Hinterteil landete. Ich konnte mich nicht mehr zurückhalten und lachte vor mich hin. Diese Weiber schienen ein auf Erbsengröße reduziertes Gehirn zu besitzen. Miles stand ruckartig aus seinem Stuhl auf und fing an den Saal gezielt mit Blicken nach mir abzusuchen. Ich grinste schadenfroh. „Nun kleiner Lord, dann suche mal schön nach mir. Seine wichtigen Gäste sollte man nicht aus den Augen verlieren", brummelte ich.

Ich trank genüsslich meinen Sekt und wettete mit mir selbst, wann er mich endlich finden würde. Entspannt zog ich die Beine auf den Sims, lehnte mich gemütlich zurück und blickte hinaus. Der Park zog mich voll in seinen Bann. Der Alkohol und die leise Musik hatten eine beruhigende Wirkung auf mich, ich hing meinen Gedanken nach und irgendwann versank ich wieder im Land der Träume. Ich weiß nicht wie lange ich so saß, als ich von einem sanften, aber dennoch langen, fordernden Kuss in die Wirklichkeit zurückgebracht wurde. Zuerst erwiderte ich diesen Kuss, merkte dann, dass etwas nicht stimmte und öffnete verwirrt meine

Augen. Miles stand über mich gebeugt und ich blickte genau in seine unwiderstehlichen blauen Augen. Ich erschrak so sehr, dass ich hochschoss und mit dem Hinterkopf heftig an den Fensterrahmen knallte.

„Autsch! Verdammt!", schrie ich schmerzerfüllt und rieb mir die Stelle.

„Na Kim, wünsche gut geruht zu haben. Leider muss der einsame Prinz, dass verschlafene Dornröschen mit Nachdruck wach küssen, um überhaupt in den Genuss seiner Gesellschaft kommen zu dürfen", meinte Miles grinsend.

Ich sah ihn verduzt an.

„Von wegen Prinz. Nur ein kleiner Lord, der schamlos meine Situation heute schon zum dritten Mal ausnutzt und mich wieder so erschrecken muss. Erst am Taxi, dann in meiner Küche und nun das hier. Wie lange habe ich überhaupt in diesem Zustand verbracht?", fragte ich nach.

„Ich habe sicher über eine Stunde Ausschau gehalten. Auf die Idee, dass du es dir hier gemütlich gemacht hast, wäre ich nie gekommen. Durch Zufall sah ich im Vorbeieilen, deine Schuhe hier stehen und habe dich schlafend vorgefunden", meinte er.

Ich gähnte nicht gerade ladylike vor mich hin und atmete tief ein.

„Entschuldige mein Verhalten, aber es ist meine erste Feier in so einem großen Rahmen. Ich bin so etwas in diesem Umfang nicht gewohnt. Außerdem von diesem stressigen Tag völlig überfordert", erklärte ich ihm.

„Kim, das wird sich ab heute ändern", versprach mir Miles und reichte mir die Hand. „Würdest du mir trotzdem noch einen Tanz schenken?"

Ich nickte, schlüpfte schnell in meine Schuhe und ließ mich von ihm in den Saal zurückführen. Als wir ihm

Tanzsaal ankamen, bat er mich kurz zu warten, ging auf den DJ zu und flüsterte ihm etwas ins Ohr. Dieser nickte, Miles kam zurück und alle Gäste verfolgten seine Schritte in meine Richtung. Es kam mir vor, als würden sie auf etwas Bestimmtes warten. In diesem Augenblick erklang völlig abgefahrene Musik. Alle Tanzpaare wichen zur Seite und Miles führte mich in die Mitte des Saales. Ach du Schande, auch das noch, schoss es mir durch den Kopf. Das war ja fast wie in Polanskis Tanz der Vampire. Jetzt fehlte nur noch der Riesenspiegel am Ende des Raumes. Ich kannte diesen Musikstil und musste mich nicht groß darauf einstellen. Musik aus der Gothicszene vom Feinsten. Ich schluckte und als Miles mir die Hand zum Tanzen reichte, zitterte ich leicht. In der Gothicszene herrschen unterschiedliche Tanzformen vor, die meistens grundsätzlich solistisch aufgeführt werden. Paar- oder Gruppentänze waren dieser Kultur eigentlich fremd. Miles jedoch, schien hier seine eigenen Vorstellungen davon zu haben. Jetzt nur nicht blamieren. Zum Glück hatte ich Tanzkurse besucht und deshalb kam ich mit solchen Situationen gut zurecht. Schnell hatte sich mein Gehör angepasst und Miles starrte mich fasziniert an. Ich schwebte in seinen Armen wie eine Feder über das Parkett und schaute nur in seine Augen, die mich hypnotisierten und nicht loslassen wollten. Miles war ein unheimlich guter Tänzer und ich hatte das Gefühl in eine andere Welt zu versinken. Durch die Anwesenden ging ein Raunen und dann begannen auch sie mehr schlecht als recht ihre Tanzkünste zu präsentieren. Als die Musik geendet hatte, verbeugte Miles sich vor mir und küsste meine Hand. Ich verspürte das gleiche Verlangen ihn zu küssen, schüttelte verwirrt meinen Kopf und kam wieder zur Besinnung. Die Gäste klatschten und aus den Ecken hörte ich Komplimente, dass Miles endlich eine ihm ebenbürtige Tanzpartnerin gefunden hatte. Im gleichen Moment eilte ein Mann in Miles Alter auf uns zu. Er musste kurz zuvor angekommen sein, denn ich hatte ihn noch nicht gesehen.

„Hallo Miles, wie geht es?", grüßte er herzlich. „Na, dieses Mal kann man dich wirklich beglückwünschen. Wer ist denn diese hervorragende Tänzerin? Würdest du mich bitte vorstellen?"

Miles kam der Aufforderung nach.

„Kim, dass hier ist Bill Elliott einer meiner engsten und besten Freunde. Eigentlich Amerikaner, aber seit Kindheit hier ansässig und aufgewachsen."

Dann kam ich an die Reihe.

„Bill, darf ich dir vorstellen. Kim Webster, meine neue Mieterin des Kavaliershauses und für diesen Abend DarknessLady. Das weitere erkläre ich dir später."

Bill reichte mir die Hand, musterte mich von oben bis unten und lachte.

„Okay, Kim. Herzlich willkommen auf der grünen Insel und du kannst mich duzen."

Ich grinste und musste feststellen, dass er genauso gut wie Miles aussah. Im Stillen dachte ich mir nur, zwei gutaussehende Männer, dass konnte nur Ärger geben. Wir kamen kurz ins Plaudern über dies und das und ich merkte, wie unruhig Miles neben mir wurde. Ich schaute ihn von der Seite an und hatte das Gefühl, dass er etwas verärgert war, da ich mich angeregt mit Bill unterhielt und meine ganze Aufmerksamkeit nicht ihm schenkte. Um nicht unhöflich gegenüber meinem Gastgeber zu erscheinen und der Situation die Schärfe zu nehmen, lud ich Bill ein.

„Weißt du was, Bill? Komm doch in den nächsten

Tagen einfach mit Miles bei mir zum Kaffeetrinken vorbei, damit man sich besser kennen lernen kann."

Bill bedankte sich und sagte zu. Miles hüstelte, nahm mich am Arm und zog mich auf die Tanzfläche. Für den Rest des Abends hatte kein anderer die Chance mit mir zu tanzen, denn Miles hielt mich eisern fest. Lange nach Mitternacht konnte ich nicht mehr, wurde müde und stolperte bereits über meine Füße.

„Miles? Ich bin nicht mehr in der Verfassung einen Fuß vor den anderen zu setzen. Mir fallen im Stehen die Augen zu und ich bin völlig übermüdet. Können wir nach diesem Tanz aufzuhören?", fragte ich nach.

„Entschuldige Kim, ich habe wieder nur an mich gedacht. Natürlich können wir das. Du musst wirklich völlig erschöpft sein. Ich bin von deiner Art zu tanzen so entzückt, dass ich einfach nicht genug bekommen kann. Schon lange habe ich keine tolle Partnerin mehr in meinen Armen gehalten, wie dich", gestand er mir.

Nachdem die Musik geendet hatte, nahm mich Miles ins Schlepptau und kehrte an seinen Tisch zurück. Als ich die wütenden Blicke seiner Damen sah, die er den ganzen Abend über schändlich vernachlässigt hatte, blieb ich stehen.

„Kannst du mir bitte diesen Gang ersparen? Ich habe keine Lust darauf, dass mir noch kurzfristig die Augen ausgekratzt werden."

Miles grinste vor sich hin.

„Aber klar doch, dass kann ich. Ich denke, etwas Ruhe wird dir guttun", sprachs und bog kurz vor dem Tisch in Richtung Küche ab.

Ich setzte mich auf einen Stuhl und zog stöhnend die Schuhe von meinen Füßen. Endlich! Diese brannten wie Feuer und ich hatte das Gefühl, dass sie mir jeden Moment abfallen würden. Miles holte zwei Gläser aus dem Schrank, griff sich eine Flasche Sekt, stellte beides auf den Tisch und nahm gegenüber Platz. Ungefragt schnappte er mein rechtes Bein und fing an meinen Fuß zu massieren. Erst wollte ich diesen zurückziehen, aber Miles hielt ihn einfach fest. Ich ließ ihn gewähren, schloss meine Augen, seufzte und lehnte mich völlig entspannt im Stuhl zurück. Das gleiche kam kurze Zeit später meinem linken Fuß zu gute. Als Miles damit fertig war, schenkte er beide Sektgläser voll, reichte mir eines, prostete mir zu und trank. Ich tat es ihm gleich, bedankte mich für seine Massage und musterte mein Gegenüber eine zeitlang stillschweigend. Miles starrte mir fest in die Augen, hielt meinem Blick stand und man hätte in diesem Moment eine Stecknadel fallen hören können. Wie beim Tanzen war ich wie hypnotisiert und versank so in der Tiefe seiner blauen Augen, dass ich erst wieder reagierte, als ich keine Luft zum Atmen mehr bekam. Miles hielt mich fest in den Armen und küsste mich leidenschaftlich. Ich erschrak so sehr über mich selbst, dass ich Miles heftig von mir stieß und keuchend nach Luft schnappte. Miles hatte mit dieser Reaktion überhaupt nicht gerechnet, verlor das Gleichgewicht, taumelte ein paar Schritte zurück und fing sich wieder. Entgeistert starrte ich ihn an.

„Verdammt! Was denkst du eigentlich, was du hier mit mir veranstaltest? Spinnst du jetzt total? So kannst du vielleicht mit deinen Hühner da draußen umgehen, aber nicht mit mir", fauchte ich wütend.

Miles starrte ziemlich verwirrt zurück.

„Sorry, Kim? Was ist plötzlich mit dir los? Du hast mich doch zuerst geküsst und ich ging davon aus, dass du es auch willst", stammelte er.

Ich schüttelte unverständlich mit dem Kopf.

„Du tickst doch nicht richtig! Ich würde nie freiwillig

einen Mann küssen und mich ihm schon gar nicht an den Hals werfen! Was hast du eigentlich ins Glas geschüttet, dass ich so reagiert habe!", schrie ich ihn an und schlug ihn mit der Hand vor die Brust.

Völlig aus dem Konzept, was da gerade geschehen war, schnappte ich die Schuhe, meine Tasche und das Cape und rannte durch die Hintertür ins Freie.

Miles schien mir nachzueilen, denn er rief wiederholt meinen Namen. Ich reagierte nicht und machte, dass ich so schnell wie möglich verschwand. Den ganzen Weg rannte ich bis zu meinem Häuschen, ohne mich auch nur einmal umzublicken. Die kleinen spitzen Steine bohrten sich schmerzhaft in meine Füße und ich fluchte auf. Vor lauter Hektik bekam ich den Schlüssel nicht ins Türschloss und rüttelte wütend an der Haustür. Endlich klappte es, ich schlug die Tür hinter mir zu, warf meine Sachen in die Ecke und rannte verstört ins Bad. Ich drehte den Wasserhahn auf, befeuchtete mein Gesicht und sah in den Spiegel. Hektische rote Flecken hatten sich über mein Gesicht ausgebreitet und meine Gedanken drehten sich im Kreis. Was war da gerade geschehen? Ich hatte einen regelrechten Blackout bekommen, als ich in die Augen von Miles sah. War es der Alkohol oder die Müdigkeit gewesen, dass ich mich zu so etwas hatte hinreißen lassen? Ich wusste es nicht und es wurde immer peinlicher. Was war nur los mit mir in letzter Zeit? So kannte ich mich überhaupt nicht. Ich hatte mich noch nie freiwillig einem Mann, den ich gerade ein paar Stunden kannte, an den Hals geworfen und geküsst. Außerdem hatte ich keine Lust, mich schnell wieder zu binden. Meine vor kurzem gescheiterte Beziehung hing mir nach und ich musste diese erst einmal richtig verarbeiten. Langsam stieg das Gefühl in mir hoch, dass die Augen von Miles die Gabe hatten, mich mühelos zu verhexen. Wie konnte ich ihm nach diesem Fauxpas unter dieselben treten. Ausgerechnet heute musste ich wegen des Mietvertrages bei ihm erscheinen. Schnell schminkte ich mich ab, zog mich aus und legte mich für die restlichen Stunden schlafen. Am Morgen wachte ich wie gerädert auf und mir schoss der gestrige Abend in den Kopf. Während der Kaffee durch die Maschine lief, versuchte ich meine Gedanken zu ordnen. Ich duschte ausgiebig und zog mich dann an. Nach dem Frühstück blieb mir nichts anderes übrig, ich musste den Gang wagen, bei Miles erscheinen, um diesen Vertrag zu unterschreiben. Hoffentlich hatte Miles diesen peinlichen Vorfall vergessen. Ich eilte auf dem Weg wie gestern abends ins Haus, um die Sache schnell hinter mich zu bringen. Ich klopfte, trat ein und in der Küche traf ich eine ältere Dame, die sich mir als Milly vorstellte. Ich begrüßte sie herzlich und stellte mich als die neue Mieterin des Kavaliershauses vor.

„Sehr angenehm, Miss Webster. Der junge Herr hat mich bereits informiert. Er erwartet sie und kommt sicherlich gleich herunter", erklärte sie mir. „Setzen sie sich doch solange. Haben sie schon gefrühstückt oder darf ich ihnen etwas anbieten?"

„Dankeschön, ich habe bereits gefrühstückt. Aber über eine Tasse Kaffee würde ich mich sehr freuen", sah ich sie lachend an.

Milly goss gerade den Kaffee ein, als Miles in der Tür erschien.

„Guten Morgen, die Damen", wünschte er und starrte mich schon wieder intensiv an.

Ich wich seinem Blick aus und sah, dass er wieder vor sich hingrinste. Milly stellte das Frühstück auf den

Tisch, entschuldigte sich und verschwand eilig in die Waschküche. Auch das noch, schoss es mir durch den Kopf, denn nun war ich wieder mit Miles alleine. Dieser frühstückte gemütlich und schaute mich ab und zu mit bohrenden Blicken über den Tisch hinweg an. Ich vermied es absichtlich seinen Blicken zu begegnen, trank stillschweigend meinen Kaffee, in der Hoffnung, dass er bald mit seinem Frühstück fertig sein würde. Miles schien meine Unruhe und Anspannung wohl zu bemerken und ließ mich wie einen Fisch an der Angel zappeln. Als er endlich fertig war, räusperte er sich und sprach mich an.

„Ich geh davon aus, dass du zur Unterzeichnung des Vertrages gekommen bist."

„Deinetwegen bin ich sicherlich nicht erschienen, um hier gemütlich zu frühstücken", entrutschte es mir, sichtlich wütend über diese blöde Frage.

Miles stutzte, warf seinen Kopf in den Nacken und lachte los. Ich merkte wie ich krebsrot im Gesicht anlief und mir wurde bewusst, dass ich mich gerade bis auf die Knochen blamiert hatte. Miles stand auf, ging in einen Nebenraum, der mir am Abend zuvor gar nicht aufgefallen war, holte die Papiere und ging sie mit mir durch. Als die Formalitäten erledigt waren und wir beide unterschrieben hatten, schnappte ich die Kopie und verabschiedete mich. Ich war froh endlich gehen zu können. Als die Tür krachend hinter mir ins Schloss fiel, hörte ich wie Miles belustigt auflachte. Wütend schaute ich zurück und hatte das Gefühl, dass er hinter einem der Fenster stand.

„Dir vergeht irgendwann auch noch das Lachen, du arroganter Schnösel", brummelte ich.

Für den Rest dieser Woche hatte ich nicht viel zu tun.

Ich erkundete das Gelände um das Schloss und stellte fest, dass die Umgebung hier, wirklich mehr als nur idyllisch war. Ich fand alles einfach nur herrlich. Heute hatte ich mir den Feldweg hinter dem Schlossanwesen vorgenommen, der rechts und links mit verschiedenen Büschen bewachsen war. Gedankenverloren lief ich vor mich hin, als ich fast von einem Pferd überrannt wurde. Der Reiter reagierte ziemlich schnell, zügelte sein Pferd, dass sich daraufhin aufbäumte und stoppte. Ich erschrak so heftig, dass ich unglücklich umknickte, strauchelte und mit einem Aufschrei, einen kleinen Abhang hinunterfiel. Das ging rasend schnell und ich blieb einen Moment wie betäubt liegen. Ich schüttelte benommen meinen Kopf und als ich versuchte aufzustehen, durchfuhr ein stechender Schmerz mein rechtes Bein. Ich schrie auf und sackte wieder zurück. Da kniete bereits der Reiter neben mir.

„Mein Gott, Kim! Ist alles in Ordnung bei dir?", fragte er nach.

Ich blickte hoch und sah in das Gesicht von Miles.

„Es tut mir schrecklich leid", entschuldigte er sich bei mir. „Ich habe dich nicht gesehen und schon gar nicht mit irgendjemand auf diesem Feldweg gerechnet. Hier geht sonst nie jemand spazieren."

„Miles! Jedes Mal, wenn wir beide aufeinandertreffen, passiert irgendein Missgeschick! Langsam aber sicher finde ich das überhaupt nicht mehr lustig!", brüllte ich ihn mit schmerzverzogenem Gesicht an.

Er legte seine Hand beruhigend auf meinen Arm.

„Ist mit dir alles in Ordnung?", fragte er erneut.

Ich zeigte stumm auf mein rechtes Bein. Miles zog mir vorsichtig den Schuh aus und ich stöhnte vor Schmerz auf. Scharf sog er seinen Atem ein, als er meinen Knöchel ansah. Ich warf ebenfalls einen kurzen Blick darauf und dann sah ich es selbst. Der Knöchel fing an einzuschwellen und wurde bereits blau.

„Da kann eventuell etwas gebrochen sein, sieht nicht gut aus. Ich bringe dich jetzt nach Hause und werde sofort meinen Hausarzt benachrichtigen", erklärte er.

Miles hob mich ohne große Anstrengung hoch und stieg mit mir trotz meines lauten Protestes, langsam den Hang hinauf. Er setzte mich kurz ab und sah sich suchend nach seinem Pferd um, dass etwas abseits graste.

„Miles, du hättest dir nicht die Mühe machen müssen, mich zu tragen, denn das hätte ich auch noch ohne deine Hilfe geschafft", schnaubte ich und versuchte selbst weiterzulaufen.

„Sei nicht albern, Kim. Bis nach Hause brauchst du mit diesem Bein und dieser Verletzung sicher Stunden. Da ist es bereits dunkel, bis du dort angekommen bist. Ich hole jetzt mein Pferd und werde dich auf diesem platzieren."

Trotzig humpelte ich los und knickte prompt weg. Der Schmerz, der mich durchfuhr, ließ mich die Luft stark einsaugen und ich entschloss mich, doch auf Miles zu warten. Er kam kurze Zeit später mit seinem Pferd zurück. Unter Schmerzen, mit wiederholten Anläufen und mit zusammengebissenen Zähnen schaffte ich es irgendwann aufzusteigen. Miles schwang sich hinter mir in den Sattel und hielt mich fest umschlungen, was mir heftige Hitzewellen durch den Körper jagte. Na super, dachte ich nur. Gemeinsam ritten wir zurück in Richtung Schloss. Jede Erschütterung durch das Pferd schmerzte meinem Bein und mir schossen die Tränen in die Augen. Ich fluchte ziemlich unflätig vor mich hin. Endlich kamen wir am Schloss an. Miles stieg ab, hob mich herunter und trug mich in die Halle hinein.

„Nein! Hier will ich nicht bleiben! Bitte bringe mich in meine eigenen vier Wände", protestierte ich lautstark.

Widerwillig machte Miles kehrt und lief in Richtung Kavaliershaus. Er schloss umständlich die Tür auf, brachte mich ins Schlafzimmer und setzte mich ganz vorsichtig auf das Bett. Schmerzerfüllt stöhnte ich auf und legte mich mit zusammengekniffenen Lippen zurück. Miles rief den Arzt an, wechselte ein paar Worte mit ihm und kam mit einem Rieseneisbeutel aus dem Gefrierfach zurück. Diesen legte er mir ganz behutsam und vorsichtig auf den Knöchel. Ich schrie auf. Der Schmerz wurde daraufhin wieder unerträglich und ich konnte meine Tränen nicht mehr zurückhalten. Aus heiterem Himmel fing ich das Heulen an, denn ich war mit meinen Nerven völlig am Ende. Der ganze Müll der letzten Wochen und Monate brach aus mir heraus. Miles stand unbeholfen und überfordert vor dem Bett und wusste nicht, was er machen sollte. Dann setzte er sich zu mir auf die Bettkante und nahm mich in den Arm. Heulend vergrub ich mein Gesicht an seine Schulter, krallte mich an ihm fest und er reichte mir umständlich sein Taschentuch. Nach ein paar Minuten hatte ich mich wieder etwas gefangen und ließ ihn langsam wieder los. Völlig erschöpft entschuldigte ich mich bei ihm für mein Verhalten. In dem Moment klingelte es an der Tür. Miles stand auf, um zu öffnen und kam mit dem Doktor zurück.

„Miss Webster, ich bin Doc Morris und der Hausarzt von Miles. Darf ich mir ihr Bein einmal etwas genauer betrachten? Nun, dass sieht wirklich nicht sehr gut aus. Einen heftigen Bluterguss kann ich auf jeden Fall jetzt schon diagnostizieren. Einen Bruch bei dieser Schwellung kann ich noch nicht feststellen. Am besten wird es sein, wenn sie in ein paar Tagen zum Röntgen bei mir vorbeikommen. Vorher muss die Schwellung etwas zurückgegangen sein", erklärte er mir.

Er verordnete mir strengste Bettruhe und stand auf.

„Ja aber, wie soll ich mich da selbst versorgen, wenn ich nicht aufstehen darf?", hakte ich nach.

„Deshalb wollte ich dich mit ins Schloss nehmen. Es sind etliche Gästezimmer frei und du hättest dich in einem davon auskurieren können. Aber nein. Kim, du hast unbedingt hier hergewollt. So muss Milly und ich täglich nach dem Rechten sehen, damit du uns nicht verhungerst", amüsierte sich Miles und zwinkerte mir dabei zu.

Ich bekam einen roten Kopf über meine Dummheit.

Der Arzt schrieb Miles ein paar Medikamente für mich auf, die er besorgen sollte und verpasste mir noch eine Schmerz- und Beruhigungsspritze. Miles begleitete den Doc hinaus und kam dann noch einmal zurück.

„Ich werde jetzt schnellstens die Arznei für dich holen und danach ein Abendessen zubereiten. Sozusagen als Entschuldigung, was ich dir heute angetan habe", teilte er mit und ich bedankte mich.

Als Miles gegangen war, hing ich minutenlang meinen Gedanken nach und musste feststellen, dass meine Nerven zurzeit nur an einem seidenen Faden hingen. Außerdem fror ich auf einmal entsetzlich. Mittlerweile fing die Spritze an zu wirken und ich konnte mich nur noch mit Gewalt wachhalten. Irgendwann musste ich eingeschlafen sein.

Als ich aufwachte, war es draußen bereits stockdunkel und ein flackernder Lichtschein im Schlafzimmer ließ erkennen, dass jemand den Kamin angezündet hatte.

Es war gemütlich warm, ich kuschelte mich seufzend in mein Kissen zurück, als ich ein Geräusch vernahm.

Erschrocken schoss ich hoch und stöhnte auf. An meinen Knöchel hatte ich überhaupt nicht mehr gedacht. Ich schaute in die Richtung, aus der ich das Geräusch vernommen hatte und sah Miles im Flackern des Kaminfeuers in einem der Ohrensessel sitzen und schlafen. Ich schaute eine zeitlang in sein Gesicht und legte mich zurück. Entspannt hörte ich lauschend seinen Atemzügen zu. Miles hatte etwas Geheimnisvolles an sich, dass mich unwahrscheinlich anzog. Ich lächelte und dachte, schön zu wissen, dass ich nicht alleine im Haus war und schlief weiter.

Klapperndes Geschirr weckte mich am Morgen. Ich sortierte meine Gedanken und erinnerte mich, was am Vortag passiert war. Dringend musste ich zur Toilette und versuchte aus dem Bett zu steigen. Vorsichtig zog ich mich an einem der Bettpfosten hoch und humpelte in Richtung Tür. Obwohl ich heftige Schmerzen hatte, klappte es gut und ich versuchte ins Badezimmer zu gelangen. Miles musste mich gehört haben, eilte mir entgegen und bot mir seinen Arm an. Ich schüttelte den Kopf und verschwand ins Bad. Das fehlte mir noch, dass Miles mit Hand anlegte. Über diesen Gedanken musste ich trotz meiner Schmerzen grinsen, richtete mich etwas her und humpelte danach zu ihm in die Küche. Miles hatte Frühstück zubereitet, es roch herrlich und ich bekam Hunger. Ich setzte mich etwas umständlich auf einen Stuhl, er deckte den Tisch fertig und nahm dann ebenfalls Platz.

„Wie ist denn deine Nacht verlaufen, Kim?", fragte er nach.

„Dankeschön Miles, dass du dir die Zeit genommen hast und über Nacht hiergeblieben bist. Es war eine gute Idee von dir, den Kamin anzuzünden. Nach dem Unfall habe ich gefroren und es war herrlich warm in der Nacht", bedankte ich mich bei ihm.

„Eigentlich wollte ich später wieder ins Schloss, aber ich muss eingenickt sein. Den Kamin anzuzünden ist kein Problem gewesen. Ich habe das gerne für dich getan. Und falls du einmal mit dem Anfachen deines Feuers nicht klarkommst und wieder frierst, musst du es nur sagen, ich werde dir gerne zur Hand gehen."

Dabei grinste er unverschämt vor sich hin. Ich wurde wieder einmal knallrot im Gesicht. Verflixt noch mal, was sollten denn seine zweideutigen Ansagen ständig.

„Was machst du heute noch tagsüber?", fragte ich ihn, um von meiner Unsicherheit abzulenken.

„Am liebsten würde ich ja hier bei dir bleiben und dir Gesellschaft leisten. Schade, dass ich mich noch um geschäftliche Angelegenheiten kümmern muss. Wegen der Verletzung kann ich dich nicht mitnehmen, sonst hätte ich dir die Umgebung gezeigt", erwiderte er.

Ich schaute ihn mehr als enttäuscht an. Das Frühstück schmeckte lecker und ich genoss es richtig. Nachdem wir damit fertig waren, räumte Miles das Geschirr in die Spülmaschine.

„So, Kim. Ich gehe und bin gegen Mittag zurück. Milly kocht für dich mit und du ruhst dich bis dahin etwas aus. Versprich mir, dass du nicht durch die Wohnung läufst."

Ich nickte ihn an und er half mir ins Wohnzimmer. Vorsichtig platzierte er mich auf der Couch, reichte mir verschiedene Zeitschriften, die er gekauft hatte und versorgte mich mit Getränken. Ich bedankte mich bei ihm und wünschte ihm gute Geschäfte. Miles grinste, verabschiedete sich von mir und verschwand dann.

Noch langweiliger kann man seinen Vormittag nicht

verbringen, dachte ich. Ich zappte mich durch alle Fernsehprogramme und schaute einige Seifenopern an. Extrem viel geistigen Inhalt besaßen diese auch nicht. Schnell wurde ich müde, merkte nicht wie ich einschlief und erwachte wieder am späten Nachmittag. Der Fernseher lief noch und ich hatte das Gefühl an der Schlafkrankheit zu leiden. Die frische Landluft hier und der Umstand meiner Verletzung, war für mich Stadtpflanze ungewohnt. Ich versuchte aufzustehen und hatte Probleme damit, denn mein verstauchter Knöchel pochte und wütete erneut vor sich hin. Ich begutachtete ihn und er schimmerte bereits in allen Farben. Auftreten konnte ich damit auch nicht so recht, da mich schon im Ansatz des Versuches, sofort ein ziehendes Stechen des besseren belehrte. Egal, Zähne zusammenbeißen und durch. Ich humpelte mich an den Wänden abstützend, in die Küche und sah das Miles einen Zettel auf dem Küchentisch hinterlassen hatte. Er schrieb mir, dass er gegen Mittag hier gewesen war, mich aber so tief und fest schlafend vorfand, dass er es nicht über das Herz gebracht hatte mich aufzuwecken. Das Essen stehe im Kühlschrank und ich könnte es mir dann aufwärmen. Falls ich nicht zu Recht kommen würde, genüge ein Anruf und er käme sofort herüber. Gegen neunzehn Uhr wollte er noch einmal nach dem Rechten sehen.

Nach einem Blick auf die Uhr stellte ich fest, dass es bereits soweit war. Ich las den Brief weiter.

Er hoffe, dass ich nichts dagegen hatte, wenn er den Zweitschlüssel benutzen würde. Nun ja, im Moment störte mich das nicht, aber später würde ich mir auch den Zweitschlüssel geben lassen. Es sollte nicht zur Gewohnheit werden, dass hier jedermann rein- und raustiefelte wie er wollte. Denn darauf stand ich nun wirklich nicht. Humpelnd bemühte ich mich Richtung Kühlschrank, öffnete diesen, sah den Topf nahm ihn heraus und stellte ihn auf den Herd. Während sich das Essen erwärmte holte ich mir ein Besteck und wollte mir einen Teller aus dem oberen Schrank nehmen. Damit hatte ich nun ein Problem. Der Schrank war zu hoch und ich etwas zu klein. Um an die Teller zu gelangen hätte ich auf einen Stuhl steigen müssen, was mir mit diesem Bein sicher nicht gelingen würde. Also unterließ ich es und schwor mir, demnächst alles in Reichweite einzuräumen.

Ich nahm den Topf vom Herd und begann aus diesem zu essen.

„Super, wie im Mittelalter. Da scheine ich wohl auch gelandet zu sein", maulte ich vor mich hin.

Während ich aß, schaute auch Miles vorbei und welch ein Wunder, er klingelte.

„Kannst hereinkommen, Miles!", rief ich laut.

Er schloss auf, betrat das Haus und ich blickte ihm kauend entgegen.

„Einen wunderschönen Abend, Miles", wünschte ich ihm und er grüßte dankend zurück.

„Guten Appetit, Kim. Wieso isst du aus dem Topf? Im Schrank stehen doch genügend Teller", erklärte er mir.

„Danke der Nachfrage, Blitzmerker. Ich weiß selbst, dass im Schrank noch Geschirr steht. Kannst du mir vielleicht mal verraten, wie ich mit diesem Bein auf einen Stuhl steigen soll? Die Schrankhöhe ist wieder Typischerweise für Herren ausgerichtet", antwortete ich ziemlich sauer, während er grinsend eine Flasche Sekt unter seinem Mantel hervorzauberte.

„Wie steht es mit einem Umtrunk zu zweit?", fragte er nach und ich nickte.

Miles holte Gläser, setzte sich zu mir an den Tisch und öffnete umständlich die mitgebrachte Flasche. Diese sprudelte über, er schenkte ein und wir unterhielten uns eine Weile über seine Arbeit. Im Gespräch stellte sich heraus, dass er im Bereich Immobilien tätig war.

„Meine Eltern, leider verstorben, haben mir Villen und Geschäftshäuser hinterlassen, die ich nun zu verwalten habe. Zwischenzeitlich erwarb ich neue Objekte und verkaufte sie wieder."

Ich musste lachen und dachte für mich, reich war der Knabe auch noch.

„Das ist aber ein komischer Zufall. Ich habe auch im Bereich Immobilien zu tun", sagte ich ihm.

Zu weiteren Ausführungen kam ich nicht, da Miles aus heiterem Himmel meine Hand ergriff und völlig vom Thema abschweifte. Verständnislos schaute ich ihn an und schon legte er los.

„Kim, ich beabsichtige in keinem Fall dir irgendwie zu schaden. Außerdem habe ich ein schlechtes Gewissen, weil du meinetwegen immer in Schwierigkeiten gerätst. Es sind nur dumme Zufälle", beteuerte er mir, „oder vielleicht doch Bestimmung", hakte er gleich hinterher und grinste schon wieder.

„Typisch Mann! Immer und überall die Oberhand besitzen wollen", warf ich ihm entgegen. „Ich erkläre dir nun mal etwas. Zurzeit verläuft bei mir wirklich alles nach Murphys Gesetz. In den letzten Monaten ist alles schief gegangen, was schief gehen konnte. Ich kann im Moment im wahrsten Sinn des Wortes keinen richtigen Fuß fassen und diese dumme Pechsträhne scheint wohl länger anzuhalten bei mir."

Miles schaute mich lange an.

„Möchtest du darüber reden, Kim?", fragte er und ich schüttelte mit dem Kopf.

„Nein! Das ist alles zu frisch und schmerzt noch. Ich muss dich erst viel besser kennen lernen, um dir meine komplette Geschichte anvertrauen zu können. Sobald meine Eigentumswohnung fertig ist, hast du mich schnell los. Ich verspreche es dir", erklärte ich ihm.

„Ich genieße deine Anwesenheit sehr, bleib nur für längere Zeit. Du bist natürlich, einfallsreich, spontan und kannst gut zuhören. Nicht wie diese gezierten, dummen Püppchen an meinen Mittwochabenden, die mir mittlerweile auf die Nerven gehen", erwiderte er.

Ich lachte, verschluckte mich an meinem Sekt und bekam einen Hustenanfall. Miles stand auf, lief um den Tisch und klopfte mir sanft auf den Rücken. Seine Berührung löste urplötzlich ein heißes Verlangen nach ihm aus. Erschrocken verwarf ich diesen Gedanken wieder. Zum Glück dauerte der Anfall nur Sekunden an und ich war froh, dass Miles keinen Körperkontakt mehr zu mir hatte.

„Was hältst du davon, wenn wir unsere Plauscherei ins Wohnzimmer verlegen? Du kannst deinen verletzten Fuß gemütlich auf die Couch legen und ihn entlasten."

Ich überlegte kurz, fühlte mich von Miles in meinen eigenen vier Wänden überrumpelt, bejahte trotzdem, da ich noch nicht alleine sein wollte. Miles half mir aus dem Küchenstuhl hoch. Ich wollte gerade loshumpeln, da hob er mich hoch und trug mich ins Wohnzimmer. Für einen wirklich kurzen Moment genoss ich es und lehnte meinen Kopf verträumt an seine Schulter. Im Wohnzimmer bugsierte er mich auf die Couch, eilte zurück in die Küche, um den Sekt und die Gläser zu holen. Miles schenkte nach, setzte sich mir gegenüber und wir plauderten noch ein wenig. Miles lenkte das Gespräch auf meine Arbeit.

„So, jetzt will ich doch genau von dir wissen, was du

eigentlich für einen Beruf hast. Vorhin habe ich immer von mir erzählt und im Gespräch nur am Rande mitbekommen, das du erwähnt hast, wir haben etwas gemeinsam."

„Ich designe Schmuck und Mode. Habe mein Herz der Malerei zugeschrieben und bin außerdem noch Innenarchitektin", erklärte ich ihm.

Miles staunte nicht schlecht und ich grinste überlegen vor mich hin.

„Du machst mich wirklich neugierig. Welchen Bereich in der Malerei hast du gewählt?", wollte er wissen. „Ich habe noch keine Bilder von dir gesehen oder malst du unter einem Pseudonym?"

Ich lachte.

„Ich fertige nebenbei private Aktzeichnungen, die mir verschiedene Kunden in Auftrag geben. Meist sind es Zeichnungen, die auch in privater Hand verbleiben", erklärte ich.

Miles durchbohrte mich mit Blicken.

„Welche Models stellen sich denn da zur Verfügung?", fragte er lauernd nach.

„Das läuft in beide Richtungen. Es gibt auch Herren der Schöpfung, die für mich Modell sitzen und das ist sehr interessant", gab ich grinsend zur Antwort.

Miles klappte die Kinnlade herunter und ich musste über seinen Anblick so lachen, dass er wütend darauf reagierte.

„Was findest du denn an mir so lächerlich, dass du so dämlich vor dich hinlachst?", schnauzte er mich an.

Da er mich so anblaffte, wollte ich ihn doch etwas aus der Fassung bringen und fing das sticheln an.

„Nun, Miles. Wenn du schon eine große Klappe hast und meinst mich dumm anmachen zu müssen, mache ich dir einen wunderbaren Vorschlag. Was hältst du davon, wenn ich dich als Akt zeichne? Falls du einmal Lust hast und vor allen Dingen genug Hintern in der Hose, kannst du es mir ja sagen."

Miles schaute mir plötzlich eiskalt in die Augen.

„Kim, dass werde ich mir sicher nicht entgehen lassen und von mir aus können wir sofort damit anfangen."

Mit dieser Reaktion hatte ich wirklich nicht gerechnet und wurde verlegen. Miles zeichnen und dann noch nackt und sofort? Verdammt, hätte ich nur meinen Mund gehalten. Das war ein Scherz gewesen. Nun konnte ich keinen Rückzieher machen, sonst würde ich mein Gesicht verlieren.

Ich schaute Miles an.

„Bist du sicher? Ist das dein Ernst?", fragte ich nach.

„Kim, ich meine es todernst", gab er von sich.

Ich schluckte.

„Okay, ich werde morgen anfangen", erklärte ich.

Miles schaute mich herausfordernd an.

„Nein, Kim. Ich möchte jetzt damit anfangen. Morgen habe ich nur bedingt Zeit."

Ich blickte ihn unverständlich an, was ihm seinerseits ein Lachen entlockte.

„Kim, ganz einfach zu erklären. Ich bin da und habe gerade genug Hintern in der Hose und auch Lust. Für dich kommt keine Langeweile auf, bist abgelenkt, hast eine Aufgabe und gleich deinen ersten Kunden. Oder willst du doch lieber einen Rückzieher machen?", warf er mir scherzhaft entgegen.

Er schaute mir tief in die Augen und ich sah es darin amüsiert aufblitzen. Ich schluckte und dachte bei mir, verdammter Mistkerl.

„Gut, Miles du wolltest es nicht anders. Würdest du dir bitte einen Stuhl aus der Küche holen? Und wenn du schon einmal auf dem Rückweg bist, die in der

Garderobe stehenden Malutensilien dazu?"

Miles machte, was ich ihm auftrug und in wenigen Minuten hatte ich Block und Kohlestift zur Hand. Miles stellte den Stuhl in die Mitte des Raumes.

„Du kannst dich jetzt im Bad entkleiden. Nimm dann bitte Platz auf dem Stuhl", forderte ich ihn auf.

„Ich habe aber kein Problem damit, mich hier vor dir auszuziehen", meinte er und sah mich frech an.

„In Ordnung, Miles. Tu es und ich werde erst einmal deinen Körper grob umreißen, denn hier herrschen schlechte Lichtverhältnisse. Die Feinheiten werde ich später bei Tageslicht im Atelier ausarbeiten. Das muss dir vorerst genügen."

Miles knöpfte ganz langsam sein Hemd auf, welches er zuvor aus der Hose gezogen hatte. Er schaute mich dabei provozierend an und legte es auf den Sessel. Sein muskulöser Oberkörper sprang mich regelrecht an und mit einem Sixpack bei ihm, hätte ich nun wirklich nicht gerechnet. Ich sog unhörbar die Luft ein und starrte wie fixiert darauf. Miles sah meinen Blick auf seinem Körper haften und grinste wieder vor sich hin. Ich schluckte und mein Herz schlug bereits bis zum Hals. Ich hatte das ungute Gefühl, dass Miles meine Schlagader pochen sehen konnte. Kim reiß dich bloß zusammen, schimpfte ich in mich hinein. Er ist nicht der erste Mann, den du heute nackt porträtierst und außerdem nur ein Kunde. Der erste nicht, meldete sich meine andere Stimme, aber der jenige, der mich dabei nicht kalt lässt und auch noch verdammt gut aussieht. Miles machte sich ganz langsam daran seinen Gürtel zu öffnen, um dann mit dem Reißverschluss seiner Hose fortzufahren. Ich musste erneut schlucken und um nicht direkt dabei zusehen zu müssen, wie er sich vor mir genussvoll entkleidete, fing ich schon an, mit zitternder Hand die Umrisse seiner Gestalt zu zeichnen. Mittlerweile stand Miles vor mir, völlig nackt und an einer bestimmten Stelle sehr gut ausgestattet. Wie hypnotisiert schaute ich auf sein allerbestes Stück. Miles fing schallend das Lachen an.

„Hallo! Erde an Kim! Ich hoffe du bleibst jetzt vor Erstaunen nicht starr, denn da wird das Bild nie fertig werden", meinte er frech.

Ich erschrak. Irgendwie musste ich mich aus dieser Situation bugsieren.

„Miles! Wenn du nicht augenblicklich mehr Ernst in diese Sache bringst, kannst du dich sofort anziehen und verschwinden", konterte ich.

Er schaute mich an und grinste überlegen vor sich hin.

„In welcher Position möchtest du gezeichnet werden? Stehend oder entspannt?", fragte ich unbewusst nach.

Miles hatte schon wieder dieses komische Grinsen im Gesicht.

„Am liebsten stehend."

Dabei schaute er an sich herunter und sein Blick blieb an seinem besten Teil hängen. So, jetzt reichte es mir wirklich mit seinen frechen Antworten.

„Ja, besitzt du denn soviel Stehvermögen? Nicht jeder hat diese Disziplin und kann so eine Strapaze eisern durchhalten", kommentierte ich.

„Och, dass kommt auf einen Versuch an und wir können es gerne gemeinsam austesten", gab er zurück.

Jetzt blieb mir endgültig von soviel Dreistigkeit und Schlagfertigkeit die Spucke weg. Ich beschränkte mich deshalb nur auf das Zeichnen und benötigte ungefähr eine Viertelstunde, um die Grunddetails aufs Papier zu bringen.

„Fertig! Miles du kannst dich wieder anziehen", bat ich ihn.

„Schade, dass die Zeichenstunde vorbei ist", bedauerte er. „Ich würde zu gerne sehen, was du da so fabriziert hast."

Mit extrem langsamen Schritten kam er auf mich zu. Nackt. Mein Herzschlag setzte stellenweise aus und ich musste mich zusammenreißen, damit mir nicht die Schamesröte ins Gesicht stieg. Mit jeder Bewegung, in meine Richtung, war ich einem Infarkt deutlich näher. Ich bekam Schweißausbrüche, meine Hände fingen das Zittern an und wurden urplötzlich eiskalt.

Bleib endlich stehen verdammt, sonst kann ich für nichts garantieren, dachte ich. Um dieser Situation zu entkommen in die Miles mich brachte, versuchte ich aufzustehen.

„Bleib doch ruhig sitzen, Kim. Denk daran du sollst deinen Knöchel entlasten. Ich bin doch auf dem Weg zu dir", meinte er süffisant.

Schon stand er neben mir, begutachtete die Zeichnung und ich vermied krampfhaft auch nur einen Blick nach rechts oder links zu riskieren. Ich schloss kurz meine Augen, schluckte und atmete tief durch. Was dachte sich Miles da eigentlich? Er beugte sich langsam zu mir herunter.

„Bist du denn mit meinem Stehvermögen zufrieden?", hauchte er mir ins Ohr.

Wie von der Tarantel gebissen sprang ich hoch, ohne Rücksicht auf meinen frisch geschundenen Knöchel zu nehmen. Der Schmerz, der mich dabei durchfuhr, brachte mich in die Wirklichkeit zurück. Ich humpelte zum Sessel, schnappte Miles Klamotten und warf sie ihm mit Nachdruck entgegen.

„Sorry, was ist denn in dich gefahren? Habe ich was Falsches gesagt?", fragte er und schaute provozierend herüber.

Ich blickte durchdringend zurück.

„Du benimmst dich im Moment äußerst unpassend. Man stellt sich nicht unmittelbar und direkt vor eine Dame und schon gar nicht nackt", fauchte ich.

Miles lachte.

„Ich denke du bist Künstlerin? Da dürfte es dir doch nichts ausmachen, mit näherem Hautkontakt, Umgang zu pflegen."

Mir blieb die Luft weg. Ich schnaufte auf, humpelte Richtung Küche und dachte nur noch, raus aus dieser Situation. Nachdem Miles sich angezogen hatte, folgte er mir nach. Meine Gefühle hatten sich zum Glück wieder beruhigt und ich hatte mich unter Kontrolle. Ich hörte wie Miles sich räusperte und drehte mich um. Er hatte seine Zeichnung, meine Malutensilien und den Stuhl dabei. Ich nahm ihm alles aus der Hand. Er stellte den Stuhl an seinen Platz, stand wie ein kleiner Schuljunge im Raum und schaute mich fragend mit seinen Augen an.

„Hast du noch Lust auf eine Unterhaltung oder bist du müde?", wollte ich wissen.

Miles lächelte.

„Nein, Kim. Ich bin keinesfalls müde und ich würde mich gerne mit dir unterhalten."

Wir gingen wieder ins Wohnzimmer und ich vermied jede Berührung mit Miles, obwohl er mir beim Laufen behilflich sein wollte. Wie selbstverständlich setzte er sich neben mich auf die Couch und machte es sich bequem. So war das eigentlich nicht vorgesehen, dass er mir freundschaftlich nahe auf die Pelle rückte. Ich rutschte ein Stück weg. Miles schenkte noch einmal die Sektgläser voll und wir prosteten uns zu.

„Ich freue mich auf die Zeichnung. Wann darf ich denn wiederkommen und mein Stehvermögen erneut unter Beweis stellen?"

Fast hätte ich mich wieder am Sekt verschluckt. Er konnte es einfach nicht lassen.

„Miles, weißt du was? Es ist mir schnurzepiepegal, wann du wiederkommst. Dir scheint wohl entfallen zu sein, dass ich nicht laufen kann und Unmengen von Zeit habe."

„Na, das ist doch ein echtes Wort. Ich bleibe gleich morgen da, wenn ich dir das Mittagessen vorbeibringe. Hoffentlich schlägt mein nackter Anblick nicht auf deinen Magen oder verdirbt diesen gar."

Mir blieb einfach die Sprache weg. Was wollte Miles eigentlich mit seinen Ansagen bewirken? Hatte er doch ernsthaftes Interesse an mir? Das konnte ich im Moment nicht gebrauchen. Ich war erst frisch getrennt und wollte mich nicht wieder binden. Obwohl? Miles ließ mich nicht kalt. Je länger wir die Zeit miteinander verbrachten, verstärkte sich dieses Gefühl in mir, dass er mir den Kopf verdreht hatte. Er verabschiedete sich kurz nach Mitternacht. Eigentlich wollte er die Nacht hier im Haus verbringen. Mir war die Situation mit der Aktzeichnung deutlich zu heikel geworden und so verwies ich ihn ins Schloss.

„Miles, mir geht es gut und du kannst bei dir zuhause nächtigen. Wenn etwas ist, werde ich dich bei Bedarf anrufen. Bitte sei nicht böse, aber ich brauche meinen Schlafraum für mich ganz alleine."

Den schmollenden spielend, verabschiedete er sich. Ich schloss aufatmend die Tür hinter ihm ab und ließ den Schlüssel im Schloss stecken. Ich hinkte zurück in die Küche und sah mir Miles Aktzeichnung an, die wirklich gut gelungen war. Hier und da musste ich noch einiges verändern und je länger ich dieses Bild ansah, umso mehr bekam ich wieder Herzrasen. Ich stellte es weg, ging ins Schlafzimmer, legte mich ins Bett und hing noch einige Zeit meinen Gedanken nach. In diesen kam meistens Miles vor.

Wach wurde ich von dauerhaften Klingeln, Rufen und Klopfen an meiner Haustür. Miles, schoss es mir durch den Kopf. Verflixt, ich hatte gestern Nacht noch abgeschlossen und den Schlüssel stecken lassen.

„Moment! Ich bin gleich da!", schrie ich ganz laut und stieg aus dem Bett.

Meinem Knöchel ging es etwas besser und ich hatte nicht mehr so starke Schmerzen. Das passte ganz gut in mein Konzept, denn da konnte ich gleich zum Arzt zur Untersuchung, um meine Diagnose abzuholen. Mir schien, dass nichts gebrochen war, aber das musste Doc Morris entscheiden. Ich hinkte Richtung Haustür und schloss diese auf. Miles stand mit dem täglichen Frühstück vor mir und bat um Einlass. Ich gewährte ihm diesen lachend und er lief in die Küche.

„Miles, hast du Zeit für mich? Könntest du mich zum Doktor fahren? Mein Knöchel muss noch geröntgt werden und ich will es nicht zu lange hinziehen."

„Ja, Kim ich habe Zeit und werde fahren", erklärte Miles sich freundlicherweise dazu bereit.

Nach dem Frühstück zog ich mich an. Miles hatte sein Auto geholt und vor meiner Tür geparkt. Als ich aus dem Haus trat, sah ich einen schwarzen Jaguar stehen. Miles hatte immer eine Überraschung parat. Ich pfiff anerkennend durch die Zähne.

„Heute ohne Pferd aber mit mehr PS", meinte ich so nebenbei.

Er grinste wieder und half mir beim Einsteigen.

„Mein Gott, das ist wirklich umständlich, um in dieses Auto zu kommen. Ich hätte wohl besser ein Taxi bestellen sollen, wegen meiner Gehbeschwerden. Zum

Ein- und Aussteigen benötige ich hier wohl eher einen Kran."

Miles lachte schallend, amüsierte sich erneut über meine eigenartige Wortwahl und fuhr los. Wir parkten gleich vor der Arztpraxis, die nicht weit von meinem Appartement entfernt lag.

„Miles, ich werde auf dem Rückweg nach Hause, noch in meiner Wohnung vorbeisehen. Ich will überprüfen, wie weit die Handwerker gekommen sind, denn es ist schon wieder eine Woche her. Eigentlich müssten sich in den Räumen Fortschritte abzeichnen. Könntest du mich dorthin begleiten?", fragte ich.

„Klar. Kein Problem, Kim", gab er zurück.

In der Praxis hatte ich einige Privilegien, dank Miles, schnellstens zum Arzt zu kommen. Ich durfte gleich in die Röntgenkabine und sah aus den Augenwinkeln, wie Miles sein Handy betätigte. Nach der Aufnahme bat mich der Doc ins Sprechzimmer.

„Miss Webster es ist zum Glück nichts gebrochen bei ihnen. Verstauchungen schmerzen oft mehr, als ein Knochenbruch. Allerdings wird ihr Knöchel noch ein paar Tage in allen Farben schillern und die Schwellung geht langsam zurück."

Ich bedankte mich bei ihm und fragte nach dem Honorar.

„Das ist erledigt. Miles hat sich darum gekümmert", meinte er.

Ich schaute diesen fragend an.

„Na, da habe ich doch wenigstens noch ein paar Tänze bei dir gut", meinte er.

Ich drohte ihm mit dem Zeigefinger und musste lachen. Der Doc warf uns beide wissende Blicke zu und grinste. Als wir aus der Arztpraxis traten, kam uns überraschender Weise mein Makler entgegen und begrüßte uns überschwänglich..

„Das trifft sich gut, dass ich sie zufällig sehe. Ich wollte sie gerade anrufen, Miss Webster. Leider muss ich eine negative Nachricht überbringen. Die Firma, die ich für ihre Wohnung engagiert habe, ist gestern in Insolvenz gegangen. Nun verzögert sich der Umbau noch etwas, bis ich eine passende Ersatzfirma finde."

Ich dachte erst, dass mich der Makler verulken wollte, wurde dann aber eines Besseren belehrt. Nun lief alles aus dem Ruder. Die Verzweiflung musste mir so aus den Augen geschaut haben, dass Miles seinen Arm um mich legte.

„Du kannst solange im Haus wohnen bleiben, bis hier alles okay ist," erklärte er mir und ich dankte ihm.

„Mister Willow? Ist es möglich, dass sie sich sofort mit mir in Verbindung setzen, wenn sich etwas Neues ergibt?", fragte ich nach und dieser nickte.

Wir schüttelten uns die Hände zur Verabschiedung und einen kurzen Moment überkam mich das Gefühl, als wenn Miles und der Makler sich angrinsten. Ach Quatsch, was ich mir einbildete. Langsam wurde ich wirklich paranoid. Seit der Sache mit Jack war ich vorsichtiger geworden und traute keinem Typ mehr ohne weiteres. Miles half mir ins Auto und wir fuhren zurück.

Die Rückfahrt verlief wortkarg, denn ich war ziemlich angestunken wegen des Appartements. Die Situation passte mir gar nicht ins Konzept. Miles merkte das und hielt sich ausnahmsweise mit seinen dummen Sprüchen zurück. Er parkte vor meiner Türe und war mir beim Aussteigen behilflich.

„Kann ich noch etwas für dich tun Kim?", fragte er nach.

„Es wäre mir recht, wenn wir das Mittagessen heute

ausfallen lassen. Ich muss etwas nachdenken. Wenn du Lust hast, kannst du nachmittags zum Aktzeichnen vorbeikommen, da wird wenigstens etwas fertig."

Miles freute sich, sagte auf fünfzehn Uhr zu und wir verabschiedeten uns voneinander. Ich knallte meine Tasche beim Betreten des Flurs in die Ecke. So ein verdammter Mist. Nahm denn meine Pechsträhne kein Ende. Dies ging nun schon seit vier Monaten so zu. Erst hatte mich Jack mit seiner Sekretärin betrogen, was ich nur durch einen dummen Zufall herausfand. Später hatte er mich noch in einem Anfall von Wut und Trunkenheit fast krankenhausreif geprügelt, als ich mitteilte, dass ich ihn verlassen würde. Er schob mir die ganze Schuld zu, dass unsere Beziehung in die Brüche gegangen war. Jetzt lief mit dieser Wohnung auch alles schief. Kein Wunder, wenn man eigenartig wurde und überall Verschwörungen witterte. Jedenfalls würde mir eine Situation wie im Falle Jack nicht mehr passieren, dass hatte ich mir geschworen. Von einem Kerl würde ich mich nie mehr verprügeln oder demütigen lassen. Ich ging in die Küche, kochte mir schnell einen Kaffee und kurz darauf erschien Miles wieder. Er schnappte sich sofort einen Stuhl, um damit in Richtung Wohnzimmer zu eilen.

„Halt! Nicht so schnell mit den jungen Pferden. Heute bitte im Atelier neben dem Schlafzimmer. Außerdem sind dort die Lichtverhältnisse besser", sagte ich ihm und dachte mir aber auch gleichzeitig, dass ich ihn so besser unter Kontrolle hatte, da der Raum von außen einsehbar war.

Etwas enttäuscht schlich Miles in das Zimmer und stellte dort den Stuhl ab. Ich holte inzwischen meine Zeichenutensilien und bat ihn sich schon auszuziehen und die gleiche Position wie gestern einzunehmen. Er zierte sich etwas beim Entkleiden. Ich musste lachen.

„Na, Miles? Gar nicht mehr so forsch wie gestern Nacht. Ich denke du brauchst keine Angst zu haben, dass gerade jetzt jemand vor dem Fenster steht und hereinschaut", stichelte ich.

Diesmal wurde Miles bis über beide Ohren rot und so wie es aussah, hatte ich heute wieder die Oberhand. Ich grinste in mich hinein und komischerweise ließ mich Miles Nacktheit bei Tageslicht völlig kalt. Ich stellte das angefangene Bild auf die Staffelei und zeichnete konzentriert weiter. Gegen Abend hatte ich den Akt vollständig angefertigt und übergab ihn Miles. Er schaute sich seine Zeichnung an und nickte dann anerkennend.

„Kim, was bin ich dir dafür schuldig?", fragte er.

„Nichts! Ich schenke sie dir, Miles. Ich bin froh, dass ich hier ohne weitere Kosten wohnen darf", erwiderte ich während er sich anzog.

Miles nickte und dankte mir. Verwundert schaute ich in seine Richtung. Diesmal kamen gar keine dummen Sprüche und ich lud ihn dafür zum Abendessen ein. Die gemeinsamen Zusammenkünfte schienen langsam zur Gewohnheit zu werden, schoss es mir durch den Kopf. Wir unterhielten uns sehr angeregt.

„Kim? Übermorgen ist wieder Mittwoch und somit ein weiterer Tanzabend", erinnerte mich Miles.

„Ja, schön für dich, Miles. Mit dem Tanzen wird es wohl bei mir diesmal nichts werden", meinte ich und deutete zur Erinnerung auf meinen Knöchel.

„Deine Anwesenheit ist mir aber sehr wichtig und du musst nicht unbedingt tanzen", erwiderte er.

Ich versprach zu erscheinen und wir verabschiedeten uns voneinander. Miles küsste mich zärtlich auf die Wange und winkte mir beim Gehen zu. An diesem

Abend wurde mir zum ersten Mal richtig bewusst, dass ich mich tatsächlich in Miles verliebt hatte. Ich schob den Gedanken schnell zur Seite, da immer noch die schlechte Erfahrung mit Jack überwog.

Der nächste Tag verlief ohne Vorkommnisse und ich konnte richtig auf meiner Couch relaxen. Miles hatte geschäftliche Dinge zu erledigen und obwohl er mich mitnehmen wollte, zog ich es vor, einmal ganz allein zu sein. So konnte ich ungestört meinen Gedanken nachhängen und einige Sachen für mich geradebiegen. Gegen zwanzig Uhr klingelte es an meiner Tür, ich öffnete. Miles stand mit einem riesigen Rosenstrauß davor. Ich war völlig überrascht über seinen Besuch.

„Hallo! Wie fühlst du dich? Ich habe das Geschäft meines Lebens gemacht und möchte dich daran teilhaben lassen. Zwei Millionen habe ich heute locker verdient, mit einem Verkauf eines Riesenanwesens im Nachbarort", erklärte er mir auf dem Weg in Richtung Küche.

Ich freute mich mit ihm und beglückwünschte ihn. Miles redete weiter.

„Nun sucht der Käufer, den ich persönlich gut kenne, eine zuverlässige Innenarchitektin und da habe ich an dich gedacht."

Ich schluckte und musste mich erst einmal setzen. Miles war in seinen Erzählungen gar nicht zu bremsen und hielt mir den Grundriss hin.

„Dieses Bauwerk hat fünf Bäder, eine riesige Küche, fünfundzwanzig Räume und diese müssen alle neu eingerichtet werden. Allerdings musst du den Preis mit dem Klienten selbst aushandeln. Der ist Milliardär und ich denke, dass ihm wahrscheinlich egal sein wird, wie viel es kostet. Du musst allerdings schon morgen mit mir zu dem Interessenten fahren. Dieser möchte dich gerne persönlich kennen lernen."

Ich sagte Miles zu und er zog mich in einem Ansturm von Freunde an sich und tanzte mit mir durch die Küche. Mein Knöchel fand das nicht prickelnd und ich schrie schmerzerfüllt auf. Miles erschrak, blieb stehen und hielt sich entsetzt die Hand vor den Mund.

„Entschuldige! Kim, ich wollte das wirklich nicht. Ich habe in meinem Freudentaumel nicht mehr an deine Verletzung gedacht."

Ich musste trotz meiner Schmerzen über ihn lachen.

„Wenn du schon so stürmisch bist, dann tu mir bitte einen Gefallen, hole eine Vase aus dem Schrank und stelle die Blumen hinein."

Miles beeilte sich, um meinen Wunsch gerecht zu werden. Da Männer ja bekanntlich technisch unbegabt sind, war die Vase zu klein und fiel um. Zum Glück befand sich noch kein Wasser darin. Typisch Miles, dachte ich und nahm ihm alles aus der Hand. Ich holte eine größere Vase und füllte diese mit Wasser, dann stellte ich die Rosen hinein, arrangierte sie etwas und wie es der Teufel eben so will, verletzte ich mich an den Dornen. Ich fluchte und sah, dass zwei meiner Finger in Mitleidenschaft gezogen waren. Das Blut tropfte herunter. Miles lief auf mich zu, nahm meine Finger hoch und küsste mir das Blut von den Fingern. Ich zog erschrocken meine Hand zurück, dachte mir, dass Miles jetzt völlig austickte und zum Vampir mutierte und schaute entsetzt in seine Augen. In diesem Augenblick schnappte er mich, zog mich an sich und drückte mir seine blutverschmierten Lippen auf den Mund. Ich schmeckte mein eigenes Blut und mir wurde schlecht. Miles war wie im Rausch. Ich wollte zurückweichen, was mir allerdings nicht gelang. Er hielt mich so fest, dass ich mich nicht aus seiner

Umarmung winden konnte. Beim Küssen sah er so intensiv mit seinen blauen Augen fordernd in die meinen, dass das, was dann mit mir geschah, nicht zu beschreiben war. Irgendwie verlor ich mich und gab mich seinem Verlangen hin. Wir küssten uns leidenschaftlich und ich genoss es auch noch in vollen Zügen. In mir stieg ein Gefühl hoch, dass ich nicht einmal bei Jack empfunden hatte. Jack, dass war wohl das Stichwort. Keuchend entwand ich mich aus Miles Umarmung und wich zurück. Angeekelt wischte ich mit dem Handrücken über den Mund und schüttelte mich. Was geschah hier eigentlich? Ich verstand mich und die Welt nicht mehr und machte Dinge, die ich eigentlich nicht tun wollte. In Miles Augen sah ich ebenfalls einen erschreckten Ausdruck. Beide standen wir uns nur starr und schweratmend gegenüber, bis ich das Schweigen brach.

„Verdammt! Miles! Wenn du mit mir in Zukunft gut auskommen willst, dann versuche nie wieder mich in dieser Art und Weise ungefragt zu küssen, außer ich gestatte es freiwillig. Meine schlechten Erinnerungen an meine vorherige Partnerschaft sind noch zu frisch und die Wunden noch nicht verheilt. Außerdem habe ich keine Lust, mich erneut an einen Mann zu verlieren oder zu verschwenden, der nur mit mir spielen und mich in einem Anflug der Leidenschaft für eine Nacht ausnutzen will. Um eine Beziehung mit dir einzugehen, muss ich dich erst näher kennen lernen und diese ganz langsam aufbauen. Entweder hast du Geduld mit mir oder du lässt es bleiben."

Miles stand wie ein geprügelter Hund vor mir, blickte beschämt zu Boden und entschuldigte sich.

„Empfindest du denn nichts für mich, Kim?", fragte er mich.

Ich schaute im ins Gesicht.

„Doch Miles, ich empfinde schon etwas für dich. Bitte mache es aber jetzt durch solche Aktionen nicht schon kaputt", gestand ich.

„Okay, Kim. Ich wünsche dir einen wunderschönen Abend und gehe jetzt wohl besser. Morgen hole ich dich gegen zehn Uhr ab und nehme dich mit zu dem neuen Kunden, wegen der Einrichtung."

Ich wünschte ihm auch eine gute Nacht und brachte ihn zur Tür. Beim Hinausgehen hielt ich ihn am Arm zurück und blickte ihm in die Augen.

„Bitte, Miles sei mir nicht böse", bat ich ihn. „Bei Gelegenheit und zu gegebener Zeit werde ich dir die ganze Geschichte aus meiner Beziehung erzählen und du wirst alles verstehen."

Miles erwiderte meinen Blick, löste ganz langsam meine Hand von seinem Arm und ging. Ich lief zurück ins Haus und war völlig verwirrt. Meine Gedanken überschlugen sich und mir wurde klar, dass ich schnell eine Lösung finden musste. Im tiefen Inneren hatte ich mich bereits für Miles entschieden. Vielleicht hatte ich mir mit meinem Auftritt eben, alles verscherzt. Ich ging in die Küche und erblickte den Rosenstrauß. Er hatte sich über seinen Erfolg gefreut, mir spontan die Blumen geschenkt und mir dann einen Job vermittelt. Wenn er kein Interesse an mir hätte, wäre dies wohl nicht geschehen. Von meinen Gefühlen hin und her gerissen verzog ich mich in mein Bett und konnte noch lange nicht einschlafen.

- Mittwoch - der erste Gedanke, der mir beim klingeln des Weckers in den Kopf schoss. Gothicabend und nicht zu vergessen das heutige Treffen mit meinem vielleicht ersten gut zahlenden Kunden. Beschwingt stieg ich aus dem Bett und duschte ausgiebig. Das anschließende Frühstück genoss ich zum ersten Mal alleine. Mit einem Blick in Richtung Küchenuhr, stellte ich fest, dass ich noch etwas Zeit hatte. Ich schaltete das Radio ein und summte vor mich hin. Nach dem Frühstück zog ich mich angemessen an. Gute Klientel, also schwarzes Kostüm, weiße Bluse und ein paar hochhakige Schuhe. Als ich in diese schlüpfen wollte, folgte gleich die Strafe auf dem Fuß. Mein Knöchel spielte noch nicht mit. Verflucht, jetzt musste ich ein paar ausgetretene, flache Latschen anziehen. Es ging aber nicht anders. Zumindest für die nächsten Tage noch nicht. Ich suchte mir ein schickes Paar aus und zog es an. Geht doch, dachte ich als ich in den Spiegel blickte. Ich packte meine Aktentasche zusammen und wartete auf Miles. Pünktlich um zehn Uhr klingelte es an meiner Tür. Ich öffnete und Miles sah wirklich umwerfend in seinem Anzug aus. Er begrüßte mich und ging zu seinem Auto zurück. Ich wunderte mich über sein Verhalten, dass heute sehr kühl ausfiel, schloss das Haus ab, setzte mich neben ihn ins Auto und schnallte mich an. Er fuhr los, beachtete mich überhaupt nicht und es kam während der Fahrt kein einziges Gespräch auf. Mir wurde bewusst, dass ich letzte Nacht irgendetwas bei ihm ausgelöst hatte. Miles fühlte sich sicher in seiner männlichen Ehre gekränkt, dass ich ihn abgewiesen hatte. Ich schaute ihn von der Seite an, sah sein unterkühltes Gesicht, schluckte und überlegte wie ich mich verhalten sollte. Es war Eiszeit angesagt. Ein immer größer werdender Kloß breitete sich in meinem Hals aus und mein Mund wurde ganz trocken. Ich starrte aus dem Frontfenster. Am liebsten wäre ich ausgestiegen und zurückgelaufen. Ich fühlte mich gar nicht wohl in meiner Haut und getraute mich Miles auch nicht anzusprechen. Meine Stimmung sank sofort auf Null und blockierte damit meine Ideen, die ich bereits für meinen solventen Kunden ausgedacht hatte. Nach etlichen schweigenden und quälenden Minuten kamen wir endlich an unserem Ziel an. Miles befuhr die Auffahrt des Anwesens, das genauso eine imposante Erscheinung hatte, wie das Grundstück von Miles. Er hielt an, stieg aus, ohne mich zu beachten und schlug die Autotür zu. Mühsam schälte ich mich aus dem Sitz und vertrat mir trotz flacher Schuhe beim Aussteigen wieder das rechte Fußgelenk auf dem grob kiesgesäumten Weg. Ich hätte heulen können vor Wut. Miles beobachtete mich die ganze Zeit ausdruckslos bei meinen verzweifelten Bemühungen aus dem Auto zu steigen. Mit Nachdruck schlug ich die Beifahrertür zu, wobei ich einen bösen Blick von ihm erntete. Mir war das im Moment egal und ich schaute provozierend zurück. Die Luft zwischen uns war zum Schneiden. Mein Knöchel stach und mir blieb die Luft weg, dass mir schlecht wurde. Nur jetzt nicht blamieren, denn da kam schon der Auftraggeber ein grauhaariger, älterer Herr auf uns zugeeilt.

„Guten Tag, Miles. Miss Webster nehme ich an? Ich bin Mister Miller und ab heute ihr Auftraggeber."

Er schüttelte meine Hand, plauderte etwas mit Miles und wandte sich dann wieder an mich.

„Nun zu uns Miss Webster. Miles hat sie wärmstens empfohlen. Ich würde ihnen gerne alle Räumlichkeiten zeigen. Auf ihre Ideen wie sie alles verschönern, bin ich sehr gespannt."

„Haben Sie bestimmte Vorstellungen oder lassen Sie mir freie Hand?", fragte ich nach.

Er lächelt mir zu.

„Beides. Aber nun folgen sie mir ins Gebäude."

Ich nickte, setzte zum ersten Schritt an und schrie

schmerzerfüllt auf. Super, mein Knöchel streikte. Mein Gott war mir das peinlich. Mister Miller drehte sich erstaunt zu mir und schaute mich fragend an.

„Ich hatte vor ein paar Tagen einen Unfall und habe mir beim Aussteigen auf dem Kiesweg den Knöchel erneut verdreht", erklärte ich ihm.

„Dann werde ich dies als erstes zum Anlass nehmen und den Kiesweg verschwinden lassen. Hier herrscht in absehbarer Zeit reger Damenverkehr und da soll nicht noch einmal etwas passieren. Kann ich ihnen beim Laufen behilflich sein?", wollte er wissen.

Ich bedankte mich und verneinte. Ich sah zu Miles hinüber und hoffte auf dessen Hilfe. Dieser würdigte mich immer noch keines Blickes und folgte langsam unserem Auftraggeber. Mir war wirklich nur noch zum Heulen zumute und ich humpelte umständlich hinter den beiden her. Die Treppen im Schloss wurden zur Tortur für mich und ich hatte liebe Not, dem Besitzer durch die Räume zu folgen. Vor lauter Schmerz konnte ich keinen klaren Gedanken fassen um annähernd produktives zum Gestalten der Räume von mir zu geben. Mister Miller schien zu bemerken, dass ich furchtbare Schmerzen hatte, im Gegensatz zu Miles.

„Miss Webster? Wollen sie lieber in den nächsten Tagen vorbeikommen, wenn es ihrem verletzten Bein besser geht?", fragte er nach.

Mühevoll unterdrückte ich meine aufkommenden Tränen und schüttelte den Kopf.

„Danke, Mister Miller für ihr Verständnis. Ich verspreche Ihnen, mir besonders viel Mühe mit der Ausstattung zu geben. Die Räume habe ich nun zum Teil gesehen, den Grundriss von Miles bereits erhalten und so kann ich gleich damit anfangen die Entwürfe zu fertigen."

Mister Miller gab mir grünes Licht und freie Bahn. Ich verabschiedete mich und trat auch hier den Rückzug unter Schmerzen an. Miles stiefelte los und war kurz darauf verschwunden. Ich sah aus den Augenwinkeln wie Mister Miller verwundert den Kopf schüttelte. Den Weg bis zum Auto heulte ich vor Schmerzen und Wut still vor mich hin und fragte mich, warum Miles mich so überaus schäbig behandelte. Die Tränen liefen mir über die Wangen und ich konnte fast nichts mehr erkennen. Als ich am Auto ankam, saß Miles bereits mit trommelnden Fingern da und würdigte mich weiterhin keines Blickes. Ich war noch nicht ganz eingestiegen, als er bereits Gas gab und losfuhr. Ich saß neben ihm, sagte keinen Ton und meine Tränen unterdrückte ich so gut wie ich konnte. Mein Gesicht sprach andere Bände, denn die Wimperntusche tropfte auf meine Hände und hinterließ schwarze Spuren.

Ich musste ja fürchterlich aussehen. Zwischendurch zog ich schniefend meine Nase hoch. Miles starrte stur auf die Straße und fuhr wie ein Verrückter den Weg zurück. Der Jaguar hatte eine Superstraßenlage im negativen Sinn und jedes Schlagloch und Unebenheit setzte sich als Schmerzwelle in meinem Knöchel fort. Ich hatte außerdem fürchterliche Angst, dass ein Unfall passieren würde bei dieser Raserei. Völlig verkrampft saß ich im Auto und wagte mich nicht zu rühren. Endlich kamen wir zuhause an. Miles fuhr nicht bis vor mein Haus, sondern nur bis zu dem Parkplatz seines Anwesens, bremste abrupt ab und ich flog urplötzlich nach vorne. Da ich vergessen hatte mich auf dem Rückweg anzuschnallen, bekam ich dies nun zu spüren. Ungebremst knallte ich mit meinem Kopf voll auf das Armaturenbrett. Ich wurde wieder zurückgeschleudert, schrie vor Schmerz auf und griff mir entsetzt an den Kopf. Erschrocken schaute ich seitlich zu Miles, der, ohne eine Miene zu verziehen lässig seinen Zündschlüssel abzog, sich abschnallte, mich keines Blickes mehr würdigte und ausstieg. Er schlug die Autotür zu und lief aufreizend langsam in Richtung seines Hauseinganges. Verdutzt schaute ich ihm nach. Mit Beule am Kopf und stechendem Schmerz im Knöchel versuchte ich erneut verzweifelt aus dem Auto zu gelangen, was mir erst nach einigen Fehlversuchen gelang. Ich heulte wie ein Schlosshund und knallte wutentbrannt mit Wucht die Beifahrertür zu. Mit Nachdruck trat ich ein paar Mal außer mir vor Wut gegen diese, was sichtliche Dellen hinterließ und meinen Fuß nur noch mehr schadete. Völlig entnervt und von der Rolle, humpelte ich los. Nun musste ich auch noch sehen, wie ich mit diesen Verletzungen in mein Haus kam. Plötzlich wurde ich äußerst brutal herumgerissen und heftig geschüttelt, was mir noch mehr Schmerzen verursachte. Erschrocken sah ich in Miles Gesicht. Jack war in meiner früheren Beziehung oft genauso mit mir verfahren und ich versuchte mich verzweifelt aus dem Klammergriff zu befreien.

„Verdammt, Kim! Ich habe entgültig von dir und deinen bescheuerten Launen die Nase voll! Mein Auto ist kein Prellbock! Hast du überhaupt eine Vorstellung, was so eine demolierte Türe zum Richten kostet? Du bist eine frustrierte, hysterische und völlig verdrehte Emanze und weißt nicht was du willst. Bewältige erst einmal dein Leben! Außerdem brauchst du heute abends nicht auf dem Ball erscheinen! Deinen Anblick möchte ich mir gerne ersparen und ich kann auch in Zukunft gut auf dich verzichten!", schrie er mich an.

Dieser Satz versetzte mir einen heftigen Stich. Wie

durch einen Schleier sah ich sein Gesicht vor mir. Ich konnte mich fast nicht mehr auf den Beinen halten, mein Schädel drohte zu platzen und mir war speiübel.

„Miles! Hör auf meine Arme so brutal zu drücken und mich zu schütteln wie ein Irrer! Lass mich sofort los! Von Frauen scheinst du überhaupt keinen blassen Schimmer zu haben und siehst sie nur als Sexobjekte. Deine ganze Intelligenz ist auch nur auf den unteren Teil deines Körpers reduziert, wie bei allen Kerlen. Du bist ein oberflächliches, kaltes, blutsaugendes Monster und musst dringend zum Psychiater. Ich hasse dich für das, was du gerade wieder mit mir veranstaltest", warf ich ihm entgegen.

Miles stutzte kurz und schaute mich verblüfft an.

„Deine Meinung interessiert mich überhaupt nicht, Kim!", brüllte er dann und machte weiter.

Er geriet völlig außer sich und ich hing wie eine Puppe in seinen Armen. Durch das ewige Geschüttel wurde mir kurz schwarz vor Augen und ich sackte weg. Miles schien darüber nun doch erschrocken zu sein und ließ mich los. Ich fiel auf meine Knie, übergab mich würgend und rappelte mich mühsam wieder hoch. Miles stand immer noch wie ein Racheengel vor mir und musterte mich überlegen. In diesem Moment verlor ich meine ganze Beherrschung und rastete völlig aus. Ich sah plötzlich Jack vor mir und ließ Miles nun für das büßen was Jack mir in der Vergangenheit angetan hatte. Wütend holte ich aus und schlug ihm links und rechts ins Gesicht und das ein paar Mal hintereinander. Miles stand da wie vom Blitz getroffen und rührte sich nicht mehr. Geschockt über mein Verhalten, drehte ich mich herum und humpelte heulend weg. Ich fühlte seine bohrenden Blicke in meinem Rücken und rechnete jeden Augenblick damit, dass er mich wieder brutal herumriss. Was hatte ich da nur getan, schoss es mir durch den Kopf. Nun war das geschehen, was ich immer vermeiden wollte, ich hatte jemanden körperlich Schmerzen zugefügt. Meine Hand brannte, also hatte ich dementsprechend stark zugeschlagen. Ich erreichte das Haus, schloss umständlich auf und stolperte hinein. Verzweifelt rutschte ich an der Innentür herunter, meine Nerven hatten ihre Grenze erreicht und ich konnte nicht mehr. Wie lange ich dort heulend und schniefend gesessen hatte, konnte ich nicht sagen. Nach einiger Zeit beruhigte ich mich wieder und krabbelte auf allen Vieren ins Bad. Ich zog mich am Waschbecken hoch und erschrak vor mir selbst im Spiegel. Ich sah ja fürchterlich aus. Meine linke Stirn zierte eine riesige Beule und mir schoss der Gedanke durch den Kopf, dass ich so in den nächsten Tagen nicht vor meinem neuen Auftraggeber erscheinen konnte. Ich war so fertig mit mir und der Welt, dass ich in Erwägung zog den Auftrag abzugeben. Während ich mein Gesicht reinigte, versuchte ich in die Küche zu gelangen. Aus dem Gefrierfach holte ich einen Eiswürfelbeutel und drückte diesen auf meine Stirn. Durch die Kühlung wurden die Schmerzen erträglicher. Am besten wäre, ich würde mich schon aus Vorsorge ins Gefrierfach setzen, schoss es mir durch den Kopf. Ich schlug den Kühlschrank zu, humpelte in Richtung Schlafzimmer und öffnete die Tür. Ich sah mit Entsetzen, dass Miles mir entgegenkam und dachte erst ich hätte Hirngespinste. Wie war er ins Haus gekommen? Da stand er vor mir und wollte nach mir greifen. Mein Verstand setzte nun völlig aus. Ich schrie erschrocken auf, wich zurück und riss beide Arme zum Schutz vor mein Gesicht. Gleich würde es Schläge geben, wie früher bei Jack. Im gleichen Augenblick verlor ich das Gleichgewicht und knickte wieder wegen meines schmerzenden Knöchels ein. Ich saß am Boden, die Hände weiter schützend über mich haltend und hörte mich nur schreien, bis Miles mich hochriss und an sich drückte. Ich wurde fast verrückt vor Angst. Was hatte er mit mir vor? Ich versuchte mich verzweifelt aus seiner Umklammerung zu lösen, was mir nicht gelang. Er hielt mich fest, strich mir über den Rücken und redete beruhigend auf mich ein. Ich stammelte völlig wirre Sätze. Wie lange wir so standen, konnte ich nicht einschätzen. Nach einiger Zeit kam ich noch immer am ganzen Körper zitternd zur Ruhe. Miles hielt mich weiterhin fest, was mir trotz meiner panischen Angst ein schützendes Gefühl gab. Ich war völlig fertig, hatte wahnsinnige Kopfschmerzen, übergab mich erneut, diesmal auf seinen Anzug und brach endgültig in seinen Armen zusammen. Ich nahm nur schemenhaft wahr, wie er mich auf die Couch verfrachtete. Dann wurde ich ohnmächtig.

Ich kam wieder zu mir, als am nächsten Morgen der Arzt vor meinem Bett stand.

„Kim? Darf ich dich so nennen? Wie fühlst du dich? Geht es besser?", erkundigte er sich.

Ich stöhnte auf und schaute mich um. Danach brauchte ich eine zeitlang, bis ich wieder wusste, was am Vortag geschehen war. Mir fehlten Bruchstücke.

„Ist das normal? Ich kann mich an einiges nicht mehr erinnern", fragte ich verzweifelt nach.

„So wie ich das sehe, bist du in letzter Zeit enormen Extremsituationen ausgesetzt gewesen. Da kann es passieren, dass sich das Gehirn zum Eigenschutz einfach abschaltet und es zu Gedächtnisverlust führt. Es kann Tage aber auch nur Stunden dauern, bis die

Erinnerung wiederkommt", klärte er mich auf und verabreichte mir eine weitere Beruhigungsspritze.

„So, nun mach dir keine Sorgen. Miles und Milly werden heute mehrmals am Tag und in der Nacht vorbeischauen. Miles hat mir gestern alles erzählt. Deshalb würde ich mich gerne in den nächsten Tagen einmal mit dir unterhalten, was deinen Gemütszustand betrifft. Eine leichte Gehirnerschütterung hast du dir durch den Aufprall im Auto zugezogen, deswegen die Übelkeit und das Erbrechen. Deinem Knöchel habe ich erst mal eine Schiene verpasst und ihn somit ruhiggestellt."

„Nein! Das geht nicht! Ich habe einen wichtigen Auftrag zu erledigen", rief ich.

„Das muss gehen, Kim. Mister Miller ist bereits von Miles verständigt worden und hat alles abgeklärt. Das einzige was du im Moment brauchst ist jetzt sehr viel Schlaf und Ruhe", meinte er.

Die Spritze zeigte ihre Wirkung und während Doc noch mit mir sprach fielen mir bereits die Augen zu. Im Hintergrund sah ich wie Miles den Raum betrat, versuchte zu lächeln und war wieder im Land der Träume verschwunden.

Ausgeruht wachte ich auf und fühlte mich ganz gut. Was ich nicht wusste war, dass ich vor Tagen mit extrem hohen Fieber zu kämpfen hatte. Ich wollte gerade aufstehen, da erschien Miles in der Tür, kam auf mich zu und drückte mich lächelnd ins Kissen zurück. Mir fiel auf, dass er ziemlich übernächtigt, unrasiert und schmal im Gesicht aussah.

„Schön, dass du wieder im Reich der Lebenden weilst, Kim", sagte er zu mir.

Als ich ihn verstört anschaute, erzählte er weiter.

„Du warst drei Tage nicht ansprechbar und wie in

einem Trancezustand. Während dieser Zeit hattest du furchtbare Alpträume in denen Jack vorgekommen ist. Ich habe dadurch Bruchteile über diese Beziehung zwischen dir und Jack in Erfahrung bringen können. Nun verstehe ich, warum du vor einer neuen Bindung Angst hast."

Ich versprach Miles demnächst alles zu schildern.

„Hoffentlich habe ich nicht zuviel ausgeplaudert."

Miles lachte.

„Nein, das hast du nicht. Dein Knöchel ist durch die Schienung auch wieder okay, die Beule am Kopf fast verschwunden, aber du sollst dich laut Doc, noch nicht so sehr anstrengen."

Ich bat ihn, mich ins Wohnzimmer zu bringen. Widerwillig kam er meinem Wunsch nach, hob mich aus dem Bett und trug mich auf die Couch.

„Miles? Kannst du mir helfen einige Gedächtnislücken zu schließen. Ich habe immer noch einen Filmriss, was an diesem besagten Tag nach dem Besuch bei Mister Miller passiert ist. Erinnern kann ich mich nur noch daran, dass ich heulend ins Auto gestiegen bin, danach vollkommener Blackout."

Miles setzte sich zu mir, räusperte sich und erzählte mir die ganze Geschichte noch einmal. Während seiner Ausführung, kam auch so nach und nach die Erinnerung zurück. Ich schlug die Hände vor mein Gesicht und bat ihn um Verzeihung. Mein Gott, war mir das alles peinlich und am liebsten wäre ich im Erdboden versunken.

„Ich habe mich dir gegenüber auch nicht korrekt verhalten, Kim", gestand mir Miles. „Wäre ich wegen dem verflixten Auto nicht extrem ausgerastet, hättest du nun diesen Nervenzusammenbruch nicht. Ich bin ziemlich erschrocken, als du wie eine Furie auf mich eingeschlagen und mich wüst beschimpft hast. Dann diese Situation im Schlafzimmer als du nur geschrieen und nicht mehr aufgehört hast."

„Wie bist du eigentlich ins Haus gekommen?", fragte ich nach.

„Du hast vergessen eines der Atelierfenster zu schließen und zu diesem bin ich dann hereingestiegen. Nach dem Streit bin ich dir gefolgt, um mich noch einmal vernünftig zu unterhalten und mich bei dir zu entschuldigen. Ich habe dich hinter der Haustüre verzweifelt heulen hören und auf mein Klopfen hast du gar nicht reagiert. Da machte ich mir doch ernsthaft Sorgen und überlegte, wie ich ins Haus kommen konnte. Dummerweise kam ich nicht auf den Gedanken, dass ich noch den Zweitschlüssel habe, sonst hätte ich die Tür benutzt. Ich wusste ja nicht, was ich damit anrichte, wenn ich durchs Fenster einsteigen würde. Glaube mir, sonst hätte ich diese bescheuerte Aktion sofort verworfen. Ist Jack in eurer Beziehung mit dir so umgesprungen? Hat er dich oft geschlagen?", wollte Miles außerdem wissen.

Ich nickte.

„Ja, Miles und genau das ist der Knackpunkt für meine Ausraster gewesen, als du mich heftig herumgerissen hast. Jack ist mit mir immer genauso verfahren und danach gab es grundsätzlich Schläge."

Miles strich mir zärtlich über das Haar. Ich schaute nachdenklich vor mich hin.

„Hast du nach diesem Vorfall wenigstens etwas von deinem Gothicabend gehabt?", fragte ich.

„Meine Gäste haben diesen Abend ohne mich verbringen müssen. Ich habe die Nächte bei dir Wache gehalten und ernsthaft Angst um dich gehabt. Du hast im Schlaf nur um dich geschlagen, geschrieen und warst völlig schweißgebadet. Wir mussten dir mehrmals die Wäsche wechseln."

Ich wurde feuerrot im Gesicht und Miles lachte.

„Keine Angst, ich habe mich da völlig rausgehalten. Milly und der Doc haben das bewerkstelligt."

Ich seufzte erleichtert auf, was Miles wieder ein freches Grinsen ins Gesicht trieb. Doc Morris schaute erneut vorbei und war mit mir zufrieden.

„Morgen kannst du bereits wieder etwas aufstehen", meinte er zu mir. „Jedoch am Anfang nicht gleich wieder übertreiben."

Ich versprach ihm ein braves Mädchen zu sein und Miles verließ das Wohnzimmer, um mit dem Doc noch etwas zu besprechen. Inzwischen hing ich meinen eigenen Gedanken nach. Ich musste unbedingt etwas ändern und die Sache mit Miles wieder ins rechte Licht rücken. Dies würde sich allerdings schwierig gestalten und ich konnte mir nicht verzeihen, was ich da angerichtet hatte. Mir stiegen die Tränen in die Augen. Wie hatte ich ihn nur so verletzen können. Im gleichen Augenblick betrat er das Wohnzimmer, stutzte und schaute mich fragend an. Sicher hatte er gesehen, dass ich geheult hatte. Ich schloss meine Augen um nicht in seine blicken zu müssen. Miles setzte sich zu mir und nahm mich wortlos in den Arm. Ich ließ es diesmal ohne Einwand geschehen und kuschelte mich an ihn. So saßen wir beide ohne große Worte, als es an der Tür klingelte. Miles öffnete und ich konnte nur an der Stimme erkennen wer es war. Bill kam überraschend zu Besuch. Miles verschwand mit Bill in die Küche und unterhielt sich eine zeitlang mit ihm. Bill schaute kurz zu mir herein, wünschte mir Gute Besserung und versprach in den nächsten Tagen einmal nach mir zu sehen. Ich winkte ihm zu und freute mich. Miles brachte ihn nach draußen und ging zurück in die Küche, um für mich eine Kleinigkeit zu kochen. Er kam mit Haferflockenbrei zurück und stellte ihn auf den Wohnzimmertisch. Ich schaute ihn entgeistert an.

„Das ist jetzt nicht dein Ernst, oder? Diese Pampe kannst du gerne selbst zu dir nehmen, denn ich werde dieses Zeug nicht anrühren", sagte ich.

„Das ist auf Anordnung von Doc. Kaum geht es dir besser, fängst du wieder Streit an" grinste er.

Ich würgte dieses Zeug hinunter, in der Hoffnung, dass ich es bei mir behielt. Angewidert schob ich die Schale zurück. Miles lachte und setzte sich wieder zu mir. Wir schauten zusammen einen Film und ich lehnte mich wieder gemütlich an seine Schulter. Mich durchströmte wieder dieses eigenartige Gefühl und ich bekam wieder das gleiche Herzklopfen, als ich ihn nackt gezeichnet hatte. Mein Herz pochte so heftig, dass es diesmal sogar Miles spürte. Er beugte sich schräg zu mir herunter, schaute mich an, wollte wissen ob alles okay ist und unsere Blicke trafen sich. Diese Augen dachte ich nur und verschmolz wieder mit seinem Blick. Diesmal war ich diejenige, die anfing ihn bewusst zu küssen. Ich näherte mich zögernd seinem Mund, küsste ihn kurz und fuhr mit meiner Zunge über seine Lippen. Miles zuckte erst zurück und ließ es dann geschehen. Ich schloss meine Augen und meine Küsse wurden immer fordernder und intensiver. Meine Hände fuhren über den muskulösen Körper von Miles und ich knöpfte langsam sein Hemd auf. Ich berührte seinen Brustkorb und strich behutsam darüber. Miles genoss meine Berührungen, küsste mich leidenschaftlich weiter und fraß mich mit seinen Küssen fast auf. Er fuhr mit seiner Hand unter mein

Nachthemd, suchte mit seinen Händen den Weg nach oben und streichelte meine Brust. Ich stöhnte genüsslich unter seinen Berührungen auf. Mittlerweile hatte ich mich zu seiner Hose vorgearbeitet, öffnete sie und Miles half mir sie etwas nach unten zu schieben. Auch er war stark erregt und keuchte vor Wollust. Da Miles noch saß, drückte ich ihn etwas im Sofa zurück und setzte mich über ihn. Miles schaute mir in die Augen, lächelte und umkreiste mit seinen Fingern behutsam meine Brustwarzen. Ich fuhr indessen mit meinem Zeigefinger über seine Lippen und dann langsam an Kinn, Hals und Brust entlang bis an sein bestes Stück. Miles drückte mich nach unten und ich spürte, dass er stark erregt war. Fordernd verlangte er Einlass, was ich ihm verweigerte. Ich heizte Miles nach und nach so ein, dass er vor Verlangen aufstöhnte und sich mir entgegenstreckte. Wiederholt versuchte er, mich auf sich zu ziehen und ich hatte Mühe geschickt auszuweichen. Dann bäumte sich Miles urplötzlich auf und explodierte unter mir. Entspannt lehnte er sich wieder zurück, zog mich an sich und küsste mich, bis ich keine Luft mehr bekam. Ich trommelte mit meinen Fäusten auf seine Brust und er ließ mich los. Durch unser heißes Liebesspiel war Miles Hose in Mitleidenschaft gezogen worden. Ich machte ihn lachend darauf aufmerksam, erhob mich, küsste ihn noch einmal auf seine Stirn und humpelte ins Schlafzimmer. Ich riss meinen Schrank auf wählte einen Schlafanzug. Da mir die Situation mit dem Nachthemd etwas zu gefährlich geworden war, zog ich in an und lief wieder ins Wohnzimmer. Miles war inzwischen ins Bad geeilt und versuchte dort die Flecken auf seiner Hose zu entfernen. Mit hochrotem Kopf erschien er wieder und man sah, dass es ihm nicht so gut gelungen war. Er schaute mich an, wie ein ertappter Schuljunge nach seinem ersten Mal. Sein Anblick brachte mich zum Lachen. Er schnappte sich eines der Kissen vom Sessel und warf es nach mir. Ich duckte mich und es verfehlte mich.

„Du scheinst wohl auch in anderen Situationen immer am Ziel vorbeizuschießen", meinte ich frech.

Miles drohte mir und jagte mich durchs Wohnzimmer. Lachend ergab ich mich und er zog mich wieder auf die Couch. Diesmal lag ich unter ihm. Er strich mir die Haare aus meinem verschwitzten Gesicht und fing an mich erneut liebevoll zu küssen. Heiße Schauer durchfuhren mich und ich legte meine Beine um den Rücken von Miles. Entspannt gab ich mich seinen Fingerspielchen hin, die er geschickt beherrschte und er schaffte es doch tatsächlich mir einen Höhepunkt zu verschaffen, ohne mit mir zu schlafen. Wir lagen nebeneinander, genossen die Stille um uns herum und ich schien dann irgendwann weggedöst zu sein. Als ich aufwachte, war Miles wieder einmal in der Küche zu Gange und bereitete das Frühstück vor. Er deckte wie immer den Tisch. Nur irgendetwas stimmte auch an diesem Morgen nicht mit ihm. Miles verhielt sich eigenartig still und wich meinem Blick aus. War er von mir enttäuscht, dass er heute Nacht wieder nicht richtig zum Zug gekommen war? Ich konnte es nicht beantworten. Nachdem ich am Tisch Platz genommen hatte, stellte ich fest, dass dieser nur für eine Person gedeckt war. Erstaunt schaute ich ihn an.

„Frühstückst du heute nicht mit mir, Miles?", fragte ich.

„Nein! Heute leider nicht, denn ich habe noch einen wichtigen Kundentermin", gab er kurz zurück.

Ich verstand die Welt nicht mehr. Nach dieser Nacht

hatte ich mir etwas anderes erhofft. Ich schluckte und schenkte mir einen Kaffee ein.

„Ich melde mich dann wieder", verabschiedete er sich überstürzt.

„Miles!", rief ich noch hinterher, aber er war bereits weg.

Ich saß enttäuscht vor meinem Frühstück und mir liefen die Tränen an den Wangen herunter. Schon wieder wurde mir klar, dass ich eine Enttäuschung verkraften musste. Männer sind eben doch Schweine und geistig nur auf eine Stelle ihres Körpers reduziert. Ich war vor lauter Wut, die in mir aufstieg, die Kaffeetasse an die Wand, wo diese in tausend Stücke zersprang und die Teile sich auf dem Boden verteilten. Im Stillen dachte ich mir, wenn das so weiterging, hatte ich bald kein vollständiges Geschirr mehr im Schrank. Nach dem Frühstück machte ich mich zurecht, stellte das Radio an und stürzte mich in die Arbeit für Mister Miller. Ich arbeitete den ganzen Tag durch und hatte am Abend vier Zimmerentwürfe fertig. Meine Augen brannten nicht nur vom langen Arbeiten an den Zeichnungen. Zwischendurch waren meine Gedanken immer wieder zu Miles abgeschweift. Ich stützte meinen Kopf in die Hände, träumte vor mich hin und fragte mich, was er wohl gerade machen würde. Ich hielt es nicht mehr aus und rief ihn an. Es hob keiner ab. Nach weiteren Versuchen gab ich es dann auf. Die Tage vergingen und Miles ließ sich kein einziges Mal bei mir blicken. Auf weitere Anrufe reagierte er nicht und ich fand keine vernünftige Erklärung für sein Verhalten. Inzwischen wurden alle Entwürfe innerhalb dieser Woche für Mister Miller fertig. Jede freie Minute hatte ich daran gearbeitet, fast nichts geschlafen und vergessen zu essen. Das einzige was mich in dieser Zeit wirklich aufrecht erhielt, war Kaffee. Mein Magen knurrte und machte mich nun darauf aufmerksam, dass er endlich zu seinem Recht kommen wollte. Es war bereits Mittag, ich rief Mister Miller an und wollte wissen, wann wir uns treffen konnten.

„Wie geht es ihrem Knöchel, Kim?", erkundigte er sich.

„Danke der Nachfrage, Mister Miller. Mein Knöchel ist vollkommen in Ordnung."

„Das freut mich für sie, Kim. Ich habe den Weg bereits teeren lassen. Keine Dame soll sich je wieder am Fuß verletzen. Wenn sie Lust haben, können sie heute Nachmittag bereits hier vorbeikommen. Miles wird auch vorbeischauen, denn ich habe mit ihm noch etwas Geschäftliches zu besprechen. Eigentlich könnte er sie gleich mitnehmen", machte er den Vorschlag.

„Ja, dass könnte er. Im Moment gibt es allerdings ein zwischenmenschliches Problem", gestand ich ihm und Mister Miller lachte.

„Miss Webster ich habe verstanden. Ich verspreche, mich darum zu kümmern und rufe sie nachher noch einmal zurück."

Ich bedankte mich und legte auf. Gerade als ich mir in der Küche etwas zum Essen vorbereitete, klingelte das Telefon erneut. Ich hob ab, meldete mich und Mister Miller war am anderen Ende.

„So, Kim. Ich kann ihnen verbindlich bestätigen, dass Miles sie heute gegen vierzehn Uhr abholt. Ich habe mit ihm gesprochen und er hat sich dazu bereit erklärt sie mitzunehmen."

Ich war so perplex, dass ich sogar vergaß mich zu verabschieden. Fassungslos starrte ich den Hörer in meiner Hand an und legte auf. Meine Gefühle spielten gerade verrückt. Mir wurde plötzlich speiübel und ich rannte ins Bad, um mich zu übergeben. Als ich danach am Spiegel vorbeikam und einen kurzen Blick riskierte, erschrak ich vor mir selbst. Mein Gott, ich sah ja wirklich fürchterlich aus. Tiefliegende Augenhöhlen, eingefallene Wangen und kreidebleich schaute ich mir ins Gesicht. Eindeutig Essens- und Schlafmangel. Ich nahm erst einmal eine ausgiebige Dusche und machte mich dann so gut wie möglich zurecht. Na ja, viel besser schaute ich danach auch nicht aus. Egal, der Auftrag war jetzt wichtiger als mein Erscheinungsbild. Ich zog mich an und brachte die Zeichnungen in meiner Entwurfsmappe unter. Hoffentlich gefielen sie Mister Miller. Wenn dieser Auftrag auch platzte, war dies das Aus für mich. Meine Gedanken schweiften zu Miles ab. Wie würde er sich mir gegenüber verhalten? Über was sollte ich mit ihm Reden? Tausend Fragen schossen mir durch den Kopf. Unruhig lief ich von einem Zimmer ins andere. Endlich das erlösende Klingeln an der Haustür. Ich brachte meine Kleidung in die richtige Position, schnappte mir meine Entwurfsmappe und ging nach draußen. Enttäuscht musste ich erkennen, dass nicht Miles vor der Tür stand, sondern Bill.

„Hallo, Kim! Leider musst du heute mit mir vorliebnehmen, was mich jedoch sehr freut. Miles hat mich beauftragt dich zu Mister Miller zu fahren. Er musste kurzfristig umdisponieren, um jemand anderen abzuholen. Auf dem Rückweg nimmt Miles dich selbstverständlich wieder mit", erklärte er mir.

Mir wich das Blut aus dem Gesicht.

„Himmel, ist mit dir alles in Ordnung? Du siehst ja fürchterlich aus", meinte Bill erschrocken.

Ich beruhigte Bill.

„Alles okay. Ich hatte in den letzten Tagen sehr wenig Schlaf, wegen des Auftrages. Im Laufe der Woche wird es mir sicher besser gehen. Außerdem habe ich zwischendurch vergessen richtig zu Essen."

Bill schaute mich mit sehr durchdringenden Blicken an und ich sah, dass er mir das nicht abnahm, was ich ihm vermitteln wollte. Ich stieg ein und wir fuhren los. Unterwegs unterhielten wir uns über belanglose Angelegenheiten und ich war froh, als wir endlich am Grundstück von Mister Miller ankamen. Der Kiesweg war wirklich verschwunden und einer geteerten Strasse gewichen. Ich musste laut auflachen und Bill fragte nach, was mich denn so amüsierte. Ich erzählte ihm die Geschichte in Kurzfassung und auch er amüsierte sich köstlich. Die Szene mit Miles ließ ich jedoch weg. Sein Auto stand bereits da. Jeden Augenblick würde ich ihm wieder gegenüberstehen. Wie würde seine Reaktion ausfallen, wenn wir uns nach dieser Woche wiedersahen. Bill stieg aus dem Wagen und beeilte sich, mir die Beifahrertür zu öffnen. Ich bedankte mich bei ihm und stieg ebenfalls aus. Umständlich kramte ich nach meiner Mappe, als ich die Stimme von Miles in meinem Rücken hörte. Ich wurde stocksteif, schluckte schwer, mein Herz fing rasend an zu klopfen und mein Atem setzte aus. Er begrüßte Bill und bedankte sich bei ihm, dass er eingesprungen war. Langsam drehte ich mich um und blickte direkt in Miles Gesicht. Er sah mich an und ich hatte das Gefühl, dass er zusammenzuckte. Ich schlug die Autotür zu, klemmte mir die Mappe unter den Arm und ging mit langsamen Schritten auf ihn zu. Als ich ihm gegenüberstand, reichte ich ihm die Hand.

„Hallo, Miles. Ich wünsche dir einen schönen Tag", gab ich von mir.

Er starrte mich nur an und vergaß zu grüßen. Bill blickte zwischen uns hin und her und schüttelte seinen Kopf.

„Miles, du versprichst mir, dass du Kim wohlbehalten nachhause bringst", warf er ihm scherzend zu und verabschiedete sich.

„Kim? Du siehst furchtbar schmal und übernächtigt aus. Ist alles okay?,", fragte Miles besorgt.

„Mir geht es gut. Danke der Nachfrage, falls es dich überhaupt interessiert. Ich habe nur ziemlich hart gearbeitet, um schnellstens die Entwürfe für Mister Miller fertig zu stellen. So bin ich eben nicht immer zum Schlafen gekommen", erklärte ich ihm.

Im Stillen dachte ich mir, schön, dass ihm wenigstens überhaupt etwas an mir aufgefallen war. Betretenes Schweigen breitete sich aus und ich vermied jeden Blickkontakt mit Miles. Plötzlich sah ich Mister Miller mit einer Frau aus der Nähe des Parks auf uns zukommen. Sie lief neben ihm her, kicherte und plapperte herum. Irgendwie kam mir diese Person bekannt vor. Im Moment konnte ich sie nur nicht zuordnen. Als sie fast bei uns angekommen waren, winkte diese Person Miles zu und rief von weitem nach ihm. Ich hatte das Gefühl mich verhört zu haben. War da nicht gerade ein „Hallo Schatz!" zu hören gewesen. Nein, ich hatte mich bestimmt verhört. Plötzlich stürmte sie auf Miles zu, hakte sich bei ihm ein, drückte ihm einen Kuss auf die Wange und sah mich triumphierend an. Ich hatte das Gefühl, dass mir der Boden unter den Füßen weggerissen wurde. Erstaunt und verständnislos fuhr mein Kopf in seine Richtung und ich schaute Miles direkt in die Augen. Mein Blick musste so gequält ausgesehen haben, dass Miles beschämt seinen Kopf senkte. Ich schluckte, die Tränen schossen mir in die Augen und mir war das Verhalten von ihm plötzlich klar. Bitte nicht jetzt in diesem Augenblick das Heulen anfangen, dachte ich mir. Da begrüßte mich bereits Mister Miller und schaute mir forschend ins Gesicht.

„Wie ist das werte Befinden, Kim", erkundigte er sich. Ich versuchte ein Grinsen.

„Eigenartig, wie sich zurzeit alle um mein Befinden sorgen. Mir geht es gut und ich habe wegen des Auftrages eben das Schlafen und Essen vergessen", antwortete ich.

Mister Miller lachte.

„So, was können sie mir denn nun für Vorschläge in punkto Umgestaltung anbieten?"

„Ist es möglich, einige Zimmer mit den Entwürfen abzugleichen?", schaute ich ihn fragend an.

Er nickte und bat uns ins Schloss. Miles und seine Neue folgten etwas entfernt und mir fiel auch wieder ein, wo ich sie schon einmal gesehen hatte. Es war genau diese dumme Pute, die sich unfreiwillig auf den Hintern setzte, als Miles sie damals auf der Gothicfeier weggestoßen hatte. Mein Gott, wie tief war er doch gesunken. Während Mister Miller und ich die Zimmer einzeln durchsprachen, tanzte diese nervige Zicke ständig dazwischen und kommentierte meine Zeichnungen, wie sie das eine oder andere gestalten würde. Beim fünfzehnten Entwurf war ich so entnervt, dass mir fast der Kragen platzte. Ich drehte mich wütend um, schaute in Miles Richtung und starrte ihm mit zusammengekniffenen Augen ins Gesicht. Dieser kannte mich mittlerweile schon gut genug, dass er auch meinen Blick ohne Worte verstand und wusste, dass ich kurz vorm Explodieren war. Was dass hieß, hatte Miles schon am eigenen Leibe erfahren müssen. Schnell eilte er auf sie zu, hakte sie ein und marschierte mit ihr in die noch nicht besichtigten Räume. Mister Miller hatte meinen Blick mitbekommen, den ich Miles zugeworfen hatte.

„Danke, Kim. Endlich ist diese äußerst nervige Person entsorgt worden", bedankte er sich bei mir.

Wir besprachen alles Weitere und Mister Miller hatte keinen einzigen Entwurf zu beanstanden. Er fragte nach, ob ich bereits nächste Woche anfangen könnte. Ich überlegte kurz und bejahte.

„Sie können somit alles veranlassen und sämtliche, anfallenden Rechnungen an mich schicken. Während ihrer Arbeitsphase bekommen sie selbstverständlich von mir ein Auto zur Verfügung gestellt, damit sie unabhängig und nicht auf Miles angewiesen sind."

Ich freute mich und bedankte mich bei ihm. Er schüttelte meine Hand und beglückwünschte mich zu unserer Zusammenarbeit. Dann begleitete er mich nach draußen, wo Miles bereits mit seiner nörgelnden Freundin auf mich wartete. Ich vermied ihn anzusehen und Mister Miller schien zu verstehen.

„Miles, kannst du Kim mit nachhause nehmen? Wenn nicht, fahre ich, damit sie sicher ankommt."

Er nickte und versprach mich sicher nach Hause zu bringen. Mit einem dankenden Blick sah ich Mister Miller an. Dieser zwinkerte mir verstohlen zu und wandte sich noch einmal an Miles.

„Miles, ich muss mich bedanken, dass du mir so eine fähige und kreative Innenausstatterin empfohlen hast. Kim hat meine Wünsche mit Erfolg ausgeführt."

Miles schaute mich kurz an und bat mich einzusteigen. Ich quetschte mich in den hinteren Teil seines Jaguars. Der vordere Platz war mittlerweile jemand anderem vorbehalten. Miles fuhr los und wie es mir erschien, ließ er sich dieses Mal verdammt viel Zeit. Meine Mappe an mich gedrückt hing ich meinen Gedanken nach und ärgerte mich über meine Dummheit, dass ich fast auf ihn hereingefallen wäre.

Miles Neue plauderte unentwegt weiter, ohne Punkt und Komma. Ich schaltete auf Durchzug, starrte kurz nach vorne in den Rückspiegel und da sah ich Miles Blicke auf mich gerichtet. Er schien mich die ganze Zeit beobachtet zu haben. Ich wich seinem Blick nicht aus und schaute ihn herausfordernd an. Miles senkte zuerst seinen und schaute in eine andere Richtung. Zumindest war ich diesmal diejenige, die einen kleinen Sieg errungen hatte. Den Rest der Fahrt überstand ich mehr schlecht als recht. Das ewige Geschnatter dieser blöden Gans nervte mich dauerhaft. Ständig erklärte sie, welches Zimmer sie so und so eingerichtet hätte und ein großer Teil meiner Entwürfe würden ihr gar nicht gefallen. Dumme ungebildete Pute, dachte ich bei mir. Jede Antwort und jedes Wort von mir wären hier überflüssig gewesen, deshalb hielt ich meinen Mund. Miles wirkte sichtlich unruhig und man merkte, dass es ihm peinlich wurde. Er schaute ständig in den Rückspiegel, um meine Reaktion zu sehen und ich grinste ihm frech ins Gesicht. Mein Blick sprach Bände und er hatte verstanden. Endlich kamen wir zuhause an. Miles stieg aus und lief ums Auto, um die Beifahrertür zu öffnen. Mir dauerte dies eindeutig zu lange und ich stieg auf der Fahrerseite aus. Nur schnell weg und diesem ständigen Gackern entfliehen. Ich drehte mich kurz um und sah Miles an.

„Dankeschön für deine Freundlichkeit, dass du mich mit nach Hause genommen hast. Schönen Abend wünsch ich noch."

Dann verschwand ich, ohne ein weiteres Wort und

einen Blick an beide zu verschwenden. So bekam ich auch nicht mit, dass er seiner Neuen vor Wut den Finger in der Tür einklemmte. Im Haus angekommen musste ich mich erst einmal setzen, denn mir war schon wieder zum Heulen zumute. Nahm das denn kein Ende. Heute hatte ich gehofft auf der Heimfahrt von Mister Miller, ein klärendes Gespräch mit Miles führen zu können. Nun dies. Er hatte eine andere und mich die ganze Zeit nur verarscht. Also wollte er doch nur austesten, wie weit er bei mir zum Zug kommen würde. War ich froh, dass ich mich ihm nicht so einfach hingegeben hatte, das Gefummel zählte hier ausnahmsweise einmal nicht mit. Da klingelte es Sturm an meiner Tür. Bestimmt war es Bill, der noch einmal vorbeischauen wollte dachte ich und öffnete. Draußen stand Miles und blickte mich an.

„Kann ich mit dir einmal in Ruhe unter vier Augen sprechen, Kim?", fragte er stotternd.

Unbändige Wut stieg plötzlich in mir hoch. Ich blieb demonstrativ im Türrahmen stehen, sah ihn an und sagte „Ja!"

„Möchtest du mich denn nicht hereinbitten", hakte er nach

„Nein! Wir sind hier unter vier Augen und ich möchte nicht, dass deine Freundin etwas in den falschen Hals bekommt", meinte ich ruhig.

Wie versteinert schaute er mich an und legte los.

„Zuerst möchte ich mich für das unverschämte Verhalten von Trixi entschuldigen."

Ich schnitt ihm barsch das Wort ab, schaute in belustigt an und da sprudelte es aus mir heraus.

„Trixi? So was wie Trixi kann mir schon gar nicht das Wasser reichen. Solche Personen übergehe ich einfach und lege sie unter der Rubrik ab, wie nicht vorhanden.

Mit halbwegs intelligenten Frauen wie mir, kannst du ja nichts anfangen. Außerdem verstehe ich, dass man sich als Mann, bei so einer Frau, geistig auf die unteren Regionen beschränken muss. Du hast dich anderweitig entschieden und ich bitte dich, mich in Zukunft mit deiner Anwesenheit zu verschonen und zufrieden zu lassen. Diese Trixi passt außerdem hervorragend zu deinem billigen Niveau."

Miles starre mich verdutzt an und ich gab ihm auch nicht mehr die Gelegenheit sich in irgendeiner Art und Weise zu verteidigen. Wütend knallte ich die Türe zu. Da ich Luft abgelassen hatte, fühlte ich mich besser.

„Nicht so, mein lieber Freund. Da musst du dir schon was Besonderes einfallen lassen, wenn du mit mir auf gleicher Ebene kommunizieren willst", schimpfte ich vor mich hin.

Als ich mir sein verdutztes Gesicht ins Gedächtnis rief, musste ich schallend Lachen. Mit diesem Auftritt hatte er wohl nicht gerechnet.

Am nächsten Tag brachte mir der Chauffeur von Mister Miller einen grellroten Porsche vorbei, der mir nun zur Verfügung stand. Ich rief ihn umgehend an.

„Dankeschön, aber ein kleineres Auto hätte mir auch ausgereicht, Mister Miller."

„Kein Problem, Kim. Sehen sie das als Leihgabe eines väterlichen Freundes an. Sie werden in Zukunft noch weitere Aufträge bekommen. In den besseren Kreisen ist so ein Auto schon angebracht. Das ist nun mal so. Ihre Entwürfe haben meinem Bekanntenkreis sehr gut gefallen und Anklang gefunden und nun wollen einige ebenfalls ihre Räume ganz neu einrichten."

„Das freut mich aber, dass sie mich weiterempfohlen haben. Ich werde sie nicht enttäuschen und verspreche ihnen meine Arbeiten gewissenhaft auszuführen."

Wir plauschten noch etwas und dann verabschiedete er sich bei mir.

„Kim! Kopf hoch! Das mit Miles wird schon wieder werden", sagte er und danach legte er auf.

Ich war so aufgeregt wegen des Wagens, dass ich ihn sofort austesten wollte und konnte somit gleich ein paar Raumausstattergeschäfte abfahren. Es musste noch einiges in Bestellung gegeben werden, damit ich schnellstens anfangen konnte. Ich verließ das Haus und traf doch ausgerechnet in dem Moment mit Miles zusammen. Neugierig umrundete er den Porsche und staunte nicht schlecht, als ich darauf zuschritt. Fragend schaute er mich an.

„Na, Miles erstaunt? Das Auto hat mir gerade Mister Miller zur Verfügung gestellt", meinte ich nur.

„Alles klar, Kim. Du musst es Mister Miller besonders angetan haben, dass er dir so ein Auto zur Verfügung stellt", blaffte er und sah mich schräg von der Seite an.

„Mein Gott, Miles! Lass das mal meine Sorge sein oder höre ich da so etwas wie Eifersucht heraus", konterte ich zurück. „Eines gleich zur Klarstellung. Mister Miller ist mein persönlicher, väterlicher Freund und hat mich schützend unter seine Fittiche genommen. So und wenn wir schon bei Klärungen sind, hätte ich gerne meinen Zweitschlüssel für das Haus, damit nicht jeder hier bei mir rein- und rausstiefelt wie er denkt."

Ich hielt Miles fordernd und ungeduldig meine Handfläche entgegen. Er holte kommentarlos den Schlüsselbund aus der Hosentasche und hakte mehr als umständlich meinen Schlüssel ab. Dann drückte er ihn mir widerwillig über das Autodach in die Hand. Ich bedankte mich bei ihm, steckte den Schlüssel ein, lief ums Auto, schob Miles zur Seite, schloss auf und setzte mich auf den Fahrersitz. Mit Nachdruck schlug ich die Autotür zu und Miles hieb wütend mit seiner Handfläche aufs Autodach. Ich grinste, drehte den Zündschlüssel um, gab Gas, legte den Gang ein und fuhr los. Im Rückspiegel sah ich Miles stehen und mir verständnislos hinterher blicken. So, diese Runde ging auch eindeutig an mich. Meine Besorgungen waren schnell erledigt und nun wollte ich endlich einmal den Ort besichtigen, in dem ich seit Wochen wohnte. Ich stellte meinen Wagen im Parkhaus ab und machte mich zu Fuß auf Erkundungsgang. Meine Garderobe brauchte auch einmal eine Auffrischung und ich konnte es mir nun leisten. Schnell wurde ich fündig und kaufte ein paar schicke, ausgefallene Klamotten. Auf dem Rückweg ins Parkhaus hatte ich ständig das Gefühl beobachtet zu werden. Ich drehte mich wiederholt um, konnte aber keinen Menschen sehen. Einbildung dachte ich, geht das schon wieder los. In dem Moment kam mir Bill entgegen und winkte mir lachend zu. Ich freute mich und winkte zurück.

„Hallo, Kim. Hast du Lust mit mir einen Kaffee zu trinken? Ich lade dich ein."

„Ja, Bill gerne. Ich verstaue meine Einkäufe nur schnell im Auto."

Bill schaute mich fragend an.

„Ach, dass kannst du ja nicht wissen. Mister Miller war mehr als großzügig und hat mir während meiner Auftragsabwicklung bei ihm, ein Auto zur Verfügung gestellt", erklärte ich ihm.

Bill freute sich und begleitete mich zum Fahrzeug. Als ich ihm den Porsche präsentierte, pfiff er anerkennend durch die Zähne.

„Mein lieber Schwan. Dein Mister Miller scheint ja ein extrem, spendabler, alter Knabe zu sein."

Ich lachte, verstaute meine Sachen auf dem Rücksitz,

hakte mich bei Bill ein und überließ ihm die Suche nach einem Cafè. Obwohl Bill dabei war, hatte ich weiterhin das Gefühl, dass uns jemand verfolgte. Ich schaute mich in Abständen um, sah aber niemanden.

„Kim? Was ist denn los und warum schaust du dich ständig um?", fragte er mich und ich erzählte es ihm.

Er schleifte mich ins nächste Cafè und setzte sich mit mir abseits, mit Blick zum Fenster. Die Bedienung fragte nach unseren Wünschen, wir bestellten Kaffee und kurze Zeit später stand er auf unserem Tisch.

„Kim? Was ist zwischen Miles und dir vorgefallen? Jedes Mal, wenn das Gespräch auf dich kommt, rastet Miles fast aus."

In groben Zügen erzählte ich, was in den letzten Wochen alles schiefgelaufen war und das der liebe Miles es wohl vorgezogen hatte, Trixi zu kontaktieren. Bill schüttelte mit dem Kopf.

„Eigenartig? So kenne ich Miles nicht. Irgendetwas läuft zurzeit mit ihm schief, dass er sich so verändert hat. Kim, falls du Hilfe benötigst und nicht mehr weiterweißt, biete ich dir meine an."

Ich bedankte mich bei ihm.

„Empfindest du überhaupt etwas für Miles?", hakte Bill nach.

„Genau das ist ja der Punkt, Bill. Ich habe angefangen Miles zu lieben", versicherte ich ihm, „aber unter den im Moment gegebenen Umständen halte ich lieber gebührenden Abstand."

Mir schossen die Tränen in die Augen und ich musste schlucken. Bill nahm mich tröstend in den Arm und redete mir zu. Aus dem Augenwinkel hatte ich das Gefühl, dass ich wieder beobachtet wurde. Ich schrak hoch und starrte verstört zum Fenster. Miles schoss es mir durch den Kopf. Bill verstand ohne Worte und stürmte in Richtung Ausgang. Kurz darauf kam er zurück.

„Tut mir leid, aber ich habe niemanden mehr sehen können. Hast du jemanden erkannt?", fragte er.

„Ich bin mir sicher, dass es Miles war", sagte ich.

Bill schaute mich an und grinste.

„Also, ich traue Miles schon zu, dass er dir hinterher spioniert. Weißt du was, Kim? Sieh es einfach positiv. Anscheinend bist du ihm nicht ganz gleichgültig."

Trotz dieses Zwischenfalles verbrachte ich mit Bill einen schönen Nachmittag. Er begleitete mich noch ins Parkhaus und winkte mir zum Abschied zu. Gelöst und frisch gestärkt fuhr ich mit dem Gedanken nach Hause, einen neuen Verbündeten gewonnen zu haben. Als ich zu meinem Parkplatz fuhr und ausstieg, sah ich Miles auf meiner Treppe sitzen. Er schien mich bereits ungeduldig zu erwarten und verfolgte jeden meiner Handgriffe. Ich umrundete das Auto, holte meine Einkaufstüten vom Rücksitz, verschloss das Fahrzeug und lief auf den Hauseingang zu. Miles machte keine Anstalten aufzustehen. Als ich vor ihm stand schaute er mir eiskalt in die Augen. Ich schluckte.

„Miles, würdest du so freundlich sein und mich ins Haus lassen?", bat ich ihn.

Es erfolgte keine Reaktion. Langsam bekam ich es mit der Angst und entschloss mich, sicherheitshalber den Rückzug zum Auto anzutreten. Miles schien es sich doch anders überlegt zu haben, stand auf und wich zur Seite. Ich schloss mit zitternden Händen die Tür auf, stellte die Tüten in den Flur und drehte mich um.

„Verdammt, Miles! Was willst du?", fragte ich genervt.

„Ich muss mit dir reden", war seine kurze Antwort.

„Was gibt es zwischen uns beiden noch zu reden? Du hast deine Entscheidung getroffen und ich werde sie akzeptieren", warf ich ihm entgegen.

Er lachte trocken auf.

„Du scheinst dich ja schnell getröstet zu haben, Kim."

Ich schaute ihn verständnislos an.

„Ich habe dich mit Bill in der Stadt gesehen", warf er mir vor, „ihr versteht euch sehr gut und ihr habt sogar Kaffee getrunken. Darf ich davon ausgehen, da Bill dich im Arm gehalten hat, dass ihr euch sehr nahegekommen seid?"

Ich schaute Miles kopfschüttelnd an.

„Sag mal, bist du eigentlich noch normal im Kopf, dass du mir ständig hinterher spionierst? Bill ist nur ein guter Freund und sonst nichts. Das kann ich ja von dir nicht mehr behaupten. Er hört mir zumindest zu, wenn ich etwas zu erzählen habe. Außerdem kann es dir doch völlig egal sein, mit wem ich mich treffe. Unser Part ist doch mit dem Erscheinen von Trixi, längst gestorben. Was erwartest du eigentlich von mir, Miles? Du besitzt keine Eigentumsrechte an mir und außerdem hast du dich bereits entschieden. Ich werde dir jetzt einmal etwas sagen, deshalb höre genau zu. Ich musste mir inzwischen eingestehen, dass ich dich unsäglich liebe, aber diese Liebe auch verletzen kann. Miles, es tut mir verdammt weh, sehen zu müssen, wie du mit Trixi umgehst. Das steht aber auf einem anderen Blatt und in einer Doppelbeziehung, wie du es dir vielleicht vorstellst, kann ich nicht leben. Ich habe auch keine Lust, ständig von dir zum Weinen gebracht zu werden. Solche Situationen musste ich bereits in meiner Vorbeziehung erleben. Es wird am Besten sein, wenn wir nur noch gute Freunde sind. Versuchen wir doch einfach, vernünftig und anständig miteinander umzugehen."

Miles kam auf mich zu und ich wich zurück.

„Das reicht mir nicht! Ich will mehr!", bekam ich zur Antwort. „Überdenke und wäge noch mal alles genau ab. Kim, hast du unseren schönen Abend vergessen?"
Ich schaute Miles fest in die Augen.
„Nein, Miles. Ich habe diesen Abend nicht vergessen und dieser Moment ist etwas Besonderes für mich gewesen. Du hast aber alles am nächsten Tag mit deiner Reaktion zerstört. Warum hast du mir nicht gesagt, dass du bereits liiert bist."
„Kim, glaube mir doch endlich. Mir liegt nichts an Trixi und ich habe nichts mit ihr", beteuerte er.
„Wie verlogen ihr Männer doch seit. Du hast in der vergangenen Zeit alles versucht um mir weh zu tun und das kann und will ich nicht so schnell vergessen und verzeihen. Mit meinen Gefühlen lasse ich nicht mehr spielen und hinterher auf diesen herumtrampeln. Entscheide dich bis zum nächsten Ball und der ist ja nun bald. Entweder Trixi oder ich. Wenn du mich aufrichtig liebst, wirst du dich von Trixi trennen und mir mit einer Einladung zum Ball signalisieren, dass du für mich frei bist. Egal wie es ausfällt, ich werde deine Entscheidung akzeptieren. Entscheidest du dich gegen mich, dann lass mich endlich zufrieden", erklärte ich ihm.
Er schaute mir sekundenlang in die Augen und wandte dann seinen Blick ab. Ich verabschiedete mich von ihm und schloss die Tür hinter mir. Warum hatte er sich nicht jetzt gleich entschieden, schoss es mir durch den Kopf. Ein Wort hätte gereicht und er hätte mich sofort in die Arme schließen können. So hielt er sich die Option Trixi noch bis Mittwoch offen. Ich räumte meine neuen Klamotten in den Schrank, holte mir eine Flasche Rotwein und verzog mich ins Wohnzimmer. Im Fernseher liefen nur kitschige Liebesfilme und ich

ließ meinen Tränen diesmal freien Lauf. Die Flasche Rotwein war innerhalb von einer viertel Stunde geleert. Ich holte mir eine Neue, prostete mir selbst zu und betrank mich sinnlos.

Am nächsten Morgen wachte ich mit einem dicken Schädel auf. Dann schaffte ich es gerade noch ins Bad und übergab mich fürchterlich. Der heutige Tag war bereits für mich gelaufen und ich verzog mich auf die Couch. Ich ignorierte alle Telefonanrufe und zog mir die Decke über den Kopf. Zwischendurch spurtete ich wiederholt Richtung Toilette. Am späten Nachmittag ging es mir einigermaßen besser. Ich stand gerade auf um mir einen Kamillentee zu kochen, als es an der Tür Sturm klingelte. Ich hatte das Gefühl mein Kopf explodierte bei diesem Geräusch. Genervt schwankte ich in Richtung Tür und öffnete. Vor mir stand Bill und starrte mich entsetzt an, als er mich in diesem Zustand sah. Ich winkte ihn herein und schwankte wieder in die Küche zurück. Bill folgte mir.

„Kim? Was ist denn schon wieder passiert?" fragte er mich.

„Boah! Verdammt noch einmal Bill, schrei nicht so, mein Kopf zerspringt gleich", bat ich ihn.

Bill schnappte mich und setzte mich etwas unsanft auf einen Stuhl, was zur Folge hatte, dass ich wieder ins Bad rennen musste. Ich kotzte mir fast die Seele aus dem Leib und ging dann zurück. Bill hatte mir den Kamillentee fertiggekocht. Ich stöhnte, setzte mich wieder hin und starrte ihn an.

„Du siehst fürchterlich aus", meinte er. „Was ist denn passiert, dass du dich so sinnlos betrunken hast?"

Ich erzählte, was gestern abends mit Miles vorgefallen war und Bill schüttelte nur den Kopf.

„Meinst du, dass sich dieser aufreibende Aufwand um

Miles eigentlich noch lohnt?" wollte er wissen.

Ich zuckte mit den Schultern.

„Das werde ich ja am Mittwoch erfahren", gab ich ihm zur Antwort.

Schluckweise und langsam trank ich den Kamillentee und hoffte, dass mein Magen gnädig war und ihn nicht wieder zurückgab. Bill blieb eine Weile und gab mir ein paar Ratschläge in Bezug auf Miles.

„In Miles Vergangenheit liegen noch dunkle Schatten, die er dir selbst preisgeben muss", eröffnete er mir.

„Soll ich mit ihm einmal unter vier Augen sprechen?"

„Nein! Bitte mische dich vorerst nicht ein Bill", bat ich ihn.

„Okay, Kim ich verstehe. Ich werde jedoch in dieser Angelegenheit ein Auge auf Miles haben", versprach er mir. „Du bist schon eine verrückte Nudel, wenn du dich wegen eines Mannes aus Liebeskummer fast in Koma säufst."

Ich versuchte ein Grinsen, was jedoch misslang. Bill verabschiedete sich und wünschte mir gute Besserung. Ich dankte ihm und wies ihn darauf hin, dass er den Weg selbst nach draußen finden würde. Als die Tür ins Schloss fiel, stand ich vorsichtig auf und ging wieder ins Wohnzimmer. Kaum lag ich auf der Couch, schlief ich ein. In der Nacht hatte ich das Gefühl, dass sich jemand in der Wohnung befand und mich anstarrte. Da ich immer noch alkoholisiert war, nahm ich das aber nur schwach am Rande wahr und schlief weiter.

Am nächsten Tag ging es mir bestens. Der dicke Brummschädel war verschwunden, das Brechgefühl meldete sich nicht mehr und nur etwas schwindelig war mir noch. Heute musste ich unbedingt etwas essen. Seit einer Woche hatte ich nichts Richtiges zu mir genommen und meine Kleidung schlabberte bereits an mir herum. Ich verschwand erst ins Bad und dann in die Küche. Der kleine Imbiss tat mir gut. So einen Abend wie vorgestern wollte ich nicht mehr erleben. Das durfte nicht zum Dauerzustand werden, sonst würde ich noch zur Alkoholikerin und das war kein Mann wert. Ich ging ins Schlafzimmer, holte mir ein paar neue Sachen aus dem Schrank und sah im Spiegel einen riesigen Umschlag auf dem Bett liegen. Verwundert runzelte ich meine Stirn und fragte mich, wie dieser Brief dorthin gekommen war. Ich nahm ihn hoch, sah in an und fand weder Adresse noch Absender. Nachdenklich öffnete ich ihn. Der Inhalt war eine Einladung für Mittwochabend zum Ball, persönlich unterschrieben von Miles. Verdammt noch mal, wie kam Miles in meine Wohnung. Ich hatte ihm doch den Schlüssel abgenommen. Sollte er sich vielleicht heimlich einen Ersatzschlüssel nachgemacht haben? Nein, das traute selbst Miles sich nicht. Oder doch? Also war heute Nacht Miles hier im Haus gewesen und es war keine Einbildung meines Saufgelages. In Gedanken lief es mir eiskalt den Rücken herunter. Das Atelierfenster schoss es mir augenblicklich durch den Kopf. Ich rannte in den Raum und sah, dass tatsächlich eines der Fenster nur angelehnt war. Ich verschloss es und kontrollierte auch die anderen. Wütend wollte ich mich zu ihm auf den Weg machen, um ihn zur Rede zu stellen, als mein Telefon klingelte. Mister Miller war am Apparat.

„Tag, Miss Webster. Schön, dass ich sie erreiche. Ich wollte ihnen mitteilen, dass die fehlenden Waren eingetroffen sind und sie anfangen können."

„Dankeschön für den Anruf, Mister Miller. Ich komme nachher zur Kontrolle vorbei, um zu sehen, ob alles seine Ordnung hat", versprach ich ihm.

Den Besuch bei Miles verwarf ich wieder und dachte mir, aufgeschoben war ja nicht aufgehoben. So wie ich im Moment aussah, konnte ich auf keinen Fall aus dem Haus. Ich versuchte mich einigermaßen fit zu machen und ein perfektes Spiegelbild entlockte mir ein zufriedenes Grinsen. Was für ein Tag war heute noch mal? Ich hatte in letzter Zeit etwas die Orientierung in diese Richtung verloren. Der Brief, schoss es mir durch den Kopf. Es musste Mittwoch sein. Ich hatte Miles diese Frist gesetzt. Ein Blick auf den Kalender bestätigte meine Vermutung. Sollte er es sich überlegt haben? Ich würde es heute abends erleben. Oder sollte ich nicht gehen? Damit würde ich ihm aber allerdings eine Chance verbauen und das wäre ihm gegenüber nicht fair. Ich seufzte auf und machte mich auf den Weg zu Mister Miller.

„Schön, dass sie da sind", begrüßte er mich herzlich und meinte nebenbei, „sie sehen aber etwas übernächtigt aus."

Nach dieser Feststellung präsentierte er mir die frisch eingetroffene Lieferung. Die bestellten Artikel waren alle angekommen und ich war zufrieden. Morgen kamen die ersten Handwerker und würden sich die Wände vorknöpfen. Den Stoff für die vorgesehenen Vorhänge würde ich später auf dem Rückweg bei einer Schneiderin mit den endgültigen Entwürfen abgeben. Mister Miller freute sich, dass nun endlich etwas voranging. Wir unterhielten uns angeregt, als ich das Auto von Miles die Allee herauffahren sah.

„Nicht Miles und nicht jetzt", dachte ich laut.

„Hat sich die zwischenmenschliche Unstimmigkeit noch nicht verbessert?", fragte Mister Miller nach.

Ich schüttelte den Kopf und biss mir auf die Lippen. Da parkte Miles bereits ein und stieg aus. Mit forschen

Schritten kam er auf uns zu, warf mir einen kurzen Blick zu und wandte sich dann an Mister Miller. Dieser entschärfte die Situation und bat Miles in die Küche, wo schon ein frischer Kaffee auf uns wartete. Ich war Mister Miller dankbar für seine schnelle Reaktion. Er schien wirklich gute Menschenkenntnis zu besitzen. Schnell schnappte ich mir ein paar Stoffe aus den Kartons und machte mich auf den Weg ins Obergeschoss. Ich verteilte sie in den entsprechenden Zimmern und begann damit Maß für die Vorhänge zu nehmen. Eine große Leiter fand ich auch in einem der leerstehenden Zimmer, denn die Fenster waren knapp fünf Meter hoch. Papier, Stift und Metermaß hatte ich selbst immer dabei. Ich stellte die Leiter vor eines der Fenster und stieg hoch. Dann begann ich auszumessen und die Daten auf das Papier zu notieren. Ich kam zügig Zimmer für Zimmer voran und freute mich. Ich befand mich gerade im letzten Raum, da vernahm ich hinter mir ein Geräusch. Ich drehte mich um, sah nach unten und erblickte Miles, der neben der Leiter stand und mich beobachtete. Ich erschrak fürchterlich, dass ich den Halt verlor und von der Leiter stürzte. Mit einem Aufschrei fiel ich nach unten und Miles fing mich auf. Vorsichtig stellte er mich auf den Boden. Ich zitterte am ganzen Körper und war mit Sicherheit kreidebleich im Gesicht. Nicht auszudenken, wenn ich aus dieser Höhe auf die Marmorfließen geknallt wäre. Langsam bekam ich meine Fassung wieder zurück und bedankte mich. Unsere Blicke trafen aufeinander und Miles schaute mir sehnsüchtig in die Augen. Oh mein Gott, nicht jetzt schoss es mir durch den Kopf. Die Situation wurde von Mister Miller erneut entschärft.

„Was ist denn, Kim? Ich habe sie schreien hören und bin nach oben geeilt", fragte er besorgt.

Ich war immer noch vor Schreck stumm und Miles erzählte Mister Miller, was gerade passiert war.

„Ist alles in Ordnung, Kim?", hakte er nach. Ich nickte mit dem Kopf und sammelte meine Utensilien ein.

„Miss Webster sie gehen sofort in die Küche hinunter auf einen Kaffee. Miles, du nimmst die Stoffe mit nach unten", gab Mister Miller die Anweisung und Miles nickte.

Völlig verstört machte ich mich auf den Weg und fragte mich, was Miles in dem Raum zu suchen hatte. Wenn er nicht schon wieder gewesen wäre, hätte ich diesen Beinaheunfall nicht gehabt. Hörte denn das nie auf? Er tauchte immer im falschen Moment auf. Mister Miller schenkte mir einen Kaffee ein und stellte ihn mir auf den Tisch. Ich nickte ihm dankend zu. Miles brachte inzwischen die eingesammelten Stoffe herein und legte sie auf einen der Küchenschränke ab. Mister Miller nahm gegenüber Platz und goss sich selbst noch einen frischen Kaffee ein.

„Ist bei ihnen wirklich alles in Ordnung? Sie brauchen auf diesen Schreck hin, nicht mehr weiterzumachen."

Ich nickte und vermied es, ihn anzuschauen.

„Kein Problem. Kurz bevor ich von der Leiter gefallen bin, hatte ich alles schon ausgemessen. Die Stoffe mit den Daten liefere ich noch auf dem Heimweg bei der Schneiderin ab. Ich habe bereits alles mit ihr genau abgesprochen", erwähnte ich.

Schnell trank ich meinen Kaffee und verabschiedete mich bei Mister Miller. Ich nickte Miles kurz zu, dann schnappte ich mir meine Stoffe und ging. Miles folgte mir und nahm mir einen Teil der Stoffballen ab. Ich schloss das Auto auf und bugsierte den Stoff hinein. Miles räusperte sich.

„Hast du die Einladung für heute Abend erhalten?",

wollte er wissen.

„Ja, habe ich und über das Thema, wie du sie mir hast zukommen lassen, müssen wir noch einmal reden," schaute ich ihn erbost an.

Beschämt senkte Miles seinen Kopf.

„Nimmst du meine Einladung für abends trotzdem an?", fragte er nach.

Ich sagte ihm zu, er hob seinen Kopf und ich sah es in seinen Augen erleichtert aufblitzen.

„Danke für deine Hilfe, Miles."

Ich hielt ihm meine Hand hin. Miles ergriff sie und hielt sie länger als nötig fest.

„Kim?", sprach er mich an, aber ich legte ihm meinen Finger auf den Mund.

„Nicht jetzt und nicht hier. Ungefähr in einer Stunde bin ich zuhause und wenn du willst, lade ich dich auf einen Kaffee bei mir ein."

Ich stieg ins Auto, schloss kurz meine Augen, startete den Motor und fuhr los. Auf dem Weg in die Stadt überlegte ich bereits, was ich zu dieser bescheuerten Gothicparty anziehen konnte. Ich wollte heute aus der Rolle fallen und musste mir was ganz Besonderes einfallen lassen. Miles musste klar werden, dass dieser Abend seine letzte Chance sein würde, um mich zu erobern und für sich zu gewinnen. Seine rasende Eifersucht machte mich noch ganz verrückt, da er mir auf Schritt und Tritt folgte. Ich wurde aus ihm einfach nicht schlau. Heute wollte ich endlich Klarheit und würde einen Stilbruch in der Gothicszene wagen. Auf die Reaktion von Miles war ich gespannt. Diesmal würde ich ein rotes tief ausgeschnittenes Kleid tragen. Warum nicht mit dem Feuer spielen. Ich grinste vor mich hin und war auf die dummen und entsetzten Gesichter der Anwesenden gespannt. Ich lieferte die

Stoffe ab und die Schneiderin versprach mir bis zum Ende der Woche die Ware fertigzustellen. Vorsorglich ließ ich mir den Weg zu einem Laden für Gothicartikel erklären und bedankte mich. Das Geschäft war leicht zu finden, ich erhielt alles was ich für heute Abend benötigte und auf dem Heimweg besorgte ich noch schnell etwas Kuchen zum Kaffee. Zuhause verstaute ich die Kleider im Schlafzimmerschrank, damit Miles sie nicht gleich zu Gesicht bekam. Ich hatte gerade den Kaffee fertig, als es auch schon klingelte. Das war mit Sicherheit Miles. Manchmal hatte ich das Gefühl, zwei Menschen steckten in seiner Brust, wie bei Dr. Jekyll und Mr. Hyde. Hoffentlich endete für mich heute Nacht nicht alles in einem seelischen Desaster. Ich öffnete die Tür, er kam herein, drückte mir wie immer und als wenn nichts geschehen wäre, einen Kuss auf die Wange. Mein Herz begann zu rasen und ich musste mich extrem zurückhalten. Er setzte sich wie selbstverständlich in die Küche und beobachtete mich beim Decken des Tisches. Ich wollte gerade die Sahne dazu stellen, wie auch immer, ausgerechnet jetzt fiel mir diese herunter und platzierte sich genau auf seiner Hose. Alles in mir schrie auf. Ich merkte, wie ich krebsrot im Gesicht anlief. Wie peinlich. Musste das ausgerechnet wieder mir passieren? Ungeschickt wischte ich mit dem Küchentuch über seine Hose und machte es dadurch nur noch schlimmer. Was machte ich da eigentlich? Miles grinste mich an und nahm mir langsam das Tuch aus der Hand. Er stand auf und zog sich unverfroren seine Hose aus. Entsetzt starrte ich ihn an. Obwohl ich ihn bereits nackt gezeichnet hatte, wusste ich nicht in welche Richtung ich blicken sollte. Er schaute mich amüsiert an und hielt mir seine Hose entgegen.

„Kannst du sie bitte gleich in der Maschine reinigen?", bat er mich. „Ich kann nicht halb nackt im Schloss erscheinen, was wird Milly sonst denken."

Mit hochrotem Kopf nahm ich seine Hose entgegen, ließ sie in der Waschmaschine verschwinden und hantierte umständlich an diversen Programmknöpfen herum. Hoffentlich war der Waschvorgang so schnell wie möglich beendet.

„Soll ich dir eine Decke bringen, Miles?", fragte ich stotternd.

Er bejahte und lachte. Ich verzog mich schnellstens ins Schlafzimmer, um das gewünschte zu holen. Dort schloss ich erst einmal meine Augen und atmete tief durch. Als ich wieder in der Küche erschien und ihm die Decke reichte, berührten sich unsere Finger kurz. Durchdringend blickte er mich an und diese blauen Augen machten mich jedes Mal fast wahnsinnig. Miles setzte sich und richtete sein Gespräch auf den Abend.

„Was ziehst du denn heute an?", fragte er neugierig. „Kannst du deine Kleidung wieder so wählen, dass sie wie immer in den Bereich Gothic fällt?"

Schweigend schaute ich ihn an und versuchte ruhig zu bleiben.

„Ich kann dir nichts versprechen, da mir im Moment nicht nach Gothic und schwarz zumute ist. Ist das ein Problem für dich?", erwähnte ich so nebenbei.

Insgeheim freute ich mich schon auf seine Reaktion, wenn er mein Outfit sah. Sein bohrender Blick, ruhte weiterhin auf meinem Gesicht und ich hoffte nicht schwach zu werden. Gar nicht so einfach bei diesen Augen. Zwischen uns prickelte wieder die Luft und ich kam in Versuchung ihn zu küssen. Bleib stark und denke daran, was in den letzten Wochen vorgefallen ist, redete ich mir selbst zu. Nach schier endloser Zeit meldete sich endlich die Waschmaschine mit einem Piepston. Endlich, dachte ich mir insgeheim und war erleichtert. Schnell holte ich ihm seine Hose und er zog sie aufreizend langsam an. Verstohlen schaute ich dabei zu. Dieser athletische Körper zog mich genauso magisch an wie seine blauen Augen. Warum machten wir beide uns es nur so schwer, schoss es mir durch den Kopf. Ich würde Miles auf keinen Fall von der Bettkante stoßen, wenn ich nochmals die Gelegenheit dazu hätte. Ich stellte mir gerade vor, wie ich Miles das Hemd wieder ganz langsam aufknöpfte, als er mich etwas fragte und ich aus meinen Gedanken aufschrak.

„Ob du am Abend an meiner Seite sitzen möchtest?", wiederholte er die Frage.

„Ich lasse mir alle Optionen offen", antworte ich ihm.

„Kim, eigentlich kannst du mir öfters Sahne auf meine Hose fallen lassen", verabschiedete er sich mit diesem Spruch und seine Blicke durchbohrten mich intensiv.

Als die Tür hinter ihm zufiel, schloss ich meine Augen und war erst einmal erleichtert. In der Küche räumte ich das Geschirr in die Spülmaschine. Kurz darauf verschwand ich in Richtung Badezimmer und stellte mich unter die Dusche. Mehr als nur heiße Gedanken an Miles durchströmten mich, als ich darunter stand. Ich musste mir eingestehen, dass ich ihn jetzt gerne bei mir hätte. Danach stylte ich mich für mein Outfit. Meine Haare und das Make-up sahen perfekt aus und ich erkannte mich fast nicht wieder im Spiegel. Das Kleid war so geschnitten, dass man es ohne BH tragen musste. Erst schoss mir durch den Kopf, völlig nackt darunter zu bleiben, entschied mich dann aber für einen Stringtanga. Was für verruchte Gedanken man doch in Erwägung zog, wenn man um einen Mann warb. Ich lachte kurz auf. Außerdem hätte ich nicht gedacht, dass man noch soviel aus mir holen konnte. Mein Spiegelbild überzeugt mich. Ich war überwältigt und restlos begeistert. Heute war mein Abend und ich würde es Miles zeigen.

Draußen war es bereits dunkel geworden und da ich nichts abgesprochen hatte, lief ich zum Hintereingang. Mit gemischten Gefühlen eilte ich durch die Küche. Leise Musik drang an mein Ohr, Stimmengewirr und ab und zu Lachen, als ich den Tanzsaal betrat. Nach und nach wurde es totenstill und man hörte nur noch die Musik aus dem Hintergrund. Ich merkte, dass ich mich verkrampfte und sah wieder alle Blicke auf mich gerichtet. Verflixt hätte ich mich nur nicht in rot gekleidet und auch noch so aufreizend. Offensichtlich hatte ich mir zuviel zugetraut. Für diese Überlegung war es nun zu spät und ich stach wirklich hervor. Alle entsprachen der Kleiderordnung, nur ich nicht. Miles saß wie immer, an einem der schweren Holztische und seine Hühnerschar hatte sich um ihn verteilt. Ich sah Trixi und musste grinsen. Miles bemerkte die seltsame Stille im Raum, folgte den Blicken der anderen und ich sah ein erstauntes und anerkennendes Aufblitzen in seinen Augen. Ich sah, wie seine Blicke an mir von oben nach unten und zurück wanderten und er zog mich regelrecht damit aus. Miles schien sich schwer unter Kontrolle halten zu können, um nicht plötzlich aufzuspringen. Plötzlich fühlte ich mich nicht mehr so selbstbewusst in meiner Haut. Am liebsten hätte ich mich in Luft aufgelöst. Miles stand bewusst langsam auf und kam auf mich zu. Ich hatte wieder das Gefühl mein Herz setzte jeden Moment aus. Er stellte sich vor mich, bot mir seine Hand an und führte mich in Richtung seines Tisches. Ich war verwirrt. Was machte ich eigentlich da? Ich hatte mir doch Optionen offengelassen. Nein, an seinem Tisch würde ich auf keinen Platz nehmen und schon gar nicht neben Trixi. Kurz davor stockte ich.

„Ich möchte woanders sitzen, Miles", vermittelte ich ihm.

Erstaunt sah er mich an und in seinen Augen blitzte schon wieder so etwas wie Wut auf.

„Ich erinnere dich an meine Option, Miles", sagte ich bestimmend.

Er nickte nur und begleitete mich zu einem der noch leeren Tische. Als ich saß, beugt er sich etwas zu mir herunter.

„Warum erscheinst du heute in rot, Kim?", fragte er neugierig.

„Ich wollte etwas Farbe in dieses Schwarz bringen, Miles", konterte ich.

Amüsiert blickte er mich an. Ich bedankte mich für sein Verständnis, dass ich es gewagt hatte, etwas aus der Rolle zu fallen. Miles ging auf seinen Platz zurück und musterte mich mit verstohlenen Blicken. Wäre ich nur nicht auf diesen verflixten Ball gegangen. Zweifel stiegen in mir hoch, aber ich wollte es heute Abend wissen. Ich begab mich zu einem der Büfetts, nahm mir ein Glas Champus und ein paar kleine Kanapees. Nachdenklich ging ich wieder an meinen Tisch, der sich auch langsam füllte. Nach kurzen Begrüßungen und etwas Smalltalk mit Personen, die ich nun schon kannte, wurde ich von einem gutaussehenden jungen Mann zum Tanzen aufgefordert. Mit einem Seitenblick erhaschte ich noch kurz einen wütenden Blick von Miles, dem dies nicht passte. Er trank bereits ziemlich hastig und viel. Na, dass konnte heute noch lustig werden. An Miles Verhalten schien sich überhaupt nichts verändert zu haben. Diesmal würde ich mir den

Abend nicht verderben lassen und schon gar nicht von ihm. Nach ein paar flotten Tänzen ging man zu langsameren über. Ich wollte wieder auf meinen Platz zurück, als Bill neben mir stand und mich zu diesem Tanz aufforderte. Es freute mich ihn wieder zu sehen und ich nahm gerne an. Bill grinste.

„Und was gibt es Neues, Kim?", fragte er nach.

„Na, schau dir mal Miles Gesicht an und du weißt, was Sache ist. Dem feinen Lord passt es nicht, dass andere Männer auch Interesse an mir bekunden und mit mir tanzen wollen", gab ich grinsend von mir.

Bill lachte.

„Ich habe mir schon was dabei gedacht, als ich dich zum Tanzen aufforderte. Die Gesichtsentgleisung von Miles ist mir wohl aufgefallen und nur so kannst du ihn aus seiner Reserve locken, um zu sehen wie er zu dir steht. Ich kenne ihn lange genug, um zu verstehen wie er tickt."

Wir tanzten noch ein paar Runden und amüsierten uns gut. Der Gedanke an Miles schlechte Laune verflog und ließ mich ihn vergessen. Plötzlich wurde ich brutal aus Bills Armen gerissen. Vor mir stand Miles völlig aufgebracht und angetrunken. Er beschimpfte mich übelst. Miles holte aus und schlug ohne Vorwarnung, mit seiner flachen Hand in mein Gesicht. Er traf mich so ungünstig, dass meine Nase heftig zu bluten anfing. Urplötzlich herrschte Stille im Raum und alle schauten zu uns herüber. Ich war perplex über diesen Ausraster von Miles, dass ich überhaupt nicht reagieren konnte. Das Blut aus meiner Nase tropfte wie in Zeitlupe auf den Boden des Saales und hinterließ auf dem weißen Marmor hässliche, rote Flecken. Schon hatte ich die nächste Ohrfeige und strauchelte. Miles packte mich brutal an den Oberarmen, schüttelte mich wie eine

Puppe hin und her. Das Blut aus meiner Nase spritzte durch die Gegend. Hatten wir das nicht schon einmal, schoss es mir fassungslos durch den Kopf. Bill und ein paar andere Männer eilten zu Hilfe und hatten enorme Mühe, Miles zurückzuhalten. Ich hielt mir die Hand unter die noch blutende Nase, schaute unverständlich in Miles Gesicht und dann in die Runde. Dann drehte ich mich um und lief wie vom Teufel verfolgt davon. Nur schnell weg von hier und nach Hause, schrie alles in mir auf. Völlig verstört kam ich vor meiner Tür an. Diese bekam ich in der Eile nicht auf und trat wütend dagegen. Mir fiel siedend heiß ein, dass ich meine Tasche und Jacke im Tanzsaal vergessen hatte. Ich geriet in Panik und überlegte, was ich nun machen sollte. Zurück ins Schloss wollte ich in diesem Zustand auf keinen Fall. Ich erinnerte mich daran, dass ich erst kürzlich den Ersatzschlüssel unter dem Ginsterstrauch versteckt hatte, falls ich mich unfreiwillig aussperren sollte. Ich fand ihn und war erleichtert. Mit meinen blutverschmierten Händen rutschte ich ständig vom Türgriff ab und endlich ließ sich die Tür öffnen. Ich knallte sie zu und rannte ins Bad. Im Spiegel sah ich, dass mir auch noch die Unterlippe aufgeplatzt war. „Toll siehst du aus, du dumme Pute! Selbst Schuld! Wärst du nicht auf diese bescheuerte Party, hättest du keine Schläge erhalten!", schrie ich mich an.

Was mir nicht in den Kopf wollte, war, warum Miles das getan hatte. Weshalb war er ausgerastet? Nur weil Bill mit mir getanzt hatte? Oder wollte Miles sich aus seiner Entscheidung ziehen und hatte mich deshalb geschlagen? Nein, dass konnte und durfte nicht sein, dass ich wieder von einem Typen grundlos geschlagen wurde, nur weil er sich nicht entscheiden konnte oder wollte. Meine Gedanken drehten sich im Kreis. Ich wurde mir gerade der Tragweite bewusst und fing an zu heulen. Mein ganzes Gesicht blutete, brannte und schmerzte. Ich machte mir einen Waschlappen nass, fuhr damit vorsichtig über meine Wunden und schrie auf. Das half überhaupt nicht und machte alles nur noch schlimmer. Ich eilte in die Küche und holte mir ein paar Eiswürfel aus dem Gefrierfach.

„Ich werde hier wirklich zum Dauergast", stöhnte ich vor mich hin.

Im Wohnzimmer setzte ich mich und drückte langsam die Eiswürfel auf meine Lippen. Eigentlich sollten sie mir etwas Erleichterung verschaffen. Zwecklos. Ich wurde nervös und fing das Zittern an.

„Na toll, bitte nicht noch ein Nervenzusammenbruch, dass hätte mir gerade noch gefehlt", führte ich meine Selbstgespräche weiter.

Draußen hämmerte jemand dauerhaft an die Haustür und ich schrak hoch.

„Lasst mich in Ruhe. Ich werde einen Teufel tun und öffnen", rief ich Richtung Flur.

Die Eiswürfel fielen aus meinen Händen, als ich mir völlig entnervt die Ohren zuhielt und mich hinlegte.

Gegen Morgen wachte ich verkrampft und mit steifem Rücken auf. Meine Unterlippe schmerzte entsetzlich. Mein Gesicht brannte und fühlte sich fürchterlich an. Mir bleibt nichts anderes übrig, ich musste aufstehen. Langsam machte ich mich auf den Weg ins Bad. Nun sah man das ganze Fiasko dieser Nacht. Ich war völlig eingeschwollen. Mein Make-up, das ich gestern Nacht nicht mehr entfernen konnte, war total verschmiert. Vorsichtig reinigte ich mein Gesicht und versuchte es unter Schmerzen einigermaßen wieder in Form zu bringen.

„Verdammt! Kim, auf was hast du dich da nur wieder

eingelassen? Du hättest wissen müssen, dass es nicht gut gehen konnte. Schon wegen Trixi. Warum tust du dir das eigentlich immer wieder an? Verliebst du dich immer nur in Männer, die gerne Frauen schlagen? Was findest du an diesem Miles, dass du dich so von ihm behandeln lässt!", schrie ich mein Spiegelbild an.

Ich war entschlossen in mein Appartement zu ziehen, auch wenn es noch nicht fertig renoviert war. Hier konnte und wollte ich auf keinen Fall mehr bleiben. Bevor ich meine Koffer packte, musste ich zurück in das Anwesen, um meine Tasche und Jacke zu holen, die ich gestern Nacht dort vergessen hatte. Von Milly wollte ich mich auch verabschieden, denn sie konnte ja nichts für das Spektakel. Hoffentlich war Miles nicht da. Ich wollte jede Konfrontation nach dieser Nacht mit ihm vermeiden. Außerdem wusste ich nicht, wie ich auf seine Anwesenheit reagieren würde. Ich hoffte, dass Milly schon da war und Miles noch seinen Rausch ausschlief und machte mich mit gemischten Gefühlen auf den Weg. Damit mir dasselbe wie gestern mit dem Haustürschlüssel nicht wieder passierte, hinterlegte ich ihn vorsorglich wieder unter dem Ginsterbusch.

Kaum hatte ich durch den Hintereingang die Küche betreten, schlug mir der Geruch von Schinken, Eiern und Kaffee entgegen. Ich verspürte urplötzlich einen Heißhunger. Milly begrüßte mich, und wie ich an ihren Blicken sehen konnte, wusste sie Bescheid, was letzte Nacht passiert war, fragte aber nicht nach. Sie stellte mir wortlos ein Frühstück auf den Tisch und strich mir sanft über den Arm. Kurze Zeit später, legte sie meine Handtasche samt Jacke auf den Stuhl daneben. Ich bedankte mich. Der heiße Kaffee und das Essen, brachten mir langsam meine Lebenskraft zurück. Ich wollte gerade zum Sprechen ansetzen und Milly etwas fragen, als genau das passierte, was ich unter diesen Umständen gerne vermieden hätte. Miles erschien in der Küche. Völlig verkatert und schlecht gelaunt, sah er in meine Richtung, stockte kurz und setzte sich zu mir an den Tisch. Ich erschrak, rutschte demonstrativ zurück und er grinste mich unverschämt an.

„Bist du gestern heil nach Hause gekommen, Kim?", erkundigte er sich.

Ich starrte ihm entsetzt und sprachlos in die Augen. Jeder weitere Bissen, den ich zu mir nahm, blieb mir im Hals stecken. Er grinste überlegen und fing genüsslich an zu frühstücken.

„Besitzt du eigentlich kein Gewissen, Miles?", gab ich nach einiger Zeit zurück.

Milly versuchte alles um die peinliche Situation mit einem Gespräch zu überbrücken.

„Was hast du heute noch vor, Kim?", erkundigte sie sich und ich wandte mich von Miles ab.

„Nach diesem Frühstück Milly, werde ich meine Zelte hier abbrechen. Eigentlich bin ich nur gekommen, um mich von dir zu verabschieden", erklärte ich.

Aus den Augenwinkeln sah ich, wie Miles zusammenzuckte und verwundert zu mir blickte.

„Wohin willst du denn ziehen?", fragte Milly nach.

„Ich verschwinde schnellstens in mein Appartement. Irgendwie werde ich alles arrangieren können. Zum Glück bin ich da flexibel", gab ich zurück.

Miles knallte wütend das Besteck auf den Tisch. Ich zuckte zusammen und verschluckte mich fast.

„Milly? Kannst du Kim noch ein anständiges Essen kochen, sozusagen als Abschiedsgeschenk? Ich denke, dass Packen der Koffer wird sicher noch etwas Zeit in Anspruch nehmen."

„Ja, sehr gerne", sagte Milly.

„Na, dann musst du bestimmt noch frische Zutaten in der Stadt besorgen. Ach, und auf dem Heimweg kannst du gleich meine Anzüge aus der Reinigung mitbringen. Zwischenzeitlich kann ich mit Kim noch geschäftliche Sachen abklären", meinte Miles.

Milly nickte, zögerte und schickte sich an die Küche zu verlassen. Ich sah ihr hilfesuchend hinterher. Miles starrte mich ein paar Minuten lauernd an. Mir war die Lust am Frühstücken vergangen. Was hatte er vor, frage ich mich. Zu meiner eigenen Sicherheit stand ich auf und wollte auch gehen. Miles erhob sich plötzlich, schritt langsam auf mich zu, versperrte mir den Weg zur Tür und baute sich drohend vor mir auf. In mir brach Panik aus. Jetzt nur nicht zurückweichen, sonst merkte er, dass ich doch Angst hatte. Keiner war in Reichweite, falls ich Hilfe benötigte. Ich schaute Miles fest in die Augen und redete mir selbst Mut zu.

„Nun zu uns, Kim. Was bildest du dir eigentlich ein, nach dieser Aktion von gestern Nacht, so einen Wirbel hier zu veranstalten. Du brauchst gar nicht das arme Unschuldslamm zu spielen. Es ist alles deine Schuld, dass die Situation eskaliert ist. Erst hast du dich gezielt meiner vorgegebenen Kleiderregelung entzogen, fast keine Unterwäsche unter deinem Kleid getragen und dann noch aufreizend mit anderen Männern geflirtet. Denk bloß nicht, dass mir das mit der Unterwäsche entgangen ist. Du hast dich wie eine läufige Hündin meinem Freund Bill an den Hals geworfen, mich vor meinen Gästen lächerlich gemacht und somit Hörner aufgesetzt."

Mir blieb der Mund offen stehen über diese Frechheit. Ich schluckte. Keine Entschuldigung von seiner Seite oder wie ich mich fühlte. Miles ließ mich gar nicht zu Wort kommen und beleidigte mich weiter auf das

Übelste. Mir reichte es und es platzte aus mir heraus.

„Miles! Es reicht! Du bist genauso ein Schwein wie mein Ex-Freund Jack und denkst nur an das eine! Was bildest du dir eigentlich ein, wer du bist? Weder bin ich eine läufige Hündin noch dein Eigentum, dass dir Hörner aufsetzen muss! Diese hast du dir wohl selbst verabreicht durch deine Ausraster an diesem Abend! Und was ich unter meinen Klamotten trage oder nicht, geht dich überhaupt nichts an! Was willst du eigentlich von mir oder was erwartest du? Schämst du dich nicht, mich so zuzurichten?", schrie ich ihn an.

Meine Stimme schnappte völlig über und ich blieb Miles verbal nichts schuldig. Ein Wort gab das andere. Da geschah das Unfassbare. Miles Gesicht verzog sich wütend. Dann holte er aus und ohrfeigte mich erneut wie letzte Nacht. Ich schrie auf und versuchte mein Gesicht zu schützen, indem ich meine Arme hochriss. Meine Lippe schmerzte und schien aufgeplatzt zu sein. Ich blieb Miles in keiner Weise etwas schuldig und schlug unkontrolliert zurück, wobei ich einige Treffer landete. Ich hörte ihn wütend aufschreien und machte die Sache dadurch nur noch schlimmer für mich. Verzweifelt griff ich nach dem Teller auf dem Tisch, warf ihn gezielt in seine Richtung und dieser verfehlte nur knapp seinen Kopf. Miles hatte sich mittlerweile so in Rage gebracht, dass er seine Schläge ziellos gegen mich weiterführte. Er trieb mich regelrecht, rückwärts in die Enge. Ich stolperte über meine Füße und knallte mit meinem Kopf gegen eines der Küchenregale. Der Schmerz, der durch meinen Kopf schoss, ließ mich fast ohnmächtig werden und ich sah Miles nur noch wie durch einen Nebel.

„Verdammt! Miles! Hör endlich auf! Du tust mir doch furchtbar weh!", schrie ich und taumelte.

Ich suchte verzweifelt Halt, fand keinen und stürzte zu Boden. Miles stand inzwischen breitbeinig über mir.

„Verfluchtes Miststück! Ich werde dir zeigen, wer hier das Sagen hat!", brüllte er auf mich ein.

Ich trat und schlug weiter, was Miles nun entgültig ausrasten ließ. Er packte mich in den Haaren und zog mich brutal hoch. Schmerzerfüllt schrie ich auf und versuchte, seine Hand aus meinen Haaren zu winden. Er hatte sich jedoch so darin verkrallt, dass ich keine Chance hatte und halb kniend, halb stehend das tun musste, was er von mir verlangte. Er zog mein Gesicht ganz nah an seines, dass ich seinen erregten Atem spüren konnte. Seine Augen hatten sich zu schmalen Schlitzen wie bei einem Raubtier kurz vor dem Angriff verzogen.

„Bitte! Miles, hör auf!", schrie ich und stöhnte gequält auf.

Mein flehender Blick ließ ihn kalt. Miles presste seine Lippen kommentarlos so fest auf meine, dass ich keine Luft mehr bekam. Angewidert vor Ekel und Schmerz gelang es mir, ihm irgendwie auf die Unterlippe zu beißen, in der Hoffnung, dass er dann vor mir abließ. Damit erreichte ich allerdings genau das Gegenteil. Er knurrte kurz auf und ließ mich nicht etwa los. Nein, er wurde dadurch noch viel brutaler, als wenn ihn mein Verhalten anstachelte. Wie im Rausch presste er seine blutverschmierten Lippen noch härter auf meine und ich konnte sein Blut in meinem Mund schmecken. Mir wurde schlecht. Ich begann zu würgen und versuchte mich verzweifelt aus seiner brutalen Umklammerung zu befreien. Durch die Ereignisse der letzten Nacht war ich jedoch immer noch so geschwächt, dass ich keine Chance hatte. Mir wurde vor Sauerstoffmangel langsam ganz schwindlig und ich gab erstickte Töne von mir. Miles ließ von mir ab, begann aber plötzlich, mir die Kleider vom Leib zu reißen. An meiner Bluse platzten alle Knöpfe weg. Miles zog sie mir über die Schultern und nun war ich zur Bewegungslosigkeit verdonnert und konnte mich nicht mehr wehren.

„Miles! Weißt du überhaupt noch was du tust? Hör doch auf!", schrie ich ihn in meiner Verzweiflung an.

Er war jedoch so in seinem Element, das er nichts mehr mitbekam.

„Kim! Du kannst schreien so laut wie du willst, es hört dich keiner. Wir sind allein im Schloss. Denk daran, dass Milly Einkäufe tätigt und nicht so schnell zurück sein wird. Ich kann mit dir anstellen was ich möchte und das werde ich auch tun", warf mir Miles entgegen.

„Halt endlich still!", befahl er mir, ohne seinen Griff zu lockern. „Es wird besser sein, wenn du dich gar nicht erst wehrst! Dann wird es nicht so schlimm für dich."

Ich versuchte einen letzten Gegenangriff. Miles riss brutal meinen Kopf herum. Ich gab verzweifelt auf und sackte heulend in mich zusammen. Nun war ich ihm entgültig ausgeliefert. Wäre ich nicht noch einmal in dieses verdammte Haus gekommen, sondern gleich gefahren, schoss es mir durch den Kopf. Miles zog mich erneut an den Haaren und schleifte mich hinter sich her. Er riss die Tür in das angrenzende Zimmer neben der Küche auf. Bei jeder Bewegung schrie ich schmerzerfüllt und wünschte mir, dass mich endlich eine Ohnmacht aus dieser Situation befreite. Er grinste und stellte sein Arbeitszimmer für spezielle Fälle vor. Aus den Augenwinkeln sah ich, dass dort ein riesiges Bett stand. Im Zeitraffer nahm ich die Umgebung wahr. Der Raum machte einen gemütlichen Eindruck. Ein paar Sessel standen in den Ecken, ein Schreibtisch, ein Schrank und ein angezündeter Kamin fiel mir noch auf. Da warf mich Miles wie einen Sack auf das Bett. Mir wurde mit Erschrecken klar, was jetzt passieren würde. Ich versuchte mich, mit meinen wenigen Kraftreserven, die ich noch besaß, zu verteidigen und wollte wiederholt aufstehen. Miles stieß mich aufs Bett zurück, riss sich das Hemd vom Körper und fiel über mich her.

„Nein! Miles! Bitte nicht! Wir können doch über alles Reden! Bitte, lass mich gehen! Ich flehe dich an, wenn du mich liebst, tu es nicht!", schrie ich.

Zwecklos. Meine Worte drangen nicht mehr bis zu ihm vor. Er schob meinen Rock nach oben und riss mir den Slip vom Körper, dass ich qualvoll aufschrie. Ich gab jeden Widerstand auf, denn ich besaß einfach keine Kraft. Ich resignierte und hoffte, dass es schnell vorbei sein würde. Miles war wie von Sinnen, öffnete den Reißverschluss seiner Hose und zog sie ein Stück herunter. Ich erkannte noch, dass er nackt darunter war. Miles zog seinen Gürtel aus der Hose und bevor ich reagieren konnte, hatte er meine Hände damit verschnürt. Ich fragte mich, warum er das tat und suchte heulend und verzweifelt Blickkontakt zu ihm. Miles nahm mich brutal und ich schrie vor Schmerz, was ihn aber erst noch anzuspornen schien. Er biss gezielt in meine Lippen und Ohrläppchen. Ich stöhnte gequält unter ihm auf. Es gab keine Chance mich zu befreien. Ich gab auf, lag steif wie ein Brett und klinkte zeitweise mein Gehirn aus. Miles ging ziemlich heftig zur Sache und als er fertig war und von mir abließ, war ich völlig fertig. Ich heulte, mein Unterleib schmerzte und ich hatte das Gefühl, mich übergeben zu müssen. Angewidert schaute ich in seine Richtung. Ich setzte mich zitternd im Bett auf, hielt das Laken schützend vor mich und wich zurück. Er warf mir einen Blick zu.

„So, Kim. Nun bin ich doch noch zu dem gekommen, was ich mir schon letzte Nacht von dir holen wollte", gab er von sich.

Entgeistert schaute ich in an, verlor endgültig meine Nerven und schrie wie eine Irre. Er griff erneut meine Arme und schüttelte mich hin und her.

„Verflucht! Sei still! Pack deinen Kram zusammen und verschwinde, bevor noch etwas Schlimmeres passiert", ergänzte er und schaute mich an.

Mein Körper fühlte sich zerschunden an und ich kam mir dreckig vor. Nur noch raus hier, dachte ich, bevor er es sich überlegte und nochmals über mich herfiel.

„Bitte Miles, binde mich los", gab ich erstickt von mir und hielt ihm meine gefesselten Hände entgegen.

Ich hatte fürchterliche Schmerzen, stand auf, knickte weg und mir wurde kurz schwarz vor Augen. Ich griff mir das blutverschmierte Laken und wickelte es eng um meinen Körper. Dann schaute ich gequält hoch und schaute direkt in Miles blaue Augen. Irgendetwas in meinem Blick brachte ihn kurz aus der Fassung, doch dann fing er sich wieder.

„Ich geh jetzt duschen. Wenn ich damit fertig bin und herauskomme, solltest du besser verschwunden sein. Und ich rate dir keinem etwas zu erzählen, sonst gibt es mit Sicherheit eine Wiederholung", drohte er.

Dann eilte er in den angrenzenden Nebenraum und ich hörte wie das Wasser lief. Unter Schmerzen suchte ich meine kaputten Kleidungstücke zusammen. Ich wickelte das Bettlaken notdürftig um meinen Körper und verließ fluchtartig diesen Ort, in der Hoffnung, dass mich so kein Mensch sah. Schwankend, zitternd und halb wahnsinnig vor Angst, lief ich zu meinem Haus und war froh, dort anzukommen. So bemerkte ich in meiner Verzweiflung nicht einmal, dass die Tür nur angelehnt war. Ich knallte sie hinter mir zu und brach heulend zusammen. Zitternd saß ich vor der Küche am Boden, stierte vor mich hin, wurde mir der ganzen Situation in diesem Moment bewusst und bekam einen Schreikrampf.

„Warum ausgerechnet ich!", schrie ich auf.

Ich schlug mit beiden Fäusten auf den Boden ein, bis sie schmerzten. Plötzlich wurde ich gepackt und in die Höhe gezogen. Da ich eine erneute Attacke von Miles befürchtete, schlug und trat ich wieder wild um mich. Ich hörte am aufstöhnen meines Gegenübers, dass ich getroffen hatte. Aus weiter Ferne drang eine Stimme zu mir durch, die sich wie die von Bill anhörte. Ich öffnete meine Augen und sah, dass es Bill war. Sofort hörte ich auf mich zu wehren und brach schluchzend und vor Erleichterung in seinen Armen zusammen. Bill hob mich hoch und trug mich ins Wohnzimmer. Dort setzte er mich vorsichtig auf der Couch ab und wartete, bis ich mich einigermaßen beruhigt hatte. Sein Blick ruhte erschrocken auf mir.

„Kim? Was ist passiert?", fragte er mich vorsichtig.

Stotternd und immer wieder von Weinkrämpfen geschüttelt erzählte ich, was mir Miles gerade angetan hatte. Bill war entsetzt.

„Oh Gott, Kim. Es tut mir furchtbar leid. Hätte ich mich nur beeilt. Milly hat mich vorhin informiert, dass Miles sich mit dir alleine im Schloss befindet. Ihr kam das ganze Verhalten von ihm etwas eigenartig vor. Da du mich heute Morgen noch nicht angerufen und über den Stand der Dinge von gestern Bericht erstattet hast, bin ich unruhig geworden. Milly hat mir das Versteck des Schlüssels in Notfällen verraten. So konnte ich ungesehen ins Haus und auf dich warten. Das du mir jedoch blutend und heulend in die Arme fällst, damit hätte ich nicht gerechnet."

Ich schaute ihm in die Augen und seufzte auf.

„Möchtest du etwas trinken, Kim?", fragte er mich.

„Ich möchte ein großes Glas Whisky", gab ich von mir. Bill stutzte und ich erklärte, „ich brauche das jetzt in diesem Moment."

Bill ging in die Küche, brachte mir das gewünschte und ich trank es in einem Zug leer. Das Zeug brannte auf meinen Lippen, brannte mir fast die Kehle aus aber belebte gleichzeitig meine Geister. Ich reichte ihm das Glas zurück.

„Mehr!", verlangte ich bestimmend.

Er setzte zu einer Antwort an, aber ich bestand auf den Whisky ohne Kommentar. Auch dieses Glas leerte ich mit einem Zug. So, nun ging es mir besser, aber der Alkohol zeigte bereits seine Wirkung. Bill holte eine Stoffdecke aus dem Schlafzimmer und legte sie mir behutsam um.

„Kim? Ich verstehe nicht, dass Miles dir das angetan hat. Ich werde ihn anschließend mit Sicherheit zur Rede stellen", erklärte er mir.

„Nein! Bitte nicht! Er hat mir gedroht, wenn ich es erzähle, dass er die Sache jederzeit wiederholt", schrie ich erschrocken auf.

„Das ergibt doch keinen Sinn, Kim. Nach dem letzten Gespräch mit Miles, habe ich eigentlich den Eindruck, dass er deine Liebe stark erwidert und dich sehr gerne hat."

Ich schaute Bill erstaunt an.

„Ja, wahrscheinlich auf seine Art und Weise, die ich gerade erleben durfte", gab ich zur Antwort.

„Es tut mir furchtbar leid, was dir geschehen ist. Ich bin letzte Nacht wahrscheinlich doch der Auslöser gewesen", entschuldigte er sich bei mir.

„Verdammt! Bill! Das ist doch kein Grund eine Frau so zuzurichten", warf ich ihm entgegen.

„Wie wirst du dich jetzt verhalten? Willst du Miles nachträglich anzeigen?", wollte er wissen.

„Ich werde im Moment auf eine Anzeige verzichten, Bill. Außerdem schäme ich mich zur Polizei zu gehen. Ich sehe schon die Riesenschlagzeile in der Times. Deutsche in Irland vergewaltigt, wer weiß wie man mir das auslegt. Vielleicht bin ich sogar noch selbst schuld gewesen. Nein! Bill, dass erspare ich mir lieber. Das einzige, was ich machen werde ist, mit Miles reden, um zu erfahren, aus welchem Grund er dies getan hat."

„Kann ich dir irgendwie helfen?", wollte Bill wissen.

„Nein, danke. Der Whisky erfüllt gerade seinen Zweck und ich möchte schlafen. Ich fühle mich so verdammt dreckig, Bill", verzweifelt schlug ich mir die Hände vor das Gesicht.

Bill verstand und verabschiedete sich.

„Versprich mir, dass du mich sofort anrufst, wenn du Hilfe brauchst. Auch in der Nacht."

Ich nickte, bedankte mich und brachte ihn noch zur Haustür. Entnervt ging ich ins Wohnzimmer zurück, setzte mich auf die Couch und kurze Zeit später, forderte der Alkohol seinen Tribut.

Bill ging wütend und mit zielstrebigen Schritten auf das Anwesen von Miles zu. Entsetzt, dass sein Freund so etwas Verabscheuungswürdiges getan hatte, raubte ihm sein Verständnis. Er kam nicht klar damit, dass man eine Frau schlagen und dann auch noch mit Gewalt nehmen konnte. Was war mit Miles los? Ein klärendes Gespräch musste stattfinden. Bill klingelte und es dauerte einige Zeit, bis Miles öffnete. Bill war über seinen Anblick erschrocken. Miles sah müde, verkatert und erschöpft aus. Kreidebleich bat er Bill in die Küche. Bedrückendes Schweigen herrschte im Raum.

„Möchtest du etwas trinken, Bill?", fragte er verstört und bot ihm einen Stuhl an.

„Hast du einen Kaffee übrig?", fragte Bill.

Miles nickte und füllte eine der Tassen, die auf dem Küchentisch standen. Er sah in Bills Augen.

„Du weißt sicherlich schon Bescheid, was geschehen ist", gab Miles von sich.

Bill nickte.

„Ich möchte es noch einmal aus deinem Mund hören. Was ist passiert, Miles?", fragte Bill vorsichtig nach.

Miles verlor die Fassung und fing hemmungslos an zu heulen.

„Ich habe etwas Fürchterliches getan und bin völlig verzweifelt. Ich weiß nicht, was in mich gefahren ist. Bill, ich habe Kim brutal vergewaltigt, obwohl ich sie liebe und ihr mit Sicherheit nicht wehtun wollte."

Bill sog zischend die Luft ein.

„Für diese Einsicht ist es zu spät, Miles. Das hättest du dir vorher überlegen müssen. Du kannst froh sein, dass Kim dich nicht sofort wegen Vergewaltigung angezeigt hat. Deine ewigen Feste, deine Sauferei, die Vergangenheit und der Umgang mit Trixi werden dich noch vollständig ruinieren. Wach endlich auf, Miles!", beschwor ihn Bill.

„Was soll ich denn tun? Ich möchte Kim auf keinen Fall verlieren", schaute er ihn hilfesuchend an.

„Spiel endlich mit offenen Karten, Miles! Vor allem, was deine Vergangenheit betrifft. Kim ist intelligent genug, um es aus einer neutralen Sicht zu sehen. Ich habe sie in einem jämmerlichen Zustand vorgefunden, blutend, heulend und verstört. Wie konntest du ihr das antun? Trotz Bedenken auf erneute Eskalation, gibt sie dir eine Chance. Sie möchte ein klärendes Gespräch mit dir führen und empfindet mit Sicherheit mehr für dich, als du denkst. Eine andere wäre schnurstracks zur Polizei gerannt", sagte er.

Miles brach entgültig zusammen und konnte sich nur schwer beruhigen.

„Ich muss sofort mit Kim reden, Bill", stammelt er.

„Das ist keine gute Idee und nicht ratsam, Miles. Du musst schon bis morgen warten. Außerdem schläft sie bereits, denn sie hat sich vorhin sinnlos betrunken. Ich habe deshalb große Bedenken, dass du Kim durch deine Aktion bereits jetzt schon zu einem seelischen Wrack gemacht hast. So wie es scheint, spricht sie seit längerem immer mehr dem Alkohol zu und nimmt fast keine Nahrung mehr zu sich. Ist dir überhaupt schon einmal aufgefallen, wie dünn sie geworden ist? Miles glaube mir, dass hängt sicherlich nicht mit ihrer Arbeit zusammen. Ich werde morgen mit Kim einen Termin vereinbaren und dir dann Bescheid geben, wo und wann das Gespräch stattfinden kann."

Bill stand auf, Miles bedankte sich und begleitete ihn noch nach draußen.

Ein neuer Tag begann und ich wachte wieder einmal von Alpträumen gepeinigt, unausgeschlafen und mit Kopfschmerzen auf. Mir ging es noch schlechter, als an den letzten Tagen zuvor. Ich hatte das Gefühl, als wäre ich immer wieder gegen eine Wand gelaufen. Quälend erhob ich mich von meiner Couch. Ich lief desorientiert durch die Wohnung ins Badezimmer und nahm eine ausgiebige Dusche. Dabei konnte ich meine Gedanken ordnen und den Dreck des letzten Tages abwaschen. Das Erste was ich danach machen wollte, war Bill anrufen, um mich zu erkundigen, wie sein Gespräch mit Miles verlaufen war. Ich verließ die Dusche und fühlte mich dem Umstand entsprechend besser. Während der Kaffee durch die Maschine lief, telefonierte ich mit Bill.

„Kim, wie fühlst du dich?", wollte er wissen.

„Ganz ehrlich, Bill? Ich habe das Gefühl, durch die Hölle gegangen zu sein und befinde mich in einem seelischen wie körperlichem Tief.", gab ich Auskunft.

„Kannst du dich schon dazu bereit erklären, mit Miles ein Gespräch zu führen?", hakte er nach.

„Ich werde es versuchen. Außerdem möchte ich diese Angelegenheit so schnell wie möglich hinter mich bringen. Ich will endlich von hier verschwinden."

„Kim, ich werde Miles benachrichtigen und mich dann wieder mit dir in Verbindung zu setzen", versprach er mir.

„Okay, aber nur unter der Voraussetzung, dass dieses Gespräch hier stattfindet. Ins Schloss werde ich nicht gehen, da sind die Geschehnisse noch zu frisch."

Bill versprach, meinem Wunsch gerecht zu werden. Ich frühstückte und kurze Zeit später klingelte mein Telefon erneut. Bill bestätigte mir, dass Miles mit einem Treffen bei mir einverstanden war.

„Kannst du das auch kurzfristig arrangieren, Kim. Ich komme vorher noch einmal bei dir vorbei, um mit dir zu reden."

Ich war damit einverstanden. Zitternd zog ich mich an und war gespannt auf dieses Treffen mit Miles.

„Hoffentlich habe ich nicht schon wieder einen Fehler gemacht", warf ich meinem Spiegelbild entgegen und stellte entsetzt fest, dass ich grauenhaft aussah. Auch das schien langsam ein Dauerzustand zu werden. Mein ganzes Gesicht war verschwollen, die Lippe verkrustet und an etwas Make-up war nicht zu denken, da alles schmerzte. Meine Arme und mein Körper waren durch die Schläge mit Flecken übersät, die bereits in allen Farben schillerten. Es klingelte. Das konnte nur Bill sein. Ich ging zur Tür und öffnete. Bill erschrak vor meinem Anblick.

„Auweia! Kim! Geht es dir wirklich gut?", erkundigte er sich und ich versuchte ein Grinsen, was misslang.

„Ich fühle mich genauso, wie ich auch aussehe, Bill", erklärte ich ihm.

Er erzählte mir den Verlauf der Unterredung mit Miles. Verunsichert bat ich ihn, dass er erst einmal bei diesem Gespräch dabeiblieb. Bill nickte zustimmend. Wir tranken beide noch eine Tasse Kaffee zusammen, als es an der Tür klingelte. Ich erschrak so heftig, dass mir die Tasse aus der Hand glitt und zu Boden fiel. Klirrend sprang sie auseinander.

„Nicht schon wieder", gab ich genervt von mir. „Bill, bitte öffne die Tür und lass ihn herein."

Unruhe machte sich in mir breit und ich fing innerlich das Zittern an.

Als Bill, Miles die Haustür öffnete, schaute ihn dieser erstaunt an. Bill erklärte ihm, dass dies mein Wunsch gewesen wäre, dass er anwesend sei.

Ich hob gerade die Scherben der Tasse auf, als Miles die Küche betrat. Als ich ihn erblickte, zuckte ich zusammen und schnitt mich mit einer der Scherben in den Finger. Erschrocken schrie ich auf, worauf Bill hereinstürmte und mir zur Hand ging. Er brachte mich an den Tisch und drückte mich in den Stuhl. Ich war völlig verstört und starrte nur wortlos auf Miles. Dieser stand wie ein begossener Pudel in der Küche und stammelte unverständlich etwas vor sich hin. Bill verarztete mich und bat Miles sich zu setzen. Ich sah das Elend des vergangenen Tages in Miles Augen. Fast tat er mir schon wieder leid.

Blöde Kuh. Es entschuldigt nicht, was er dir angetan hat. Verfalle nicht seinen Augen. Wer wurde hier geschlagen und vergewaltigt? Wie lange willst du das noch mitmachen? Vergiss ihn endlich, schimpft meine innere Stimme.

Bill übernahm das Kommando und schenkte frischen Kaffe ein. Als ich meine Tasse anhob, zitterte ich erneut und stellte sie vorsichtig auf den Tisch zurück. Ich schaute Miles in die Augen.

„Kannst du mir bitte dein Verhalten der vergangenen zwei Tage erklären?", forderte ich Miles mit zittriger Stimme auf. „Was hast du dir dabei gedacht, mir das anzutun. Du hast mich nicht nur körperlich, sondern auch seelisch geschädigt. Ich weiß nicht, ob ich dir je wieder vertrauen kann. Wir hatten doch eine klare Vereinbarung für den Ball, nämlich freie Optionen für mich."

Miles schaute mich eine lange Zeit stumm an, bekam wieder die Oberhand und ich glaubte wieder einen Anflug zu einem arroganten Grinsen zu erkennen. Das war zuviel für meine Nerven. Ich sprang auf stürzte mich auf ihn, fuhr mit meinen Fingernägeln über sein Gesicht und schrie wie am Spieß. Bill konnte nicht so schnell reagieren, wie ich über Miles hergefallen war. Er riss mich zurück und hatte enorme Probleme mich zu bändigen, da ich immer wieder in Miles Richtung zog und nach ihm schlug. Aus den Augenwinkeln sah ich Miles blutverschmiertes Gesicht, der mich erstaunt und zugleich betroffen anblickte. Bill hielt mich mit einer Hand fest und reichte Miles mit seiner anderen Hand die Haushaltstücher. Schmerzverzerrt wischte er sich das Blut aus dem Gesicht und sah mich weiterhin schweigend an. Bill kümmerte sich inzwischen wieder um mich und brachte mich mit Nachdruck zu meinem Stuhl zurück.

„Miles, ich denke es wird besser sein, dass Gespräch an diesem Punkt zu unterbrechen und ein anderes Mal weiterzuführen", meinte Bill.

„Nein! Diese Angelegenheit wird hier und jetzt geklärt. Ich will heute noch von diesem Irren weg", schrie ich aufgebracht.

Miles konnte es einfach nicht lassen und provozierte mich weiterhin.

„Kim, kannst du dich etwas mit deinen Ausführungen beeilen. Ich habe heute abends wieder Gäste und muss noch etliches vorbereiten", meinte er gelassen.

Ich schaute ihn völlig entgeistert an und wollte erneut auf ihn los. Bill schnappte mich, setzte mich auf seinen Schoß und hielt mir die Arme fest.

„Lass mich sofort los, Bill!", zischte ich.

„Nur unter der Bedingung, wenn du versprichst, Miles nicht mehr anzugreifen", kam die Rückantwort.

Ich versprach es ihm und Bill setzte sich zwischen uns. Miles schaute mir schweigend in die Augen und ich begutachtete sein zerkratztes Gesicht. Keine Spur von Mitleid regte sich. Im Gegenteil, etwas Genugtuung blieb mir bei diesem Anblick. Miles fühlte sich nicht gerade wohl in seiner Haut, auch wenn er es sich nicht anmerken ließ. Ich schaute ihn mit durchbohrenden Blicken an.

„Erkläre mir endlich, welcher Teufel dich geritten hat, mit dieser immensen Brutalität über mich herzufallen", fragte ich.

„Kim, ich weiß nicht, was gestern in mich gefahren ist. Ich will dich jedenfalls nicht so verlieren und habe das nicht gewollt, auch wenn du es mir nicht glaubst."

In seinen Augen sah ich, dass er die Wahrheit sprach. Ich lachte trotzdem enttäuscht auf.

„War das alles, Miles? Mehr hast du nicht zu sagen? Was denkst du, was jetzt geschehen soll? Ich kann nie wieder so unbefangen mit dir umgehen, wie vor dieser Geschichte. Im Moment empfinde ich nur Hass und Ekel für dich und ob sich das jemals ändern wird, weiß ich nicht. Mein Vertrauen in dich, hat einen tiefen Riss bekommen. Ich kann dir nur eines versprechen, dass ich vorerst von einer Anzeige absehe. Weißt du was, Miles? Was du dir mit Gewalt genommen hast, hättest du auch so von mir bekommen können. Ich weiß zwar nicht, was für ein Spiel du mit mir treibst, aber höre endlich auf mir diese verdammte Dr. Jekyll und Mr. Hyde-Geschichte vorzugaukeln."

Miles zuckte zusammen und schluckte.

„Willst du wirklich von hier weg, Kim?", fragte er.

„Ja! Ich werde definitiv gehen. Ich kann im Moment nicht annähernd nur auf ein paar Meter den Kontakt mit dir pflegen. Ich habe panische Angst vor dir. Wer weiß, ob du mir nicht wieder auflauerst und in einem deiner Anfälle über mich herfällst oder durchs Fenster einsteigst", gab ich zurück.

Miles schaute mir in die Augen und ich fühlte schon wieder dieses eigenartige Gefühl in mir hochsteigen. Dieser verfluchte Blick, dachte ich. Am liebsten würde ich ihn jetzt in die Arme schließen und küssen. Schnell verwarf ich diesen Gedanken wieder und mir wurde klar, dass er mir schon wieder etwas mit seinen Augen aufzwingen wollte. Miles war sich der Wirkung seiner Blicke in der Damenwelt sehr bewusst und versuchte dies auch gezielt einzusetzen.

„Kim, ich verspreche dir, dass Kavaliershaus nicht zu

vermieten. Somit lasse ich dir die Option offen, wieder zurückkommen", versprach er mir.

„Danke Miles, aber es wird sich nichts an meiner Entscheidung ändern. Würdest du jetzt bitte gehen. Ich muss noch zusammenpacken und du willst noch etliches für deine Feier vorbereiten."

Er stand auf und verabschiedete sich. Bill tat es ihm gleich und beide gingen. Die Haustür fiel hinter ihnen ins Schloss und tausend Gedanken schossen mir durch den Kopf. Kurze Zeit später klingelte es erneut an der Tür. Ich öffnete und erblickte Bill.

„Kann ich irgendetwas für dich erledigen? Kim, ist bei dir alles in Ordnung?", fragte er und ich lachte.

„Alles erledigt, danke für die Nachfrage. Bill, ich bin am Überlegen, ob ich den richtigen Entschluss gefasst habe. Was, wenn ich nicht gehe? Kann alles anders werden? Wird Miles sich ändern? Verflucht! Ich werde noch wahnsinnig mit ihm. Egal! Also, sobald ich in der Stadtwohnung eintreffe, melde ich mich bei dir. Den Schlüssel für das Kavaliershaus, werfe ich morgen in deinen Briefkasten und du kannst ihn dann an Miles zurückgeben."

Bill hauchte mir einen Kuss auf die Wange, wünschte mir viel Glück und versprach, dass er öfters nach mir sehen würde. Dann ging er. Etwas verstört stand ich im Flur, holte meine Koffer und brachte sie ins Auto. Aus den Augenwinkeln bemerkte ich, dass Miles am Hinterausgang stand und mich beim Verstauen der Koffer beobachtete. Schnellstens eilte ich wieder ins Haus, setzte mich in die Küche und hing noch eine Zeitlang meinen Gedanken nach.

Das es bereits dunkel draußen war, bemerkte ich etwas später. Ich ging in den Wohnraum und machte es mir auf der Couch gemütlich. Anscheinend war ich wieder eingeschlafen, als es an meine Haustür hämmerte. Ich hörte Miles rufen und brüllen. Ein Blick auf die Uhr ließ mich erkennen, dass es weit nach Mitternacht war. Ich rief mir in Erinnerung, dass er ein Zechgelage am Laufen hatte. Er war wieder alkoholisiert und ich hörte ihn grölen. Miles beschimpfte mich von draußen und schwörte mir, dass es mir noch leidtun würde, ihn verschmäht zu haben. Er konnte es nicht lassen und ich war froh, dass ich den Entschluss gefasst hatte, morgen zu verschwinden. Warum in Gottes Namen veranstaltete er so einen Aufstand. Damit musste es nun entgültig ein Ende haben. Ich wuchs über mich hinaus und lief trotz meiner Angst nach draußen. Bestürzt und entsetzt sah ich, dass Miles Verstärkung mitgebracht hatte. Bestärkt von einigen angetrunkenen Gästen aus dem Hintergrund, lachte und brüllte Miles lauthals durch die Gegend.

„Na, Kim? Hast du es dir überlegt und bist auf den Geschmack gekommen? Willst du etwa mehr?", fragte er mich.

Nun reichte es wirklich und ich ging zielstrebig auf ihn zu. Miles schien mit dieser Aktion von mir nicht gerechnet zu haben und wich taumelnd einige Schritte zurück. Der Alkohol zeigte bereits Wirkung bei ihm. Von seiner Reaktion bestärkt ging ich weiter, obwohl es anders in mir aussah. Nun stand ich ihm gegenüber. Ich beugte mich nach vorne, verkrallte mich in seine langen Haare und zog seinen Kopf ganz nah zu mir. Dann drückte ich ihm einen langen intensiven Kuss auf die Lippen. Miles erstarrte, denn auch damit schien er überhaupt nicht gerechnet zu haben. Bevor Miles auf den Geschmack kam, biss ich zu und ließ ihn los. Miles schrie auf und ich sah, dass seine Lippe blutete. Genussvoll leckte ich mir über die Lippen und stellte eines vor versammelter Mannschaft klar.

„Nur zur deiner Information, Lord of Raven. Du hättest dir nichts mit Gewalt nehmen müssen, denn ich hätte es dir gerne freiwillig gegeben. Somit wären dir die Verletzungen im Gesicht erspart geblieben. Die Show ist nun für alle vorbei. Ich rate dir, sammle deine Gefolgsleute ein, geh ins Schloss und spiele dort mit Trixi. Für solche Kindereien habe ich wirklich keine Zeit."

Ich ging langsam und aufreizend in Richtung Haus zurück. In der Tür drehte ich mich noch einmal um und genoss es, in das entgeisterte Gesicht von Miles und seiner Freunde zu blicken. Schmatzend warf ich ihm einen Handkuss zu und schloss die Tür hinter mir. Entnervt lehnte ich mit dem Rücken dagegen. Nichts rührte sich mehr und Totenstille drang zu mir herein. Wenigstens diese Nacht hatte ich Ruhe. Ich ging zurück ins Wohnzimmer und setzte mich. Kurze Zeit danach nickte ich ein und schlief traumlos bis zum nächsten Morgen durch.

Es war hell, als ich erwachte. Nur weg hier war der erste Gedanke der mich durchströmte. Der Vorfall von vergangener Nacht, ließ mich amüsiert auflachen. Angriff ist also doch die beste Verteidigung.

Ich lief noch einmal alle Räume ab und ließ alles auf mich einwirken. Miles legte ich als Abschiedsgeschenk mein rotes Ballkleid, die zerrissene Bluse und ein Foto von mir auf den Küchentisch und verließ dann das Haus. Vielleicht kehrte ich zurück, denn man sollte niemals nie sagen. Ich stieg ins Auto und fuhr ziemlich schnell vom Grundstück, ohne zurückzublicken. Auf dem Weg in die Stadtwohnung machte ich noch bei Bill einen Abstecher und warf den Schlüssel ein.

Vier Monate waren vergangen und ich hatte weder von Bill noch von Miles etwas gehört. Eigenartig war es schon, da Bill mich doch auf dem Laufenden halten wollte. Kurz nach Ankunft in meiner Wohnung, hatte ich den Makler hochkant gefeuert und mir eine neue Firma an Land gezogen. So wie es aussah, hatte Miles doch etwas mit dem Makler getrickst, damit sich alles verzögerte. Ich arrangierte mich mit den Handwerkern und arbeitete und schlief trotz des Chaos in meinem Appartement. Innerhalb von einer Woche war dieses dann fertiggestellt.. Kurze Zeit später hatte ich so viele Aufträge an Land gezogen, dass mein Terminkalender jede Minute damit ausgefüllt war. Meine Arbeit half mir über die schwere Zeit mit Miles hinweg. Es wird sich schon jemand melden, wenn es wichtig ist, dachte ich bei mir. Endlich konnte ich ihn Ruhe arbeiten und meiner Kreativität waren keine Grenzen gesetzt. Ich hing meinen Gedanken nach. Das Telefon klingelte, ich hob ab und meldete mich. Am anderen Ende hörte ich die Stimme von Bill, der sehr ernst klang.
„Bill! Was für ein komischer Zufall, ich habe gerade an dich gedacht. Schön dich zu hören", sagte ich ihm.
„Kim? Ich muss dich so schnell wie möglich sprechen. Ist das heute noch möglich?", fragte er.
„Ja klar, Bill. Du kannst gerne heute abends kommen. Ich bereite ein Essen für uns zu", gab ich zur Antwort.
„Super, ich freue mich schon und den Wein spendiere ich dazu", gab er lachend von sich.
Ich verbrachte den Rest des Tages mit Kochen und rätseln, was Bill von mir wollte. Er hatte wirklich sehr eigenartig geklungen. War vielleicht etwas mit Miles? Ich hatte die letzten Monate, bis auf den heutigen Tag so gut wie gar nicht an ihn gedacht und ausgerechnet heute rief mich Bill an. Der Nachmittag zog sich wie

Gummi und endlich war es soweit. Bill begrüßte mich und drückte mir den Wein in die Hand.

„Hallo, Kim! Gut siehst du aus. Kann es sein, dass du zugenommen hast? Schön deine Wohnung. Kann man mehr davon sehen?", sprudelte es aus ihm heraus.

„Ja, Bill. Mir ist auch schon aufgefallen, dass ich dicker geworden bin. Das liegt wahrscheinlich daran, dass ich keinen Stress mehr mit Miles habe", gab ich lachend zurück.

Ich veranstaltete mit Bill einen Rundgang durch die Wohnung und lotste ihn in die Küche, wo bereits das Essen auf uns wartete. Bill grinste, nahm Platz und wir unterhielten uns während des Essens über belanglose Dinge. Ich hielt es nicht mehr aus und hakte nach, was er von mir wollte.

„Was ist denn so wichtig, dass du mich angerufen hast und mit mir reden wolltest?"

Bills Gesicht wurde sehr ernst.

„Kim, ich mache mir ernsthafte Gedanken um Miles. Er ist, seitdem du weg bist, nur noch ein Schatten seiner selbst. Seine Parties finden nicht mehr statt und er verlässt kaum das Haus. Er steht meist stundenlang grübelnd vor dem Kavaliershaus und fragt nach, wie es dir geht. Leider konnte ich ihm keine genaue Auskunft geben, da ich geschäftlich unterwegs gewesen bin."

„Ach, deshalb hast du nicht angerufen. Ich habe mich schon gewundert, keine Nachricht von dir zu hören. Das erklärt alles", warf ich ein.

„Ich hatte viel zu erledigen. Tut mir leid, Kim. Milly macht sich ernsthafte Sorgen, da Miles kaum noch isst und immer schmäler wird."

Ich lachte schadenfroh auf.

„Da habe ich doch wenigstens etwas Positives bewirkt, als ich ausgezogen bin. Somit hat er endlich mit dem

Saufen und Feiern aufgehört."

Als ich jedoch Bills ernsthafte Miene sah, schluckte ich den Rest meines Sarkasmus hinunter. Ich dachte an die zurückgelassenen Gegenstände und erzählte es Bill.

„War das vielleicht der Auslöser? Kann es sein, dass es damit zu tun haben könnte? Oh Gott, ich bekomme ein schlechtes Gewissen."

„Kim, du musst dir keine Vorwürfe machen. Willst du nicht mal ganz spontan Milly besuchen?", zwinkerte er mir zu. „Sie freut sich mit Sicherheit. So kannst du dir selbst einen Eindruck von Miles Zustand verschaffen. Milly hat den Verdacht, dass er mit dem, was er dir angetan hat noch nicht richtig abschließen konnte. Sie befürchtet, dass er sich in seinem jetzigen, desolaten Gemütszustand noch etwas antut."

„Gut, ich werde darüber schlafen und mir ernsthafte Gedanken dazu machen. Ich werde dir dann mitteilen, ob ich einen Besuch in Erwägung ziehe oder nicht", erklärte ich.

Bill bedankte sich und wir plauderten noch ein wenig über alte Zeiten. Es war schon weit nach Mitternacht als er wieder ging. Nachdem ich die Tür hinter ihm geschlossen hatte, kam das alte Gefühl, dass ich früher für Miles empfunden hatte, wieder in mir hoch. Ich räumte die Küche etwas auf und ging zu Bett. In der Nacht raubten mir wieder einmal die schlimmsten Alpträume den Schlaf und immer ging es um Miles.

Am Morgen wachte ich wie gerädert auf. Ich fühlte mich gar nicht gut, rannte in die Toilette und übergab mich. Seit ein paar Tagen hatte ich diese Symptome in unregelmäßigen Abständen. Ich hatte mir sicherlich den Magen verdorben, als ich vor einer Woche beim Chinesen war. Vielleicht sollte ich Doc aufsuchen und konnte ihn dabei etwas über Miles Gemütszustand ausquetschen. Gegen Abend hatte ich meine entgültige Entscheidung getroffen und rief Bill an.

„Hallo, also ich habe mich entschieden und werde im Laufe der Woche bei Milly vorbeisehen. Du kannst sie schon vorab informieren. Den genauen Tag an dem ich dort auftauche, teile ich noch mit", versprach ich ihm.

Bills Stimme hörte sich erleichtert an.

„Danke, Kim. Ich freue mich über deinen Entschluss und überbringe Milly die gute Nachricht."

Der Rest des Abends gab mir Grund zum Grübeln.

Ausgeschlafen erwachte ich am nächsten Morgen und rief noch einmal Bill zurück. Dieser sog hörbar den Atem ein.

„Kim, hast du es dir doch anders überlegt?"

„Nein. Du kannst dich beruhigen, Bill. Nach langen Überlegungen werde ich morgen bereits im Schloss erscheinen. Es muss wie ein Überraschungsbesuch aussehen. Ich weiß, dass Miles am Mittwochmorgen immer Vorbereitungen für seine Parties trifft und sich nicht im Hause befindet. Da könnte man doch mein plötzliches Erscheinen mit meinem Unwissen über keine stattfindenden Partys entschuldigen. Ich könnte ja dann erstaunt sein und so tun, als ob ich von nichts wüsste", erklärte ich.

„Superidee! Kim, ich werde das jetzt sofort mit Milly absprechen und kurz zurückrufen."

Die Situation und wie ich mich nun verhalten sollte, beschäftigte mich auch diesen ganzen Tag. Bill rief noch einmal kurz zurück und erklärte mir, dass Milly erfreut sei, mich morgen zu sehen. Wir sollten das Beste daraus machen.

Besagter Tag war angebrochen und ich fuhr mit gemischten Gefühlen zum Anwesen. Das Auto stellte ich wie gewohnt auf den Parkplatz hinter dem Haus ab und musste plötzlich lachen. Seine eingefleischten Angewohnheiten, legt man anscheinend nie ab. Ich stieg aus dem Auto und ging mit langsamen Schritten und gemischten Gefühlen zur Hintertür der Küche. Zaghaft klopfte ich und Milly öffnete. Sie umarmte mich sehr herzlich. Ich sah, dass sie in den wenigen Monaten, in denen ich nicht mehr hier war, ziemlich gealtert war. Sie sah völlig erschöpft aus. Wir gingen in die Küche und Milly stellte wie immer Kaffee und Kuchen bereit. Wie hatte ich ihre Kochkünste doch in der letzten Zeit vermisst.

„Kim, du siehst sehr gut aus, hast zugenommen und das steht dir wirklich. Wie erging es dir denn in den vergangenen Monaten nach dem Auszug so?", fragte sie grinsend nach.

„Zum Glück erhielt ich nach der Geschichte mit Miles sehr viele Aufträge und wurde so über die Zeit hinweg abgelenkt", seufzte ich auf.

Milly freute sich für mich und wir plauderten über dies und das.

„Ich halte es trotzdem vor Neugierde nicht mehr aus. Was ist denn vorgefallen, Milly? Bill hat mir auch keine genaue Auskunft geben können", wollte ich wissen.

Milly fing an zu weinen.

„Miles ist seit deinem Auszug nur noch ein Schatten seiner selbst, Kim. Er hat für nichts mehr Interesse. Seine für ihn so heiligen Feste hat er völlig ausfallen lassen. Den ganzen Tag verkriecht er sich nur noch in seinem Zimmer und ab und zu kann ich ihn weinen hören. Er lässt keinen mehr an sich heran und steht stundenlang vor dem Kavaliershaus. Übrigens kommt er gleich zum Kaffee herunter. Wenn du ihn siehst, erschrick nicht zu arg", warnte sie mich vor und stand auf.

Ich dachte nur noch, oh Gott was kommt da auf mich zu, als Miles erschien. Er bemerkte mich im ersten Augenblick gar nicht, da Milly dazwischenstand und so konnte ich ihn ungestört taxieren. Ich erschrak zutiefst. Was war aus diesem lebenslustigen Mann geworden? Ein Schatten seiner selbst. Ungepflegt und unrasiert. Die Augen und Wangen tief eingefallen. Im gleichen Moment erblickte er mich und sein Gesicht hellte sich kurz auf, erstaunt mich zu sehen. Ich hatte mich inzwischen wieder unter Kontrolle und grüßte zurück. Miles stürmte auf mich zu, riss mich hoch und umarmte mich ziemlich heftig. Ich bekam fast keine Luft mehr und stöhnte auf. Betreten ließ mich Miles los und entschuldigt sich.

„Ich freue mich wirklich dich zu sehen, Kim. Schön, dass du den Weg nach hier gefunden hast."

„Kein Problem. Ich hatte die letzte Zeit viele Aufträge zu erledigen und war bis gestern extrem eingespannt. Mich hat allerdings das schlechte Gewissen geplagt, weil ich Milly versprochen hatte einmal zu kommen. Nun, hier bin ich", gab ich lachend von mir.

„Soll das heißen, dass du öfters in Erwägung ziehst uns zu besuchen?", wollte er wissen.

„Ja, ich kann dir versichern, dass ich dies einmal die Woche vorhabe. Miles, du kannst mich aber auch in meiner Stadtwohnung besuchen. Den Weg kennst du ja und einem Kaffee steht nichts im Wege. Nur vorher anrufen musst du", erklärte ich.

„Vielen Dank. Ich freue mich schon darauf und rufe auch vorher an", versprach er.

Ich hatte im Laufe des Nachmittags das Gefühl, dass es ihm besser ging. Millys Blicke bestätigten es mir. Ich blieb zum Abendessen und verabschiedete mich dann. Milly drückte mir dankbar die Hand und lud mich gleich für nächste Woche ein. So musste ich fest Zusagen und fand es auch nicht so schlimm, wie ich zuerst vermutet hatte. Im Gegenteil, ich freute mich. Miles brachte mich nach draußen zum Auto und wir unterhielten uns noch etwas.

„Kim, ich habe dich wirklich sehr vermisst. Ich bin an dem Abend kurz vor deinem Auszug sehr erstaunt über dich gewesen. Mit so einer Reaktion, von deiner Seite habe ich überhaupt nicht gerechnet. Ich muss mich wirklich unmöglich aufgeführt haben. Du hast mir anständig Paroli geboten und der Biss hat mich wieder zur Vernunft gebracht", gestand er mir.

„Angriff ist doch die beste Verteidigung", antwortete ich lachend und er stimmte ein.

Es wurde langsam kalt und ich verabschiedete mich von ihm.

„Kim? Kann ich morgen schon zu dir kommen oder klingt das zu unverschämt?", fragte er stotternd.

Ich überlegte kurz und sagte zu. Erleichtert hörte ich ihn aufatmen, dass ich ihm keinen Korb erteilt hatte. Miles nahm mich zärtlich in seine Arme, drückte mich ganz fest an sich und küsste mich sanft auf die Stirn. Ein wohliges Gefühl durchströmte mich, ich hätte so stundenlang stehen können und genoss es regelrecht. Ich lehnte meinen Kopf an Miles Schultern als er sich abrupt von mir löste und sich entschuldigte, dass er mir nicht zu nahetreten wollte. Ich musste schlucken, da Miles mich gezielt auf den Boden der Tatsachen zurückversetzt hatte. Ich stieg ins Auto und winkte ihm beim wegfahren zu. Er erwiderte meinen Gruß und ich sah ihn noch eine zeitlang im Rückspiegel. Auf der Rückfahrt hatte ich wieder Gefühlsregungen, die mich in ein Chaos versetzten. Sollte ich ihm schon verziehen haben? Nein, schrie alles in mir auf und es holte mich schlagartig die Vergangenheit wieder ein, in der er brutal mit mir umgegangen war. Schnell kühlte sich meine Sympathie für ihn wieder ab. Von meinen Gefühlen hin und her gerissen, schlief ich auch an diesem Abend nachdenklich ein.

Am nächsten Morgen rannte ich schnurstracks in die Toilette und übergab mich wieder einmal. Das war doch nicht normal. Schwanger konnte ich nicht sein, es verlief alles noch regelmäßig. Ich wollte heute noch zum Arzt gehen, um mich abzusichern. Dann überlegte ich mir, wie ich diesen Nachmittag am besten über die Bühne bringen konnte. Ich war mir gar nicht mehr so sicher, ob ich das Richtige getan hatte. In diesem Moment klingelte das Telefon und Milly meldete sich.

„Guten Morgen, Kim. Ich freue mich, dass du dich für eine spontane Einladung an Miles entschieden hast. Er ist heute Morgen das erste Mal frei und beschwingt in der Küche erschienen und war fast wieder der Alte. Nach einem ausgiebigen Frühstück ist er tanzend mit mir durch die Küche geeilt", teilte sie mir freudig mit.

Ich musste lachen und versprach über den Besuch von Miles Bericht zu erstatten. Kurz nachdem ich aufgelegt hatte, klingelte erneut mein Telefon. Ich hob ab und hörte Bills Stimme.

„Danke, dass du über deinen Schatten gesprungen bist und Miles heute zum Kaffee eingeladen hast. Solltest du Bedenken haben, mit ihm den Nachmittag alleine zu verbringen, biete ich meine Hilfe an."

„Bill, ich schaffe das schon. Ich melde mich dann bei dir und erzähle, wie der Tag verlaufen ist", versprach ich ihm und verabschiedete mich.

Ich frühstückte, machte ein paar Besorgungen für den

Nachmittag und konnte einen kurzen Abstecher bei Doc auch noch mit einplanen. Ich erklärte ihm meine Symptome. Doc musterte mich von oben bis unten und grinste mich etwas eigenartig an. Dann machte er eine seiner Routineuntersuchungen und morgen sollte ich nochmals anrufen. Gelöst fuhr ich nach Hause. So, nun konnte Miles kommen.

Zur verabredeten Zeit klingelte es an der Haustür. Ich schickte den Aufzug nach unten, öffnete und schon stand Miles vor mir. Frisch rasiert und wie immer zu meinem Leid gutaussehend, überreichte er mir einen Strauß Rosen. Ich nahm sie entgegen und bedankte mich bei ihm mit einem Kuss auf die Wange. Erstaunt stellte ich fest, dass der abgebrühte Miles rot werden konnte. Zu einer kleinen Führung durch mein 250 qm Appartement mit Ausnahme des Schlafzimmers ließ ich mich auch noch überreden. Mein Schlafraum sollte für Miles ein Geheimnis bleiben. Er verstand dies und beglückwünschte mich zu meiner mit viel Geschmack eingerichteten Wohnung. Ich bedankte mich grinsend, bat ihn in die Küche und schenkte ihm Kaffee ein.

„Kim, es freut mich, dass du meinen Lieblingskuchen nicht vergessen hast."

„Kein Problem. Aber diesmal ohne Sahne, wegen der zu hohen Unfallquote", gab ich zurück.

Miles sah mich an und brach in schallendes Gelächter aus. Gleichzeitig griffen wir nach dem Milchkännchen. Unsere Finger berührten sich und wir zuckten beide erschrocken zurück. Ich ließ Miles den Vortritt für die Kaffeesahne und fing ein belangloses Gespräch an. So ging es den ganzen Nachmittag zu. Jeder erzählte dem anderen wie es ihm in den letzten Monaten vorher ergangen war. Miles verheimlichte allerdings, dass er keine Feiern mehr gab und auch nicht mehr trank. Ich war so neugierig, dass ich es nicht mehr aushielt.

„Miles? Feierst du immer noch deine ausschweifenden Feste? Finden sie immer noch in diesem großen Rahmen statt?", hinterfragte ich und sein Gesicht verdunkelte sich von einer Sekunde zur anderen.

„Nein! Gothicfeiern fanden seit deinem überstürzten Auszug nicht mehr statt. Sie erinnerten mich zu sehr an dich. Einige Freunde kündigten mir daraufhin die Freundschaft", gestand er mir.

„Ich denke mir, Miles, dass man auf solche Freunde getrost verzichten kann. Denn in diesem Fall sind es die falschen Freunde gewesen. Gute Freunde halten zu einem auch in schlechten Zeiten", sagte ich.

Die Zeit verflog so schnell, dass es bereits wieder Zeit zum Abendessen war. Miles wollte gehen, ich lud ihn ein zu bleiben und er freute sich wie ein kleines Kind.

„Darf ich dir bei den Vorbereitungen helfen, Kim?", fragte er.

„Ja, Miles. Wenn du Lust dazu hast, kannst du helfen", forderte ich ihn auf.

So kochten wir kurze Zeit später, Seite an Seite. Miles konnte nicht nur Frühstück machen, er verfügte auch allgemein über exzellente Kochkenntnisse.

„Ich bin angenehm überrascht, was deine Kochkunst anbetrifft, Miles", gab ich zu.

„Man verkennt mich eben immer wieder", grinste er zurück.

Ich musste lachen und schaltete das Radio ein. Wir hörten während der Zubereitung gute Musik aus den 80ern und auch hier befand sich Miles mit mir auf einer Wellenlänge. Das Essen war fertig, wir wollten gerade gemeinsam den Tisch decken, da klingelte das Telefon. Ich nahm ab und Bill meldete sich.

„Entschuldige die späte Störung, Kim. Ist alles Okay?

Miles ist noch nicht nachhause gekommen und Milly macht sich Sorgen, dass die Einladung vielleicht doch nicht so eine gute Idee war."

„Alles läuft prima hier, Bill. Keine Angst. Wir essen gerade und haben uns nur verplaudert", beruhigte ich ihn.

Bill war erleichtert und verabschiedete sich. Als ich in die Küche zurückkam, war der Tisch fertig eingedeckt und das Essen befand sich bereits auf den Tellern. Wir nahmen Platz und ließen es uns schmecken. Miles schaute mich nachdenklich an und freute sich, dass ich ihm nichts nachtrug. Auch ich war erstaunt, dass ich keinen Hass mehr für ihn empfand. Nach dem Essen räumten wir noch zusammen ab. Die Musik im Radio lief noch, als Miles mich plötzlich schnappte und mit mir durch die Küche tanzte. Erst versteifte ich mich. Ich war ziemlich erschrocken und die alte Geschichte kam wieder in mir hoch. Allerdings erwies sich Miles weiterhin als ausgezeichneter Tänzer, ich wurde wieder lockerer und ließ mich regelrecht fallen.

„Diesen Tanz bin ich dir einfach schuldig", meinte er.

Ich floss wieder einmal dahin und das Gefühl aus alten Tagen machte sich in mir breit. Miles schaute mir sehr intensiv in die Augen und wie hypnotisiert erwiderte ich seinen Blick. Dann geschah das, was eigentlich nicht geschehen durfte. Ich konnte nicht widerstehen, näherte mich zaghaft Miles Lippen und küsste ihn. Er war im ersten Moment so perplex, dass er nicht sofort reagierte. Doch dann küsste er zurück, erst zärtlich, und leidenschaftlich, dann immer fordernder. Wir verbissen uns regelrecht ineinander und ich hatte das Gefühl, all die Monate auf etwas verzichtet zu haben. Ich stöhnte vor Wonne. Unsere Gefühle gerieten in den Ausnahmezustand und irgendwann und irgendwie landeten wir im Schlafzimmer. Miles legte mich aufs Bett, zog erst sich und dann langsam mich aus. Er liebkoste meinen Hals und suchte sich langsam den Weg nach unten. Als er an meinen Brüsten innehielt und meine Brustwarzen anfing mit seiner Zunge zu umkreisen, bekam ich am ganzen Körper Gänsehaut. Hier hielt er sich besonders lange auf. Miles hatte herausbekommen, dass sich hier eine meiner erogenen Zonen befand. Ich stöhnte auf und reckte ihm meinen Körper entgegen. Miles ließ sich sehr viel Zeit, ich schmorte regelrecht im eigenen Saft und auch er war sichtlich erregt. Ich hielt es nicht mehr aus und zog ihn auf mich. Miles gab meinem Drängen nach und ich hatte das Gefühl wahnsinnig zu werden. Ich streckte mich ihm entgegen und er fing an sich in langsamen rhythmischen Stößen über mir zu bewegen. Ich genoss es sichtlich. Miles bedeckte mein Gesicht mit Küssen und seine Bewegungen wurden intensiver. Ich krallte mich regelrecht in seinem Rücken fest und irgendwann kamen wir beide zum Höhepunkt. Ein wohliges Gefühl durchströmte erneut meinen Körper und ich hatte das Gefühl in höheren Regionen zu schweben. Miles erging es genauso. Sein Körper lag immer noch auf meinem und ich strich ihm sanft über den Rücken. Miles zuckte kurz zusammen und verzog schmerzhaft sein Gesicht. Ich schaute ihn fragend an, er schüttelte nur mit dem Kopf, legte sich neben mich und hielt mich fest umschlungen, als könnte er mich erneut verlieren. Urplötzlich wurde mir klar, was da gerade geschehen war. Ich erwachte wie aus Trance, löste mich ruckartig von ihm und sprang wie von der Tarantel gebissen aus dem Bett. Das ich nach der Vergewaltigung von Miles überhaupt noch so für ihn fühlen konnte, ließ mich so reagieren. Nicht das es mir unangenehm gewesen war, nein, das Gegenteil war der Fall. Gerade das erschreckte mich zutiefst. Ich musste Miles eigenartig angestarrt haben, denn er sah mich fragend an.

„Kim? Ist alles Okay? Habe ich etwas gegen deinen Willen getan? Wenn ja, wollte ich das nicht", beteuerte er immer wieder.

Ich setzte mich auf den Bettrand und beruhigte ihn.

„Nein Miles, es ist gut und es war wunderschön. Ich bin nur über meinen Gefühlsausbruch erschrocken, als ich mich dir hingab. Wie soll es in Zukunft mit uns weitergehen, Miles?", fragte ich.

Er nahm mich zärtlich in seine Arme, küsste mich und stand auf. Miles lief Richtung Badezimmer und blieb mir somit wieder einmal eine Antwort schuldig. Ich blickte enttäuscht hinterher und erschrak im gleichen Augenblick. Sein Rücken war mit blutenden Striemen überzogen, die ich ihm während unseres Liebesspieles beigebracht hatte. Ich hüpfte aus dem Bett und folgte ihm. Miles wollte gerade unter die Dusche, als ich ihn am Arm zurückhielt.

„Hast du arge Schmerzen, Miles?", fragte ich nach.

Er grinste und zwinkerte mir zu.

„Ich werde es überleben und kann es gerade noch so ertragen", meinte er.

„Entschuldige bitte, ich wollte das nicht. Mein Gott, so etwas ist mir überhaupt noch nie passiert", gestand ich ihm.

„Na, dann muss ich wohl spitzenmäßig gewesen sein. So extrem wurde ich noch von keiner Frau malträtiert. Was hältst du von einer Duschparty zu zweit? Hast du Lust darauf? Sagen mir mal, so als Entschädigung für deine Hinterlassenschaft auf meinem Rücken?", fragte er.

„Hört sich gut an und ich bin nicht abgeneigt", gab ich grinsend zurück.

Miles griff nach mir und zog mich unter den bereits laufenden Duschkopf. Ich kreischte erschrocken auf und schlug ihm auf die Brust. Das Wasser strömte eiskalt auf mich herunter.

„So, du kleine Kratzbürste. Strafe muss sein", meinte er lachend und küsste mich.

Miles griff hinter mich, regulierte die Temperatur und es wurde angenehm warm. Ich schmiegte mich an ihn und schloss die Augen. So standen wir eine Weile und das Wasser rieselte über unsere Körper. Er legte seine Arme um mich, legte seinen Kopf auf meinen und fing an meinen Rücken zu streicheln. Als ich in seine unwiderstehlichen Augen blickte, erkannte ich erneut heißes Verlangen nach mir. Ich lehnte mich an seinen Oberkörper und signalisierte ihm, dass ich gerne ein zweites Mal verführt werden wollte. Miles beherrschte diese Kunst sichtlich gut und ließ sich immer wieder eine neue Variante einfallen. Stöhnend drehte ich mich herum und spürte seine muskulöse Brust an meinem Rücken. Miles küsste meinen Hals und liebkoste meine Brüste weiterhin mit seinen Händen. Meine Lust steigert sich ins Unermessliche und auch Miles konnte seine Erregung nicht mehr zurückhalten. Erschöpft verließen wir beide die Dusche und kuschelten uns im Bett zusammen. Diese Nacht blieb er und das war mir Antwort genug auf meine Frage.

Am nächsten Morgen war Miles bereits weg, als ich aufwachte. Ein Lächeln huschte über mein Gesicht, als ich an die gemeinsame, vergangene Nacht dachte. Ich freute mich schon darauf, Miles so schnell wie möglich wieder zu sehen. Aber leider sollte es anders kommen.

Erneut stieg Übelkeit in mir hoch und ich rannte in die Toilette. Danach rief ich Doc an und erkundigte mich nach meinen Ergebnissen. Was ich dann erfuhr haute mich fast um. Ich war schwanger.

„Miles", stöhnte ich nur und schlug meine Hände vors Gesicht. Er meldete sich nach dieser Nacht erst einmal nicht mehr. Mir war das auch ganz recht. Ich war mit der Situation und dem Wissen, bereits im vierten Monat von ihm schwanger zu sein, völlig überfordert. Also hatte besagter Morgen, an dem er mich brutal vergewaltigte, im wahrsten Sinne des Wortes Früchte getragen. Ich musste unbedingt eine passende Lösung finden und zerbrach mir den Kopf, wie ich verfahren sollte. Nächste Woche hatte ich die Chance dazu.

Milly hatte mich wieder eingeladen und Miles ließ sich entschuldigen. Milly verstand das nicht, ich schon. Der liebe Lord of Raven, schien mir nur etwas vorgespielt zu haben, um wieder zu seinem Recht zu kommen. Ich war wütend über mich selbst und meine Naivität. Ich stellte mir vor, wie er insgeheim über mich lachte, dass ich mich ihm wieder hingegeben hatte. Nun konnte ich nicht mit ihm reden und die Sache abklären, wie er nun zu mir stand. Ich wollte ihm heute die Neuigkeit überbringen, dass er in absehbarer Zeit Vater wurde. In der Hoffnung, dass sich alles zum Besten wenden würde, fragte ich Milly, ob sich meine Inliner noch hier im Hause befanden. Milly nickte. Ich hatte bis kurz vor meinem überstürzten Auszug in der großen Halle fast täglich damit geübt, weil es sich von der Fläche her anbot. Wie bereits erwähnt, liebte Miles seltsame Partys und ich eben das Laufen auf Inlinern. Miles fand mein Verhalten kindisch und hatte immer Bedenken wegen seines Marmorbodens gehabt. Eines Tages hatte er sie mir ohne Kommentar, wie einem kleinen Kind, abgenommen, worüber ich ziemlich angestunken war. Schwachsinn, als wenn die Tanzerei seinen Marmorboden nicht genauso schädigen würde. Ich hatte gerade Lust auf etwas Abwechslung und wollte eine Runde damit in der großen Halle drehen, schon allein um Miles damit zu verärgern. Er hasste es, wenn ich mich wiedersetzte, was mir aber in diesem Moment egal war. Milly holte mir die Teile und grinste wissend vor sich hin.

Ich holte mir den alten CD-Player, der immer noch in der Küche stand und stellte ihn in der Halle auf volle Lautstärke. Es war mir eine Genugtuung zu wissen, dass Miles sich aufregen würde, wenn ich mich gegen seinen Willen wieder in dieser Halle auf Inliner befand. Sein Marmorboden konnte erneut Schaden nehmen. Ich lachte und tanzte die ganze aufgestaute Wut der letzten Woche und die Enttäuschung über Miles aus mir heraus. Während dieser Aktion übersah ich, dass er inzwischen wieder zurück war. Miles hatte mich beobachtet und ging nun zum Gegenangriff über. Er ergriff mich am Arm, als ich gerade an ihm vorbeilief und brachte mich derart heftig zu Fall, dass ich vor Schmerz laut aufschrie. Am Boden liegend und mein Steißbein reibend, schaute ich ihn an und er schaute schweigend zurück.

„Verdammt noch mal du engstirniger Idiot! Was hast du dir bloß wieder bei deiner bescheuerten Aktion gedacht! Ich hätte mich ernsthaft verletzen können!", schrie ich ihn an und er half mir hoch.

„Kim, du weißt genau, dass ich das nicht mag", meinte er ruhig.

Seine Art machte mich rasend, dass ich meinen ganzen Frust der letzten Tage herausbrüllte.

„Ich mag auch einiges nicht, Miles. Vor allen Dingen, was du mit mir vor Tagen gemacht hast. Erst schläfst du mit mir und dann lässt du dich nicht mehr blicken. Ist das deine feine, aristokratische Art? Willst du mich verspotten und ausnutzen? Wie stehst du eigentlich zu mir?", wollte ich wissen.

Miles schaute mich durchdringend an.

„Was willst du Kim und was erwartest du von mir? Ich bin mir keiner Schuld bewusst, nur ein Mann und ich erinnere dich daran, du warst diejenige, die es wollte", meinte er ruhig.

Ich blickte ihn dermaßen dumm an, dass er schallend lachte. Kein Wort über unsere gemeinsame Nacht und wie es weitergehen sollte. Ich war mehr als enttäuscht.

Mein Schmerz vom Sturz steigerte sich extrem und ich fing an vor Wut zu heulen. Ich setzte mich auf, zog die Inliner von den Füßen und warf sie nach Miles, der geschickt und grinsend auswich. Dann erhob ich mich und ging in die Küche zurück. Ich schlüpfte in meine normalen Schuhe und schniefte vor mich hin. Milly schaute ziemlich betroffen, denn sie hatte den Krach und die Schreierei gehört. Miles folgte mir und tat, als ob nichts vorgefallen wäre.

„Kim, was hältst du davon, wenn du heute Abend zu meiner Eröffnungsparty nach langer Zeit erscheinst? Ich lade dich ein und es kommen wieder alte Bekannte von früher. Ich habe es dir zu verdanken, dass ich aus meiner Lethargie erwacht bin und das muss gefeiert werden", gab er von sich.

Ich war nach dieser Eröffnung völlig von der Rolle und schnappte enttäuscht meine Sachen. Ich würdigte Miles keines Blickes mehr und wollte nur nachhause. Während ich mich von Milly verabschiedete, versprach ich, nächste Woche wieder zu kommen. Miles lief mir später hinterher, holte mich am Auto ein und riss mich heftig herum.

„Aua! Miles! Warum gehst du immer so grob mit mir um? Spinnst du? Spielst du wieder Dr. Jekyll und Mr. Hyde?", fragte ich aufschreiend zurück.

„Kim, ich habe für heute Abend das perfekte Kleid für dich. Kannst du dieses Mal wieder fast nichts darunter anziehen. Vielleicht bekommst du danach auch wieder das, was du schon einmal verdient hast", gab er kalt von sich.

Miles zog unter seinem Mantel etwas hervor und hielt es mir entgegen. Ich erkannte mein rotes Kleid vom letzten Ball.

Ich war derart geschockt, dass mir keine passende Antwort einfiel. Ich schaute ihm stumm in die Augen und merkte wie mir die Tränen über mein Gesicht liefen. Warum machte ich dieses Spiel wieder mit? Nur um Miles zu bekommen? Ich wusste keine Antwort darauf, drehte mich wortlos um und machte Anstalten mich ins Auto zu setzen. Miles begriff, dass er sich gerade wieder im Ton vergriffen und zu weit gegangen war. Er versuchte zu retten, was noch zu retten war, zog mich zu sich herum und blickte mich mit diesen unwiderstehlichen Augen an. Ich streckte abwehrend meine Hände gegen ihn und erneut stieg unbändige Wut in mir hoch. In diesem Moment reifte ein Plan in mir. Miles wollte es also wissen. Okay, dass konnte er haben. Ich schluckte, wischte mir die Tränen weg und schaute ihm eiskalt ins Gesicht.

„Miles, wie du wünschst. Ich werde heute erscheinen, aber in einem Outfit, das mir gefällt. Und wage es ja nicht, deine Hand gegen mich zu erheben", zischte ich ihm zu.

Ich riss ihm das Kleid aus den Händen und knallte es

ihm ins Gesicht. Nun war Miles an der Reihe ziemlich dumm aus der Wäsche zu schauen. Ich stieg ein, gab Gas und fuhr davon. Auf der Heimfahrt schwirrten mir tausend Gedanken durch den Kopf, wie ich das heute Abend mit der Kleidung bewerkstelligen konnte. Ich musste meinen Bauch kaschieren. Er war bei enganliegender Kleidung nun doch schon zu sehen. Mir fiel in diesem Moment Sybilla, eine meiner Kundinnen ein. Erst kürzlich hatte ich ein ausführliches Gespräch über Typstyling mit ihr. Falls ich mal Rat einholen wollte, würde sie zu meiner Verfügung stehen. Nun, dass hatte ich heute dringend nötig. Ich rief sie sofort an. Wir verabredeten uns in meinem Stammcafè und sie empfahl mir eine gute Bekannte von sich. Ich erzählte ausführlich, was ich vorhatte. Sybilla lachte über meine Idee, befand sie für gut und nach unserem kurzen Plausch unter Frauen, schleppte ich sie in eines meiner Szenengeschäfte.

Ich stellte mir einige Kleidungsstücke zusammen und Sybilla und die Verkäuferin berieten mich so gut sie konnten. Die Verkäuferin kannte Miles als Kunden, grinste vor sich hin und empfahl mir einen besonders heißen Look für diesen Abend.

„Miles hat eine bestimmte Vorliebe für den Kleiderstil seiner Damen. Das was sie gerade erworben haben ist genau seine Geschmacksrichtung. Auf so etwas steht er und so ein hübsches Schätzchen wie sie, ködert ihn sicher lässig damit", gab sie augenzwinkernd von sich.

Ich kaufte die Kleidungsstücke und Sybilla schleifte mich anschließend in das Geschäft ihres Bekannten. Heute abend war wieder ein Maskenball angesagt und ich wollte etwas ganz Ausgefallenes. Der Visagist hatte eine Superidee und erklärte mir, was er mit mir vorhatte. Er empfahl mir, eine Maske direkt aufmalen zu lassen. Ich fand diesen Vorschlag gar nicht schlecht und kurze Zeit später setzte er es in die Tat um. Als ich in den Spiegel blickte, erkannte ich mich selbst nicht mehr und hatte diesen berühmten Wow-Effekt. Die Maske übertraf alle meine Vorstellungen.

Ich schwor mir, Miles heute abends den Schock seines Lebens zu versetzen, den er nicht so schnell vergessen würde. Vor versammelter Gästeschar wollte ich ihn blamieren und ihm präsentieren, dass er Vater wurde.

„Deine Idee ist äußerst amüsant, Kim. Miles braucht endlich einen richtigen Dämpfer. Er geht schon lange so mies mit den Gefühlen der Frauen um. Nun scheint er in dir seinen Meister gefunden zu haben. Ich gebe dir den Ratschlag, ihn heute kräftig in seine Schranken zu verweisen und ihm klar zu machen um was es für ihn geht."

„Das hatte ich vor, Sybilla. Miles wird heute abends die Hölle erleben", versprach ich ihr.

Sie lieferte mich zuhause ab, wünschte mir viel Glück für das Gelingen heute und auch für das Baby. Ich schnappte die Klamotten aus dem Auto, verschwand in meine Wohnung und bestellte mir für später ein Taxi. Dann rief ich Miles an.

„Miles? Mir geht es überhaupt nicht gut und ich werde aus diesem Grund, nicht auf deiner Party erscheinen. Außerdem lasse ich mich nicht mehr auf dein Niveau herab", log ich ihm vor.

„Alles klar, Kim. Ich habe mir schon so etwas gedacht. Feige bist du auch noch", meinte er lachend und legte dann auf.

Ich grinste in mich hinein. Mit Sicherheit hatte ich den Überraschungseffekt auf meiner Seite. Miles dachte ich bei mir, heute abends bist du so etwas von fällig. Ich zog mein neues, schwarzes Kleid an. Es war vorne wie hinten über der Taille etwas weiter geschnitten und kaschierte tatsächlich mein kleines Babybäuchlein. Die Verkäuferin hatte mich wirklich sehr gut beraten. Schwarze Handschuhe und Stiefeletten rundeten alles noch perfekt ab. Meine Haare hatte ich in den letzten Monaten wachsen lassen, sie besaßen nun die perfekte Länge und ich steckte sie gekonnt nach oben. Als das Taxi hupte freute ich mich diebisch auf diesen Abend. Ich schaute noch einmal in den Spiegel.

„Na, du Vamp", warf ich mir zu und verließ das Haus. Der Taxifahrer pfiff anerkennend, als ich einstieg. Ich grinste und nannte ihm die Adresse, die ihm bekannt vorkam und dann fuhr er los. Heute würde ich durch die Vordertüre eintreten, schwor ich mir. Es war mein Starauftritt, diesen würde ich bis zum Ende genießen und mir auch nicht verderben lassen. Vor dem Schloss angekommen, wünschte mir der Taxifahrer noch einen vergnügten Abend und ich schritt gezielt in Richtung Eingang. Die Party war bereits voll im Gange und als ich an einer Gruppe Gäste vorbeischritt wurde ich von den Männern mit offenen Mündern angestarrt. Einige Damen warfen mir neidische Blicke zu, steckten die Köpfe zusammen und tuschelten. Ich lachte in mich hinein und dachte, na also, klappt doch. Zügig schritt ich durch die Vorhalle in den Saal, in dem bereits eine Menschenmenge versammelt war. Mir kam ein Kellner mit einem Tablett voll Sektgläser entgegen und ich schnappte mir eines davon im vorbeieilen. Aus den Augenwinkeln sah ich, dass sein anerkennender Blick mich streifte, dann betrat ich langsam den Saal. Mein Blick richtete sich gezielt auf Miles, der wieder von seinen einfältigen Weibern umgeben war. Es hatte sich in keiner Weise etwas verändert und ich musste mir ein Lachen verkneifen. Miles sah aus wie ein Gockel, der über dieser Hühnerschar wachte. Als ich den Saal mit selbstsicheren Schritten und hoch aufgerichtetem Kopf durchschritt, sahen mich alle erstaunt an. Die Maske schien ihre Wirkung nicht zu verfehlen. Miles warf einen kurzen Blick in meine Richtung, schaute weg, stutzte und starrte wieder zu mir. Ihm klappte die Kinnlade herunter und er runzelte verwirrt die Stirn.

„Na, mein Junge, wer mag das wohl sein?", murmelte ich vor mich hin und ging mit zielstrebigen Schritten auf ihn zu. Als ich näherkam, sah ich ein Erkennen in seinen Augen. Ich hatte nichts zu verlieren und wagte deshalb, mit meinem Zeigefinger seine Kinnlade nach oben zu klappen. Zwinkernd wandte ich mich ab und lief zum Büfett. Ich stapelte mir einige Kleinigkeiten auf den Teller und suchte ganz in der Nähe von Miles einen Tisch. Ich nahm neben einem Mitvierziger Platz, der mir dauerhaft anerkennende Blicke zuwarf. Er startete den Versuch eines Gespräches. Ich grinste und das kam mir mehr als gelegen. Seine Konversation war gekonnt, amüsierte mich und ich musste mehr als nur einmal lachen. Miles blickte giftig in meine Richtung und kniff seine Augen zusammen. Nichts schien sich an seinem Verhalten geändert zu haben. Ich konnte es einfach wieder nicht lassen und winkte ihm frech zu. Miles erhob sich und kam in meine Richtung.

„Nein! Nur das nicht", stöhnte ich auf.

Urplötzlich stand ein maskierter Mann vor mir und reichte mir galant seine Hand. Ich ergriff diese schnell und Miles hatte das Nachsehen. Buh, dass war gerade noch gut gegangen. Miles ging gereizt auf seinen Platz zurück. Nun sah ich, dass Trixi immer noch an seiner Seite weilte und ich verstand Miles nicht, was er an ihr fand. Sie schaute in meine Richtung, blickte mich von oben bis unten verächtlich an und versuchte Miles auf die Tanzfläche zu ziehen. Miles schüttelte sie lästig ab und ich kicherte vor mich hin.

„Na du? Wie geht es dir denn?", fragte mich plötzlich mein Tanzpartner.

Ich blicke erstaunt und erkannte, dass es Bill war.

„Verflixt Bill, was machst du denn hier?" zischte ich ihn an.

„Ich wollte dir zu deiner Schwangerschaft gratulieren, Kim", gab er lachend von sich.

Verständnislos schaute ich ihn an.

„Ich weiß, was du heute vorhast. Es ist okay so, denn Miles braucht wirklich einen deftigen Denkzettel. Die Bekanntgabe, dass er Vater wird, kompromittiert ihn mit Sicherheit. Sybilla hat mich informiert und ein paar Freunde von sich eingeweiht. Du brauchst dir keine Gedanken zu machen, wir unterstützen dich. Miles wird heute nicht so leicht an dich herankommen. Ich verspreche dir, persönlich für die Bekanntgabe deiner Schwangerschaft zu sorgen, schon allein im Sinne des Kindes. Miles muss eine Entscheidung treffen, um sich nicht zu blamieren. Inzwischen wird immer jemand parat stehen beim Abwechseln zum Tanzen. Wundere dich nicht, wenn du weiter gereicht wirst", offenbarte mir Bill.

Ich dankte ihm und schon schnappte mich der nächste Tänzer. Miles hatte erneut das Nachsehen und man sah ihm an, dass er stinksauer war. So vergingen einige Runden und Bill nahm mich wieder in Empfang.

„Ich gebe dir jetzt grünes Licht für Miles. Seine Musik wird gleich wieder gespielt und ich denke, er will dich als Tanzpartnerin gewinnen. Du bist die einzige, die seinem Tanzstil gerecht werden kann und ihn auch beherrscht. Die anderen Damen drücken sich immer. Gönnen wir ihm doch dieses Erfolgserlebnis", meinte er lachend.

Das Lied hatte kaum geendet, da stand Miles bereits hinter mir. Er hatte regelrecht darauf gelauert, um an mich zu kommen. Miles verneigte sich kurz in meine Richtung, ich machte mir einen Jux daraus, knickste brav und lachte in mich hinein. Er zog mich an sich und ich schwebte wie eine Feder in seinen Armen über den Marmorboden. Miles versuchte ein Gespräch mit mir anzufangen und begutachtete mich von oben bis unten.

„Täusche ich mich oder bist du wirklich etwas fülliger geworden, Kim?", fragte er.

„Kleiner Lord, dass kann nicht möglich sein. Ich trage keine Unterwäsche", gab ich schnippisch zurück.

Miles lachte auf und grinste amüsiert vor sich hin. Im Stillen dachte ich, dass er bald genug erfahren würde, warum es ihm so erschien, dass ich fülliger geworden war. Miles tanzte bis kurz vor Mitternacht mit mir und ließ keinem anderen Mann hier die Chance. Mir wurde es inzwischen recht heiß, mein Kreislauf machte mir Probleme und ich fühlte mich sichtlich unwohl.

„Miles, könntest du bitte eine kurze Pause einlegen? Wahrscheinlich habe ich mir heute bei dem Sturz mit den Inlinern doch etwas zugezogen. Mir geht es nicht gut", erklärte ich ihm.

Miles grinste mich nur an, ignorierte meinen Wunsch und tanzte weiter. Plötzlich verspürte ich einen Stich im Unterleib, der mir die Luft zum Atmen nahm. Ich stöhnte verhalten und blieb stehen. Miles geriet völlig aus dem Takt und schaute mich überrascht an.

„Bitte, Miles! Ich kann nicht mehr", wiederholte ich und schaute ihn an.

Er reichte mir kommentarlos seinen Arm und führte mich in Richtung seines Tisches. Auf einmal drehte sich alles vor meinen Augen. Ich keuchte auf, stolperte über meine Füße und knickte weg. Miles griff mir unter den Arm, stützte mich und sah in mein Gesicht.

„Kim! Du bist ja kreidebleich und hast Schweißperlen auf der Stirn. Was ist eigentlich los mit dir?", fragte er besorgt nach.

Im gleichen Augenblick stand Bill neben uns.

„Miles, stelle jetzt keine unnötigen Fragen und handle. Ich erkläre dir später ausführlich, warum. Kim muss sich auf der Stelle hinlegen und du bringst sie wohl jetzt besser nach oben in eines deiner Gästezimmer", gab er die Anweisung und bugsierte mich vorsichtig in Richtung der riesigen Freitreppe.

Miles übernahm meinen Arm von Bill. Er stützte mich, führte mich Schritt für Schritt die Treppe hoch, als ich erneut einen stechenden Schmerz verspürte. Ich blieb stehen, löste mich von ihm und bat um eine Verschnaufpause. Mir wurde speiübel und ich musste mich beherrschen, um nicht zu erbrechen. Miles wurde für einen Moment von einem seiner Gäste abgelenkt.

„Kannst du kurz ohne meine Hilfe weitergehen, Kim? Ich bin sofort wieder bei dir", fragte er mich.

„Ja, ich denke, wenn ich langsam mache, geht das", gab ich von mir, während sich Miles bereits wieder seinem Gast zuwandte.

Ich versuchte mit Hilfe des Handlaufes die Treppe zu bewältigen. Vorsichtig und einen Fuß vor den anderen setzend ging ich nach oben. Da verspürte ich wieder diesen stechenden Schmerz. Nur setzte er sich diesmal wellenartig fort und verstärkte sich. Ich bekam Panik, als mir erneut die Luft wegblieb. Verzweifelt drehte ich mich in Zeitlupe um und hielt nach Bill Ausschau. Mit Miles konnte ich im Augenblick nicht rechnen. Ich sah Bill und rief nach ihm. Miles stand etliche Stufen von mir entfernt und blickte erstaunt zu mir hoch. Im gleichen Moment wurde mir schwarz vor Augen, ich knickte ein, verlor das Gleichgewicht und rutsche die Stufen hinunter. Mittlerweile bemerkte man im Saal, was passierte und alle schauten in meine Richtung.

Miles eilte zwei Stufen auf einmal nehmend auf mich zu und kniete sich neben mich. Fragend schaute er in meine Augen und als er mich abrupt aufheben wollte, war bereits Bill wieder zur Stelle.

„Verdammt! Miles! Behandle Kim etwas behutsamer! Wieso konntest du nicht besser aufpassen! War dir der Gast wichtiger, als Kims Bitte auf Hilfe?", schnauzte er ihn an.

„Langsam, Bill. Was ist das wieder für ein abgekartetes Spiel unter euch? Will Kim wieder uneingeschränkte Aufmerksamkeit und zieht sie hier wieder eine Show ab? Oder was ist los?", gab Miles angesäuert von sich.

Bill lachte auf und schaute Miles ernst ins Gesicht.

„Nein! Es ist kein abgekartetes Spiel zwischen Kim und mir. Merkst du wirklich nichts? Bist du wirklich so blind geworden in Bezug auf Kim? Es ist keine Show für Aufmerksamkeit. Miles, verdammt! Kim ist bereits im vierten Monat schwanger und hat sich mit deinen Tanzeinlagen völlig überfordert. Du kannst höchstens einmal raten, wer der Vater des Kindes ist", gab Bill barsch zurück.

Miles wurde kreidebleich und schaute mich an. Erneut zog sich eine Schmerzwelle durch meinen Körper und ich krümmte mich stöhnend zusammen.

„Bitte, helft mir. Diskutieren könnt ihr später immer noch. Ruft endlich den Doc an. Ich habe wahnsinnige Schmerzen", brachte ich nur noch heraus und dann wurde mir erneut schwarz vor Augen.

Miles stellte keine Fragen mehr, hob mich hoch und trug mich eilig nach oben in eines der Gästezimmer. Er legte mich behutsam auf ein riesiges Bett.

„Bill ich hole etwas zu trinken für Kim und bin gleich zurück", warf er ins Zimmer und verschwand.

Super dachte ich. Miles besaß die seltene Gabe, sich immer aus unangenehmen Situationen zu ziehen. Bill hat mittlerweile den Doc erreicht, der sofort kommen wollte. Die Schmerzen wurden schlimmer, ich stöhnte auf und rollte mich leicht zusammen. Bill setzte sich zu mir auf die Bettkante. Ich verkrallte mich in seine Hand.

„Bill, ich habe furchtbare Angst das Kind zu verlieren, obwohl es unter diesen Umständen wie es gezeugt wurde, vielleicht besser wäre", heulte ich los.

Er versucht mich so gut wie möglich zu beruhigen, als Miles mit feuchten Tüchern und einem Glas Wasser hereinstürmte. Unbeholfen blieb er im Raum stehen und Bill riss ihm kopfschüttelnd das Tuch regelrecht vom Arm. Vorsichtig wusch er mir die Maske aus dem Gesicht. Ich schaute ihn fragend an.

„Der Doktor muss sich ja nicht unnötig erschrecken", gab er grinsend von sich.

Er reichte mir das Wasserglas, damit ich etwas trinken konnte und Doc stand kurze Zeit später im Zimmer.

„Kim, du hast aber auch ein Pech. Was ist denn schon wieder passiert?", erkundigte er sich.

Miles erzählte im Telegrammstil die Situation und Doc wandte sich an mich.

„Wo genau hast du diese Schmerzen, Kim?", wollte er wissen.

Ich zeigte ihm die betreffenden Stellen. Er untersuchte mich und sah mich besorgt an.

„Die Verantwortung für einen sofortigen Transport

ins Krankenhaus werde ich nicht übernehmen. Somit ist das Thema Krankenwagen bereits außen vor. Du musst die restliche Nacht hier verbringen. Sollte alles gut verlaufen und keine Komplikationen auftreten, weise ich dich morgen sofort zur Untersuchung ins Krankenhaus ein. Weißt du Kim, man veranstaltet in diesem Zustand ja auch keine Kapriolen mehr. Auf eine Beruhigungsspritze verzichten wir, da ich nicht sicher bin, wie sich diese auf das Kind auswirken wird", erklärte er mir und winkte beide Männer mit nach draußen.

Ich betete, dass ich das Kind nicht verlor und geriet wieder in Panik. Kurze Zeit später tauchten Miles und Bill auf und blickten mich mit ernsten Gesichtern an.

„Kim versuche zu schlafen und bleib ruhig. Miles wird die Nacht bei dir verbringen und ich komme morgen früh sofort wieder vorbei und schaue, wie es dir geht", versprach er mir.

„Bill, könntest du bitte frische Kleidung aus meinem Appartement holen? Es sieht etwas komisch aus, wenn ich so in der Klinik erscheine."

Bill nickte, klopfte Miles auf die Schulter, wünschte mir eine ruhige Nacht und ging. Sekunden später kam die Frage von Miles, auf die ich bereits gewartet hatte.

„Kim? Bist du sicher, dass dieses Kind auch wirklich von mir ist?", fragte er und ich lachte gequält auf.

„Miles! Von wem bitte sonst sollte dieses Kind sein? Ich hatte keine unbefleckte Empfängnis. Nicht in dem Fall. Rechne doch einfach vier Monate zurück und denke daran, was in diesem Zeitraum passiert ist. Oder soll ich es dir noch einmal ganz genau beschreiben, wie es dazu kam?", fragte ich enttäuscht nach.

Eine Diskussion mit Miles war jetzt völlig fehl am Platz. Ich wandte mich ab, schloss meine Augen, denn ich musste jede Aufregung vermeiden und an das Baby denken.

Plötzlich spürte ich, wie Miles sich neben mich setzte und zaghaft seine Hände auf meinen Bauch legte. Zärtlich begann er ihn zu streicheln und ich zuckte erschrocken zusammen. Als ich meine Augen öffnete, sah ich, dass Miles lautlos weinte. Tränen liefen über seine Wangen und tropften auf die Bettdecke.

Miles, was ist nur mit dir los, dachte ich und drehte meinen Kopf etwas zur Seite. Sicher wollte er nicht, dass ich ihn so sah. Miles Hände bewirkten, dass ich mich entspannte. Die Schmerzen ließen langsam etwas nach. Ich atmete durch und blickte in seine Richtung. Miles schien mich die ganze Zeit beobachtet zu haben und lächelte mir jetzt zu.

„Kim wie geht es dir?", fragte er besorgt.

„Deine Hände haben ein kleines Wunder bewirkt. Die Schmerzen sind fast verschwunden und das Kind hat sich auch beruhigt. Ich hoffe, dass ich es halten kann. Bleibst du heute Nacht wirklich hier bei mir? Was ist mit Trixi? Wird sie nicht wütend sein, wenn du nicht mehr zur Feier erscheinst? Bitte leg dich zu mir und halte mich ganz fest in deinen Armen", bat ich ihn.

„Kim, beruhige dich und versuche etwas zu schlafen. Die Feier und Trixi sind jetzt unwichtig. Nur du zählst im Moment", erklärte er mir.

Miles kam meinem Wunsch nach, legte sich zu mir und umarmte mich. Ein Gefühl der Geborgenheit breitete sich in mir aus und ich schlief ein.

Am Morgen stand Doc bereits wieder an meinem Bett, kaum das ich meine Augen geöffnet hatte. Miles sah ziemlich übernächtigt aus und Bill war auch wieder mit von der Partie. Ich musterte alle drei und lachte. Doc drohte mir mit dem Finger.

„Zum Glück hast du die Nacht ohne Zwischenfälle gut überstanden und wie es aussieht auch das Kind. Ich werde jetzt einen Krankenwagen anfordern, der dich zur Untersuchung in die Klinik bringt. Wir sehen uns dann dort", gab er von sich und verschwand.

Ich schaute in Miles Richtung.

„Fährst du mit, Miles?", fragte ich zaghaft.

„Das geht nicht, Kim. Ich habe noch einen wichtigen Kundenbesuch. Falls ich es früher schaffe, komme ich nach", meinte er.

Seine Augenlider flackerten und mir war klar, dass er mich gerade wieder anlog. Ich schluckte und versuchte die aufsteigenden Tränen zu unterdrücken, was mir nicht gelang. Das war typisch für ihn. Ein bescheuerter Kundenbesuch war Miles jetzt wichtiger, als mich ins Krankenhaus zu begleiten. Bill hatte bemerkt was in mir vorging.

„Kim ist es dir recht, wenn ich als Ersatz mitkomme? Nimmst du auch mit mir vorlieb?", fragte er.

Ich nickte und ergab mich in mein Schicksal. Zur Not würde ich das Kind auch ohne Miles groß bekommen. Zum Glück war ich finanziell nicht von ihm abhängig. Die Sanitäter trafen ein und beförderten mich in den Krankenwagen. Bill stieg dazu und hielt mir die Hand. Im Klinikum wurde ich untersucht und anschließend an das Ultraschallgerät angeschlossen. Der Stationsarzt erklärte mir, wie er verfahren würde. Ich bat ihn, Bill hereinzuholen. Er kam meinem Wunsch nach und Bill setzte sich neben mich. Nach mehreren Einstellungen am Gerät, konnte ich den Herzschlag des Kindes hören. Er kam mir etwas eigenartig vor und ich hatte das Gefühl, dass etwas nicht stimmte. Ich wurde unsicher, doch der Arzt beruhigte mich.

„Keine Angst. Miss Webster, in diesem Zustand ist

das völlig in Ordnung", grinste er mich an.

Bill schaute fasziniert auf das Ultraschallbild und nahm mir aber im Augenblick die Sicht. Kurz darauf lachte er und konnte sich nicht mehr beruhigen.

„Das darf doch nicht wahr sein. Da hat Miles aber voll ins Schwarze getroffen", meinte er.

Ich sah ihn völlig verständnislos an.

„Herzlichen Glückwunsch! Kim, ich sehe doppelt. Du bekommst Zwillinge", grinste er frech und streckte mir die Hand hin.

Ich traute meinen Ohren nicht und ließ die Nachricht noch einmal vom Stationsarzt bestätigen. Dieser nickt, dreht den Bildschirm etwas zu mir und zeigte mir den Herzschlag der Babys. Ich starrte fasziniert auf das Bild und fing lauthals das lachen an, bis mir dir Tränen kamen und ich nicht mehr konnte. Bill stimmt mit ein und der Arzt schaute verständnislos von einem zum anderen. Als wir uns wieder beruhigt und der Arzt seine Diagnose beendet hatte, durfte ich nach Hause gehen. Bill hatte zum Glück die normale Kleidung nicht vergessen. Ich bekam vom Arzt noch ein paar gut gemeinte Ratschläge mit auf den Weg.

„Miss Webster, wenn sie die Kinder behalten wollen, dann unterlassen sie diverse Tanzaktionen und laufen auf Inlinern. Schonen sie sich bis zur Geburt. Leider kann ich ihnen noch nicht sagen, ob es ein Pärchen, Mädchen oder Jungen wird. Doc Morris wird sie in der Zeit betreuen."

„Egal in welcher Konstellation die Kinder zur Welt kommen. Hauptsache sie sind gesund", erwiderte ich scherzhaft und ging.

An der Aufnahme erhielt ich den Mutterpass mit dem Ultraschallbild der Zwillinge. Bill rief ein Taxi und brachte mich nach Hause. Ich bat ihn, noch mit nach oben zu kommen, da ich mit ihm noch etwas bereden wollte. Als wir in meinem Appartement angekommen waren, kochte ich erst einmal einen Kaffee. Bill war besorgt, weil ich schon wieder aktiv durch die Gegend hüpfte.

„Meine Nerven, Bill. Ich bin nur schwanger und nicht krank", erinnerte ich ihn lachend.

Er nahm Platz und schaute mich fragend an.

„Bill, ich möchte nun von dir wissen, was mit Miles nicht stimmt. Du kennst ihn lange genug. Ich hatte mit Miles eine wunderschöne Nacht und dachte nun sei alles wieder in Ordnung. Am nächsten Morgen ging er dann und blieb verschwunden."

Bill räusperte sich. Ich bemerkte, dass er mehr wusste, als er preisgeben wollte.

„Bitte klär mich auf. Deine Loyalität gegenüber Miles kann ich verstehen, aber auch ich möchte wegen der Babys Gewissheit haben. Hat Miles eine Freundin? Ich kann mir sein eigenartiges Verhalten nicht erklären. Von wegen Kundenbesuch. Das war auch nur eine billige Ausrede von ihm. Bitte sag endlich was Sache ist und rede nicht um den heißen Brei", bat ich ihn.

Bill druckste herum und kam dann mit der Sprache heraus.

„Es ist nur fair, wenn ich mit offnen Karten spiele. Irgendetwas ist mit Trixi am Laufen. Sie hat ihn völlig unter Kontrolle. Es ist mehr platonisch und hat mit Miles Vergangenheit zu tun. Er wollte sich schon ewig von ihr trennen, schaffte es aber nicht", meinte er.

Ich lachte verbittert auf.

„Na toll! Von einer Person, mit der er eine platonische Freundschaft führt, kann er sich nicht trennen. Meine Wenigkeit als Sexobjekt benutzen, vergewaltigen und das mit fruchtbarem Erfolg, wie man ja an meinem

Bauch sehen kann" gab ich von mir.

Bill sah mich sehr ernst an.

„Kim? Wann willst du Miles das mit den Zwillingen erzählen?", fragte er.

„Das habe ich überhaupt nicht ins Auge gefasst, Bill. Wenn Miles sich für die Kinder und mich ernsthaft interessiert, kann er nachfragen. Im Moment geht er ja noch von einem Baby aus und sollte er erfahren, dass es zwei werden, habe ich besonders schlechte Karten. Er hat mich gestern schon gefragt, ob das Kind auch von ihm ist. Zur Not werde ich die Kids auch alleine aufziehen. Ich verbiete dir, auch nur etwas in Richtung Zwillinge zu erwähnen. Ich habe bereits in Erwägung gezogen die restliche Schwangerschaft bei Tante Claire verbringen. Somit muss ich Miles keine Rechenschaft darüber ablegen", erklärte ich.

„Kim, bitte überdenke die Sache noch einmal in Ruhe. Du kannst Miles die Kinder nicht ewig vorenthalten", meinte er.

„Vielleicht will er diese Kids gar nicht, Bill", warf ich ein.

Wir unterhielten uns noch, überlegten schon Namen für die Ungeborenen und hatten einen Riesenspaß. Im Stillen dachte ich mir, dass dies die Aufgabe von Miles gewesen wäre. Am späten Abend verabschiedete sich Bill und gab mir noch mit auf den Weg, dass ich mich schonen sollte. Ich versprach es ihm und legte mich kurze Zeit später schlafen. Unzählige Gedanken und Fragen schossen mir durch den Kopf und ich dachte, wenn Miles mich ernsthaft lieben würde, dann wäre er mit ins Krankenhaus gefahren und hätte mir zu Seite gestanden. Mitten in der Nacht schreckte mich das Telefon aus dem Schlaf. Verschlafen meldete ich mich. Am anderen Ende war Miles und völlig angetrunken.

„Geht es euch beiden gut, Kim?", wollte er wissen.

„Sag mal Miles? Hast du überhaupt noch alle Tassen im Schrank und schon einmal einen Blick auf die Uhr geworfen? Was meinst du eigentlich, wie spät es ist? Du hast mich gerade aus dem Schlaf gerissen. Wärst du heute Morgen mit in die Klinik gefahren, wüsstest du was Sache ist", schnauzte ich ihn an und knallte den Hörer auf.

Kurze Zeit später meldete sich das Telefon wieder. Ich hob genervt ab, drückte das Gespräch weg und legte den Hörer neben die Ladestation. So nicht mein lieber Miles dachte ich mir und schlief wieder ein.

Nach der Telefonaktion vergangene Nacht hoffte ich, dass Miles sich wenigstens tagsüber erneut melden würde. Wieder wurde ich eines Besseren belehrt. Ich schwor mir, keinen Gedanken mehr an diesen Menschen zu verschwenden. Mein Entschluss stand schon fest, ich würde die letzten fünf Monate bis zur Entbindung bei Claire verbringen. Somit war ich den Terrorattacken von Miles nicht ständig ausgesetzt und er würde endlich zur Vernunft kommen. Ich setzte meine Überlegung sofort um und führte ein Gespräch mit Tantchen. Sie beglückwünschte mich und freute sich auf mein Kommen. Das weitere wollte ich mit ihr unter vier Augen besprechen.

Meine Aufträge hatte ich pünktlich erledigt und mein Appartement konnte auch ein paar Monate ohne mich auskommen. Der Gedanke, dass ich vielleicht nicht mehr zurückkommen würde, war mir schon durch den Kopf geschossen. Ein Käufer für das Appartement wäre auch schnell gefunden. Bill würde ich hier wieder meinen Schlüssel in Obhut geben, damit er ab und zu nach dem rechten sehen konnte. Ich musste nur noch Mister Miller das Auto zurückbringen, dass er mir für die Monate meines Schaffens zur Verfügung gestellt hatte. Ich rief ihn an und erkundigte mich, wann ich kommen könnte, um mit ihm etwas zu besprechen. Erfreut darüber mich wieder einmal zu sehen, sagte er für heute nachmittag zu.

Der Vormittag verlief sehr ruhig und ich hatte Zeit mir Gedanken zu machen, wie ich das zukünftige Kinderzimmer gestalten und einrichten wollte. Wegen des Geschlechts der Kids, fertigte ich vorsorglich drei Entwürfe an. Ich wollte nichts dem Zufall überlassen. Die Zeit verging wie im Flug und fast hätte ich meinen Termin bei Mister Miller verschwitzt. Ich platzierte die Zeichnungen im Auto, wollte ihn damit überraschen und auch eine Meinung dazu einholen.

Während der Fahrt genoss ich die schöne Landschaft. Wer weiß wann ich wieder hierherkommen würde. Mister Miller erwartete mich bereits und lud mich in die Küche auf einen Kaffee ein.

„Kim, schön, dass sie mich einmal besuchen. Haben sie zugenommen? Steht ihnen gut", gab er von sich

Ich räusperte mich und kam auf den Punkt.

„Mister Miller ich werde ihnen in den nächsten Tagen das Auto wieder vorbeibringen. Es wird in absehbarer Zeit leider zu klein für mich sein."

Mister Miller schaute mich so unverständlich an, dass ich lachen musste. Wortlos legte ich ihm die Entwürfe auf den Küchentisch. Er klatschte erfreut in die Hände und beglückwünschte mich zu den Zwillingen.

„Weiß Miles denn schon, dass er Vater wird? Er freut sich doch sicherlich über die Zwillinge? Ich gehe doch davon aus, dass Miles der Vater ist? Oder nicht? Ihr seid ein perfektes Paar und gebt bestimmt gute Eltern ab", meinte er.

Ich schaute ihn an und mir schossen die Tränen in die

Augen. Betreten blickte mich Mister Miller an.

„Kim? Geht es ihnen gut? Sie sind ja völlig aufgelöst? Was ist denn passiert?", fragte er besorgt.

Er legte die Zeichnungen beiseite, um sie vor meinem Tränenschwall zu schützen.

Urplötzlich brach alles aus mir heraus und ich erzählte ihm die verworrene Geschichte. Nachdem ich geendet hatte, streichelte er mir verständnisvoll über die Arme.

„Haben sie das alles alleine durchgestanden? Das muss ja schrecklich für sie gewesen sein. Nachdem sie mir jetzt ihr ganzes Vertrauen entgegengebracht und dieses Geheimnis preisgegeben haben, werde ich ihnen die ganze Geschichte von Miles erzählen. Vielleicht hilft es Ihnen, dann Miles besser zu verstehen und warum er wie ein Monster wirkt. Aber bevor ich anfange zu erzählen, einigen wir uns auf ein Du. Ich bin Owen. Mister Miller hört sich aus deinem Mund furchtbar alt an. Außerdem kennen wir uns nun schon gut genug" gab er grinsend von sich.

Ich lachte und wischte mir dir Tränen aus den Augen.

Er fing an zu erzählen nahm mir das Versprechen ab, dass ich mich in meinem Zustand nicht aufregte.

„Miles hatte vor Jahren einen schweren Autounfall mit tödlichem Ausgang. Er verlor dabei seine Eltern und seinen Zwillingsbruder Wesley. Diesen Unfall hat er selbst verursacht. Seitdem ist er ein völlig verquerer Mensch geworden und innerlich zerrissen."

Ich erschrak zutiefst und unterbrach ihn.

„Ich habe noch nie etwas von Miles Zwillingsbruder gehört", beteuerte ich.

„Kein Wunder, Kim. Miles hat jedem verboten, ihn je wieder auf seinen Bruder anzusprechen oder diesen auch nur im Ansatz zu erwähnen. Das hört sich zwar etwas seltsam an, hat aber auch seinen Grund. Miles war vor Jahren in Trixi verliebt. Diese hat aber nur mit seinen Gefühlen gespielt. In seiner Verliebtheit, die ihn regelrecht blind machte, bemerkte er das nicht. Trixi sah nur das Geld, was Miles als erfolgreicher Geschäftsmann verdiente. Sein Bruder Wesley ist da mehr ein Lebemann gewesen, auch nicht so zielstrebig und hat das Geld mit vollen Händen zum Fenster rausgeworfen. Trixi hatte berechnend ein Verhältnis mit Wesley angefangen und sich von Miles aushalten lassen. Dieser ist durch einen dummen Zufall dahintergekommen. Am Tage des Unfalles war Miles leicht angetrunken und hat Wesley zur Rede gestellt. Laut Miles muss er sich fürchterlich mit seinem Bruder im Auto gestritten haben. Miles muss gerast sein wie ein Verrückter und hat in einer Kurve kurz vor der Einfahrt ins Anwesen, die Gewalt über das Auto verloren. Zeitgleich waren die Eltern von Miles gerade auf dem Weg ins Theater. Beide Wagen knallten frontal aufeinander. Die Eltern und Wesley waren auf der Stelle tot und Miles so schwer verletzt, dass er über zwei Monate in Koma lag. Miles Auto überschlug sich mehrmals und blieb auf der Fahrerseite liegen. Bis zur Rettung müssen sich noch fürchterliche Szenen abgespielt haben. Wesley wurde fast ausgeblutet und mit aufgerissener Schlagader aus dem Wrack geborgen und Miles war das Blut seines Bruders über Kopf und Gesicht geströmt. Miles musste also zusehen, obwohl Wesley bereits tot war, wie der Lebenssaft aus dessen Körper lief", gab Owen preis.

Ich verstand nun, warum Miles das Blut meiner verletzten Finger gierig in sich aufgesogen hatte. Er schien eine Phobie zu haben, die ihn so reagieren ließ. Miles brauchte dringend professionelle Hilfe. Owen erzählte weiter.

„Trixi hat Miles hinterher ständig Vorwürfe gemacht, am Tod seines Bruders Schuld zu sein und ihr den zukünftigen Mann geraubt zu haben. Miles fühlt sich ihr seitdem verpflichtet und das nutzt dieses falsche Biest finanziell aus und hat sich im Schloss eingenistet. Miles ist nach dem Geschehen, in eine andere Welt entglitten und hat angefangen an den Abenden diese eigenartigen Bälle zu veranstalten, keiner versteht bis heute warum. Tagsüber ist Miles erträglich und man kann vernünftig mit ihm umgehen. Sobald es abends wird, versinkt er in eine andere Welt. Miles hat sich bis heute nicht dazu bereit erklärt, dass Familiengrab zu besuchen. Er hat weder von seinen Eltern noch von seinem Bruder Abschied genommen. Vielleicht ist das auch der Grund seines eigenartigen Verhaltens. Miles muss seine Vergangenheit aufarbeiten. Ich denke mir, nur du bist die einzige, die das bewerkstelligen kann“, beschwor er mich.

„Nein! Ich beabsichtige in einigen Tagen meine Zelte hier abzubrechen und werde mich auf nichts mehr einlassen, was mit Miles zu tun hat“, vertraute ich ihm an.

„Kim, lass ihn jetzt nicht im Stich. Er zerbricht sonst daran. Überleg es dir bitte noch einmal ganz genau. Außerdem brauchen die Kinder auch einen Vater“, gab er zu bedenken.

„Miles weiß nur von einem Kind. Gut, ich werde alles überdenken“, versprach ich ihm.

Ich erzählte Owen, was gestern passiert war und das Miles noch keine weitere Information von mir hatte.

„Ich werde ein klärendes Gespräch mit Miles führen, auch gegen deinen Willen, Kim. So kann es auf Dauer nicht weitergehen. Ich bin der Meinung, Miles liebt dich mehr, als du vermuten kannst. Durch die ganzen Ereignisse in der Vergangenheit hat er Angst wieder enttäuscht zu werden und lässt dich unbewusst dafür büßen. Allerdings rechtfertigt das in keiner Weise diese Vergewaltigung. Außerdem kannst du das Auto, bis zur Geburt der Kinder weiterhin benutzen. Ich stelle es dir gerne zur Verfügung", versprach er.

Ich freute mich über seine Großzügigkeit. Es klingelte an der Tür. Owen entschuldigte sich für einen kurzen Moment und ging. Als er zurückkam, hatte er Miles im Schlepptau. Mir rutschte vor Schreck fast das Herz in die Hose. Mein Pulsschlag beschleunigte sich und ich starrte Miles wortlos in die Augen. Er hatte genauso mit seiner Fassung zu kämpfen wie ich. War ich etwa in eine Verschwörung geraten? Hatte Miles mir wieder hinterherspioniert? Zum Teufel noch einmal! Konnte er nicht endlich eine klare Entscheidung treffen?

Owen bot Miles einen Platz an.

„Was führt dich zu mir, Miles?", wollte er wissen.

Miles wandte seinen Blick von meinem.

„Ich brauche deine Hilfe, Owen. Ich habe einen neuen Käufer für eines meiner Objekte gefunden. Da du gute Kontakte zu Banken pflegst, wollte ich dich bitten über den Käufer zwecks Liquidität etwas in Erfahrung zu bringen", gab er von sich.

Ich kam mir in diesem Moment fehl am Platz vor und erhob mich.

„So, ich muss mich verabschieden. Ich habe noch etwas Wichtiges zu erledigen. Danke für den Kaffee", sagte ich.

Die Nähe von Miles brachte schon wieder meine Gefühle durcheinander. Owen zwinkerte mir zu und drückte mir mit Nachdruck die Hand. Er versprach, mich im Laufe des Abends anzurufen und Bericht zu erstatten. Ich nickte und verließ langsam das Haus. Am Auto stellte ich fest, dass sich meine Zeichnungen noch in der Küche befanden. Ich hielt mir vor Schreck die Hände vor den Mund und schluckte. Verflucht noch mal dachte ich, nicht auch das noch. Wenn Miles die Entwürfe in die Hände bekommt, weiß er sofort Bescheid. Wie konnte ich mich jetzt aus dieser doofen Situation winden. Mir blieb nichts anders übrig ich musste zurück, denn früher oder später würde Miles auf die Zeichnungen stoßen. Ich hoffte nur das Owen die Situation erkannte und ihn ablenkte. Mit wackligen Beinen machte ich mich auf den Rückweg.

Ich wollte gerade klingeln, als Miles heraustürmte und mich fast überrannte. Er blieb erschrocken stehen und schaute mich an. Zu spät dachte ich nur noch, als ich die Zeichnungen in seinen Händen sah. Nun war es passiert und ich musste ihm wohl Rede und Antwort stehen. Ich schaute ihm unsicher in die Augen und er hielt mir wortlos die Entwürfe entgegen. Sein Blick sprach Bände. Ich schluckte, senkte meinen Blick und fühlte mich nicht wohl in meiner Haut. Inzwischen war auch Owen erschienen und zuckte entschuldigend mit den Schultern.

„Ich denke nun ist doch Gesprächsbedarf unter euch beiden", meinte er.

Er nahm Miles die Bilder aus der Hand und bat uns wieder ins Haus. Verstört und zitternd, ließ ich mich in der Küche auf einen Stuhl fallen. Miles setzte sich mir gegenüber und starrte mich mit vorwurfsvollen Blicken an. Ich schluckte und wich seinem Blick aus. Owen nahm zwischen uns Platz und räusperte sich. Dann wusch er uns beiden so richtig den Kopf.

„Miles, es ist ganz gut, dass du durch einen dummen Zufall die Entwürfe in die Hand bekommen hast. Nun weißt du Bescheid und die Fronten können geklärt werden. Kim hat mich ins Vertrauen gezogen und mir die Geschichte erzählt. Sie ist völlig verzweifelt über dein wechselhaftes Verhalten ihr gegenüber. Was zwischen euch geschehen ist, kann man nicht mehr rückgängig machen, aber die Zukunft kann man mit Sicherheit verändern, schon zum Wohle eurer Kinder. Leg endlich die Karten auf den Tisch und sage Kim die Wahrheit, wie du zu ihr stehst. Eine andere wäre schon verschwunden und hätte nicht so lange zu dir gehalten. Das Thema Trixi solltest du endlich beenden und klare Fronten ziehen. Sie tut dir nicht gut", legte er ihm nahe.

Miles fühlte sich angegriffen und verteidigte sich. Er saß immer noch auf dem hohen Ross.

„Ich bin mir nicht mehr sicher, dass die Kinder von mir sind. Schon beim Ersten habe ich gezweifelt. Jetzt werde ich vor die vollendete Tatsache gestellt, noch für zwei verantwortlich zu sein?", gab er von sich.

Ich hatte das Gefühl mich verhört zu haben. Entsetzt schaute ich Miles in die Augen. Mein Herz begann zu rasen und mir wurde hundeelend. Ich sprang auf, entschuldigte mich würgend und erreichte gerade noch die Toilette, um mich übelst zu erbrechen. Ich heulte und konnte mich gar nicht mehr beruhigen. Schluss aus, dass war es entgültig. Ich konnte und wollte nicht mehr. Mein Entschluss stand fest, ich würde in den nächsten Tagen verschwinden. Es war zwecklos Miles in irgendeiner Weise zur Vernunft zu bringen. Dieses ständige Theater wollte ich meinen ungeborenen Kids nicht mehr zumuten. Bei jeder Aufregung hatte ich das Gefühl, das die beiden Purzelbäume in mir schlugen. Ich brachte mich wieder in Fasson und lief zitternd in die Küche zurück.

„Owen ich denke, dass Gespräch ist beendet. Mir geht es nicht gut. Die ständigen Aufregungen schlagen mir regelrecht auf den Magen. Sorry, aber ich habe keine Lust mir ständig die Seele aus dem Leib zu kotzen", sagte ich leise und blickte Miles dabei an.

„Meine Güte. Stell dich bloß nicht so an, Kim. Andere Frauen tragen auch Kinder aus und benehmen sich nicht annähernd so zickig wie du", brachte Miles den Einwurf.

„Verdammt! Genau, dass ist der Knackpunkt, Miles!", brüllte ich und lief auf ihn zu.

„Genau diese Frauen haben Männer, die auch zu dieser Schwangerschaft stehen. Wäre es dir lieber gewesen, wenn ich deine Kinder abgetrieben und nichts davon erzählt hätte? Vielleicht wäre es doch besser gewesen, ich hätte sie auf deiner Feier verloren. Somit müssten wir beide das Problem nicht ausdiskutieren und keine endlosen und sinnlosen Dialoge führen. Das Thema hat sich erledigt und ich werde demnächst sowieso die Stadt verlassen."

Seine Augen blitzten auf und er setzte zur Antwort an. Scharf wurde er von Owen unterbrochen, dem es sichtlich reichte.

„Es langt jetzt, Miles! Ich habe Kim teilweise in deine Vergangenheit eingeweiht. Auch in die Geschichte mit deinen Eltern und deinem Zwillingsbruder Wesley", erklärte er schonungslos.

Miles stöhnte bei der Erwähnung seines toten Bruders gequält auf und ich sah, dass er mit sich kämpfte und mühevoll seine Tränen unterdrückte. Owen sprach unbeeindruckt weiter.

„Miles, denk an die ungeborenen Zwillinge. Diese können nun wirklich nichts dafür, dass du mit deiner Vergangenheit nicht abschließen kannst. Kim hat dir nun schon mehrere Brücken gebaut, die du immer wieder, trotz hilfereichender Hand von ihrer Seite zum Einsturz gebracht hast. Reiß dich endlich zusammen und steh zu deinen Fehlern die du gemacht hast, wie ein Mann", legte er ihm ans Herz.

Miles wand sich wie ein wundes Tier und schaute mich hilfesuchend an. Ich kämpfte mit mir, überlegte kurz und fühlte mich im gleichen Augenblick hoffnungslos überfordert. Kopfschüttelnd rannte ich hinaus, ohne mich zu verabschieden. Miles rief verzweifelt meinen Namen. Während ich zu meinem Auto rannte hielt ich mir die Ohren zu. Miles schien hinter mir aus dem Haus gestürmt zu sein, überholte mich und versperrte mir den Zugang zu meinem Fahrzeug. Fast wäre ich mit ihm zusammengeprallt. Als mein Blick den seinen traf, sah ich, dass er erneut Tränen in seinen Augen hatte und mich bittend ansah.

„Tränen? Wie unmännlich, Miles", knallte ich ihm sarkastisch an den Kopf und lief vorbei.

Miles schnappte meine Arme und zog mich an sich. Ich wollte mich wehren, aber eine innere Stimme sagte mir, dass ich ihn gewähren lassen sollte. Ich erwiderte seine Umarmung zaghaft und war erstaunt, dass Miles überhaupt zu Gefühlsregungen in dieser Art fähig war. Er hielt mich eng umschlungen und stammelte immer wieder Entschuldigungen.

„Kim, ich habe mich dir gegenüber wie ein Schwein benommen. Verzeih mir. Es wird alles gut werden und ich bin ab jetzt immer für dich da. Von Trixi werde ich mich noch heute trennen", gab er von sich.

Wie lange wir so standen, konnte ich nicht sagen. Ein Räuspern hinter uns riss uns in die Realität zurück.

„So ihr beiden. Ich denke, es ist jetzt an der Zeit, dass ihr nachhause fahrt und euch gründlich ausprecht. So etwas wirkt manchmal Wunder. Ich wünsche euch viel Glück und haltet mich auf dem Laufenden", mit dieser Bemerkung überreichte er Miles die Zimmerentwürfe. Bevor er in sein Haus zurückging, zwinkerte er mir verschmitzt zu.

„Kim? Nimmst du den Ratschlag von Owen an und fährst mit mir nachhause?", fragte er.

Ich nickte erleichtert, stieg in mein Auto und wartete bis Miles losfuhr.

Ein eigenartiges Gefühl hatte ich schon, als ich wieder das Schloss betrat und mich die alten Erinnerungen einholten. Miles führte mich diesmal nicht in die Küche, sondern in sein privates Wohnzimmer. Ich schaute mich im Raum um und sah, dass dieser sehr modern, geschmackvoll und mit viel Liebe zum Detail eingerichtet worden war.

„Kim, nun setz dich schon und mache es dir bequem", forderte Miles mich auf.

Ich nahm die Couch in Anspruch.

„Möchtest du etwas zu trinken?", fragte er nach.

„Sehr gerne. Ich könnte jetzt einen Whisky vertragen", meinte ich, ohne mit der Wimper zu zucken.

Miles sah mich entsetzt an.

„Das war nur ein Scherz, Miles", erklärte ich lachend. „Ein großes Glas Wasser reicht mir völlig aus."

Miles eilte hinaus, um mir das Gewünschte zu bringen. Mir fiel ein, dass er noch gar nicht das Ultraschallbild der Babys gesehen hatte. Ich nahm es aus meiner Handtasche, legte es auf den Tisch, lehnte mich zurück und schloss meine Augen. So wie es schien, würde sich doch noch alles zum Guten wenden. Kurze Zeit später hörte ich ein Geräusch. Miles schien zurückgekommen zu sein. Mit geschlossenen Augen deutete ich auf das Bild am Tisch.

„Das ist ja äußerst interessant, was da hinter meinem Rücken abläuft!", ertönte eine weibliche Stimme.

Ich erschrak, öffnete meine Augen und sah Trixi das Ultraschallbild in der Hand halten. Wo kam diese so plötzlich her, fragte ich mich.

„Du wirst doch sicher nicht denken, dass ich dir Miles so kampflos überlasse? Eine bessere Geldquelle finde ich nicht wieder und das lasse ich mir von dir nicht kaputt machen. Vorher passiert ein Unglück, du naive einfältige Pute. Miles ist mir einiges schuldig nach dem Tod seines Zwillingsbruders", gab sie von sich.

Dann lachte sie und deutete auf das Foto.

„Ich glaub es einfach nicht. Ausgerechnet du erwartest von ihm Zwillinge Das nennt man wohl Ironie des Schicksals ", warf sie mir entgegen.

Wie eine Furie und mit zusammen gekniffenen Augen kam sie auf mich zu. Ich stand vorsichtshalber auf, um ihr nicht ganz schutzlos ausgeliefert zu sein und wich Schritt für Schritt zurück. Trixi schnappte sich den Aschenbecher vom Tisch und warf ihn nach mir. Ich duckte mich und hörte ihn dumpf hinter mir auf dem Teppich aufschlagen. Gleichzeitig ertönte hinter mir ein Aufschrei. Ich drehte mich herum und sah Miles mit erschrockenem Blick die Situation einschätzen. Er rannte zum Tisch und stellte die Getränke ab.

„Verdammt! Trixi! Was hast du hier schon wieder zu suchen? Hör auf Kim zu drohen und zu belästigen", schnauzte er sie an.

„Na, da bin gerade im richtigen Augenblick erschienen, um zu durchschauen, was du hinter meinem Rücken planst. Denk dir ja nicht, dass ich es dir einfach mache und kampflos das Revier räume, nur weil du Kim geschwängert hast. Ich habe die älteren Vorrechte und diese werde ich einfordern."

Wütend warf sie Miles das Ultraschallbild ins Gesicht. Dieser zuckte erschrocken zusammen. Beide lieferten sich anschließend ein heftiges Gefecht. Ein Wort gab das andere und ich stand vergessen, am gleichen Platz. Ich verstand, dass Trixi nie Ruhe geben würde und entschloss mich schweren Herzens das Feld kampflos zu räumen, bevor den Zwillingen und mir noch etwas zustoßen würde. Ich warf Miles einen letzten Blick zu, drehte mich um und ging. Beide waren so miteinander beschäftigt, dass sie nicht bemerkten wie ich den Raum verließ. Als ich im Auto saß, liefen mir wieder Tränen über das Gesicht.

„Lieber ein Schrecken ohne Ende, als ein Ende mit Schrecken", murmelte ich heulend vor mich hin.

Das Schicksal hatte so bestimmt, dass Miles und ich nicht zueinander finden sollten und ich fing an diese Situation zu akzeptieren. Ich parkte den Porsche im Untergeschoss des Parkhauses und fuhr mit dem Lift in meine Appartementwohnung. Kaum hatte ich die Tür aufgeschlossen, als ich bereits das Telefon hörte. Ein Blick auf das Display ließ erkennen, dass Miles versuchte mich anzurufen. Ich ignorierte das Klingeln, begab mich ins Badezimmer und ließ die Wanne volllaufen. Erschöpft nahm ich Platz, versuchte mich etwa zu entspannen und hörte das Telefon in unregelmäßigen Abständen läuten. Ich streichelte meinen Bauch und konzentrierte mich auf die Babys, die heute wieder einige Aufregung schlucken mussten, als ich die ersten Bewegungen von beiden spürte. Miles dachte ich nur noch, du weißt gar nicht was du verpasst. Kurze Zeit später stieg ich aus der Badewanne, frottierte mich ab, zog mir ein Nachthemd an und legte mich entspannt auf das Sofa. Das Telefon stellte ich vorsichtshalber aus, da ich keine Lust hatte wieder aus meinem Schlaf gerissen zu werden. Auch dieser Tag forderte seinen Tribut und ich versank im Land der Träume.

Mitten in der Nacht weckte mich dauerhaftes läuten. Ich tastete mich schlaftrunken nach dem Telefon, als mir einfiel, dass ich dieses ja ausgeklinkt hatte. Da merkte ich, dass es an der Haustür klingelte. Miles! Ich schaute auf den Wecker, der mir ein Uhr morgens anzeigte. War dieser Mensch denn von allen guten Geistern verlassen? Ich stand im Dunkeln auf und vermied das Licht anzumachen. Über die Kamera des Haustelefons erkannte ich ihn. Dieser tigerte vor der Haustür auf und ab und sah ständig nach oben. Wenn ich jetzt öffnen würde, begann das Spiel von neuem. Ich schüttelte mit dem Kopf, drückte einen Kuss auf meine Hand und hielt sie an die Kamera.

„Leb wohl, Miles", sagte ich zu mir.

Ich war entschlossen zu meiner Tante zu fahren und würde gleich morgen früh anrufen. Für die restlichen Stunden legte ich mich auf die Couch und versuchte noch ein paar Stunden zu schlafen. Miles hatte es inzwischen aufgegeben und die Nacht verlief ohne weitere Störungen. Nach dem Frühstück rief ich Tante Claire an und teilte ihr mit, dass ich heute im Laufe des Tages schon kommen würde. Sie legte mir noch ans Herz vorsichtig zu fahren. Ich packte das nötigste zusammen. Die restlichen Klamotten verblieben in der Wohnung, denn während meiner Schwangerschaft würden mir diese sowieso nicht passen. Ich musste mich für die nächsten fünf Schwangerschaftsmonate komplett neu einkleiden. Der Termin der Geburt war genau auf Ostern errechnet worden. Im wahrsten Sinne des Wortes zwei Überraschungseier, dachte ich lachend. Bill würde ich heute nicht mehr erreichen und schrieb ihm deshalb einen ausführlichen Brief. Wohin ich allerdings verschwinden würde, erwähnte ich nicht. Ich traute Bill zu, dass er es Miles erzählen würde und dann hatte ich wieder keine Ruhe. Meinen Ersatzschlüssel für das Appartement legte ich bei und bat ihn, öfter nach dem Rechten zu sehen und die Post im Arbeitszimmer zu hinterlegen. Ich bedankte mich für seine loyale Freundschaft. Sobald die Kids da waren, würde ich ihm eine Nachricht zukommen lassen. Ich stellte meine Koffer in den Aufzug und warf den Brief in den internen Hausbriefkasten zur Weiterbeförderung. Anschließend verstaute ich meine Koffer im Auto und fuhr los. Als ich die Ortsausfahrt hinter mich gebracht hatte, atmete ich erleichtert aus. Bis zu diesem Zeitpunkt wusste ich noch nicht, was in der letzten Nacht passiert war. Mein Verschwinden hatte ein Unglück auslöste, dass einem Menschen fast das Leben gekostet hätte.

Tante Claire erwartete mich schon und schloss mich herzlich in die Arme.
„Schön dich zu sehen, Kim. Gesund siehst du aus und die Schwangerschaft steht dir sehr gut", erklärte sie.
Ich lachte, umarmte sie und verschwand mit ihr im Haus. Bei Kaffee und Kuchen erzählte ich die ganze Geschichte. Tante Claire war über meine Offenheit sehr berührt und auch betroffen.
„Ich kann diesen Miles einfach nicht verstehen und sein Verhalten nicht nachvollziehen. Warum macht ein Mensch so etwas?", gab sie kopfschüttelnd von sich.
„Vielleicht habe ich alles falsch gemacht, was man nur falsch machen konnte. Ich habe ihm nach dem Auftauchen von Trixi keine Gelegenheit gegeben sich zu rechtfertigen. Ich war fertig mit meinen Nerven,

konnte einfach nicht mehr und habe wortlos das Feld geräumt. Nun ist es sowieso zu spät", gestand ich ihr.

Die Monate vergingen wie im Fluge. Ich genoss die herrliche Ruhe und dann stand Weihnachten vor der Tür.

Meine Schwangerschaft verlief ohne Schwierigkeiten und die beiden Knirpse in mir gediehen prächtig, was man an meinem Bäuchlein sehen konnte. Ich kam mir vor, als wenn ich einen Riesenkürbis verschluckt hätte und watschelte auch so durch die Gegend. Inzwischen hatte Tante Claire und ich für reichlich Babywäsche in allen Farben gesorgt. Der Frauenarzt war zufrieden und hatte beim letzten Besuch auf Ultraschall sehen können, dass eines der Babys ein Mädchen wurde. Das andere Geschlecht konnte er mir noch nicht verraten, meinte aber, dass ich auch hier mit einem Mädchen rechnen konnte.

Wir verbrachten Heiligabend bei Verwandtschaft und auch hier wurde ich mit Geschenken für die Kleinen überhäuft. Ich war die erste in dieser Familie die Zwillinge zur Welt bringen sollte und das musste man gebührend feiern. Für das erste Jahr hatte ich bereits an Kleidung und Spielzeug ausgesorgt. Ich lachte und fragte mich insgeheim, wie ich später alles nach Hause transportieren sollte in meinem kleinen Porsche. Nach Hause schoss es mir durch den Kopf, meine Miene verdunkelte sich und ich musste an Miles denken. Fast hätte ich geheult. Ich beherrschte mich und versuchte den Abend zu genießen. Ich streichelte über meinen Bauch und die beiden antworteten mit zaghaften Tritten. Die Feiertage vergingen wie im Flug und schon stand Silvester und Neujahr vor der Tür.

Ich wurde überall in der Verwandtschaft, Monat für

Monat herum gereicht. Über Langeweile konnte ich nicht klagen. Der Geburtstermin kam immer näher. Ich wartete bereits mehr als ungeduldig auf das Ende der Schwangerschaft und hoffte, dass ich meinen Bauch bald wieder für mich alleine hatte. Inzwischen war dieser auf die Größe eines Fesselballons angewachsen. Mein Rücken schmerzte bei jeder Bewegung, die ich machte und meine Beine waren durch die extreme Wassereinlagerung unförmig geworden. Ich schaute nur noch fürchterlich aus. Hinter das Lenkrad meines Autos, passte ich seit Monaten nicht mehr. Während ich in der Küche einen Tee für mich zurecht machte, platzte die Fruchtblase. Tante Claire rief sofort einen Krankenwagen und bugsierte mich auf die Couch. Innerhalb kürzester Zeit traf dieser ein. Ich lag bereits in den Wehen. Ich hatte unwahrscheinliche Schmerzen, denn die Zwillinge schienen es eilig zu haben. Bei jeder Wehe verfluchte ich Miles für das was er mir angetan hatte. Meine Kräfte ließen nach und ich schaffte es gerade noch auf die Entbindungsstation, als der erste Säugling das Licht der Welt erblickte. Die Hebamme präsentierte mir eine gesunde Tochter, reichte sie an den Arzt zur Untersuchung weiter und machte sich daran das Zweite zu holen. Meine Kräfte verließen mich nach und nach und ich hatte höllische Schmerzen. Während ich das Zweite entband war ich so erschöpft, dass ich dabei einschlief. Ich konnte einfach nicht mehr. So bekam ich nicht mit, dass der zweite Säugling ein Junge war. Ich wachte erst wieder auf, als die Stationsschwester die Kleinen zum Füttern brachte. Als sie mir eines der Kinder in die Hand drückte schrie ich erschrocken auf. Miles starrte mir ins Gesicht. Ich reagierte ziemlich hysterisch und bat die

Schwester, dass Kind sofort wegzunehmen. Diese schaute erstaunt, legte es zurück in sein Bett, verließ eilig das Zimmer und kam mit dem Arzt zurück. Nach einem Blick auf das Krankenblatt wusste er Bescheid und lachte.

„Sie sind die junge Dame, die einfach während der Entbindung des zweiten Kindes eingeschlafen ist. Nun haben sie überhaupt nicht mitbekommen, dass sie ein Pärchen zur Welt gebracht haben. Nun möchte ich gerne von ihnen wissen, warum sie so erschrocken beim Anblick des Jungen reagiert haben?", hakte er nach.

Ich fing an zu heulen.

„Der Junge ist seinem Vater wie aus dem Gesicht geschnitten", erzählte ich.

„Miss Webster ich bin äußerst erleichtert, dass es nichts anderes war, was sie zum Weinen gebracht hat. Nun beruhigen sie sich doch. Ihre Reaktion ist völlig normal. Viele Frauen haben nach der Entbindung eine Wochenbettdepression. Das legt sich nach kurzer Zeit wieder. Wo ist denn der Vater der Kinder? Wann kommt er zu Besuch?", wollte er wissen.

„Zu diesen Kindern, gibt es zurzeit keinen Vater in dem Sinne", antwortete ich ihm.

Verständnisvoll blickte er mich an und wünschte mir und den Kleinen für die Zukunft alles Gute. Am Nachmittag kam Tante Claire zu Besuch und war ganz verrückt nach den Beiden.

„Kim, hast du schon Namen?", wollte sie wissen.

Für das Mädchen hatte ich schon einen. Ich nannte sie Zoe. Bei dem Jungen fiel mir kein rechter Name ein. Beim Stillen hatte ich auch noch ein schwerwiegendes Problem. Ich konnte ihn nicht an die Brust anlegen, da ich jedes Mal in Miles Gesicht und in dessen Augen sah. Man konnte schon erkennen, dass sie einmal so blau wurden wie seine. Ich entschied mich für die Flasche und damit keiner bevorzugt oder benachteiligt wurde, bekam auch Zoe ab da die Flasche. Nach einer Woche durfte ich nachhause und war froh, dass Tante Claire helfend zur Hand ging. Inzwischen hatte ich den Jungen aus einem Bauchgefühl heraus, Wesley genannt. Nach einem Monat fiel mir ein, dass ich total vergessen hatte Bill über die Geburt zu informieren. Wie konnte ich am besten eine Nachricht zukommen lassen, ohne dass er erfuhr, wo ich mich aufhielt. Ich schrieb ihm alles ausführlich und das ich noch nicht wusste, wann ich zurückkommen würde. Die Namen der Kinder gab ich nicht preis, nur das es ein Junge und ein Mädchen war. Eine Nichte von Tante Claire erklärte sich bereit meinen Brief bei Bill einzuwerfen. Sie musste einmal die Woche durch den Ort fahren und so konnte ich Bill die Post zukommen lassen. Ich bedankte mich bei ihr und blieb noch einige Monate. Weihnachten wollte ich allerdings mit den Zwillingen im Appartement feiern. Das Kinderzimmer musste auch noch eingerichtet werden und ich schnaufte vor mich hin.

Beide wuchsen und gediehen prächtig, hielten mich auf Trapp und brabbelten schon fleißig vor sich hin. Meine alte Figur hatte ich auch wieder, war aber etwas fraulicher geworden. Ende Oktober schrieb ich an Bill einen weiteren Brief, den Tante Claires Nichte auch diesmal wieder überbrachte. Ich teilte ihm mit, dass ich Anfang Dezember mit den Kindern nach Hause kommen würde. Die Zeit verging und dann kam der Tag der Abreise.

„Kim versprich mir, dass du mich auf dem laufenden hältst und auch einmal besuchen kommst", bat Tante

Claire.

„Ich verspreche es. Danke für deine Hilfe und das ich bleiben durfte. Wenn du nicht gewesen wärst und mich unterstützt hättest, wer weiß wie alles verlaufen wäre", sagte ich.

Ich verstaute die Kindersitze im hinteren Teil des Porsches und setzte beide Wonneproppen, die fast neun Monate alt waren, hinein. Dann stieg ich ein und fuhr winkend davon. Ich war schon gespannt auf das Gesicht von Bill, wenn er mich und die Kids nach so langer Zeit sehen würde. An Miles dachte ich nur am Rande. Als ich nach langer Rückfahrt das Ortsschild sah, schnürte sich mir trotz Vorfreude die Kehle zu. Die Vergangenheit holte mich ein. Ich schüttelte mit dem Kopf und redete mir selbst gut zu. Nun kam erst Weihnachten und ich wollte mir mit irgendwelchen Hirngespinsten nicht die Laune verderben lassen. Ich fuhr in die Tiefgarage und stellte den Porsche in die Box. Ich nahm Zoe und Wesley mit den Kindersitzen aus dem Auto und befestigte sie auf dem fahrbaren Gestell. Gezielt lief ich auf den Aufzug zu und freute mich, endlich in mein Appartement zu kommen. Als ich einen kurzen Blick zur Seite warf, hatte ich das Gefühl, als wenn Miles gerade an mir vorbei gefahren wäre. Ich schüttelte den Kopf, denn dass konnte ja nicht sein. Niemand wusste, wann ich genau ankam. Während der Lift nach oben fuhr, versank ich wieder in meine Gedanken. Ungeduldig wartete ich auf das Öffnen der Lifttüre, um meine Wohnung betreten zu können. Endlich! Die Wohnung war gut in Schuss. Sogar frische Vorräte befanden sich in den Schränken. Auf Bill war eben doch Verlass, dachte ich mir.

Die Kids schliefen und ich nutzte die Gelegenheit, um Bill anzurufen. Er hob ab und begrüßte mich herzlich.

„Kim! Es ist schön, dass du wieder im Lande bist. Ist es Recht, wenn ich sofort vorbeikomme? Ach, und bitte nicht in die oberen Räume gehen. Ich habe dort eine Überraschung für dich", nahm er mir telefonisch das Versprechen ab.

„Ja, ich freue mich auf dich. Okay, ich werde die obere Etage nicht aufsuchen", gab ich lachend zurück.

Meine Neugierde konnte ich trotzdem nur schwer im Zaum halten. Nach einer halben Stunde klingelte es an meiner Tür und ich schickte den Aufzug hinunter. Die Zwillinge schliefen immer noch und so konnte ich mich ungestört mit Bill unterhalten. Erwartungsvoll schaute ich Richtung Aufzugstür, aus der Bill heraustrat. Er schaute sich suchend um, erblickte mich und stürmte auf mich zu. Er hob mich hoch, schwenkte mich im Kreis und setzte mich wieder ab. Bill hatte sich nicht verändert. Ich musste mich sehr verändert haben. Er machte mir Komplimente, dass ich mich zu meinem Vorteil entwickelt hätte. Dann schaute er sich suchend um und entdeckte den Kinderwagen. Ich hielt den Zeigefinger vor den Mund und signalisierte somit, dass die beiden schliefen. Bill schlich auf Zehenspitzen hin und ich folgte. Er blickte in den Wagen, stutzte und dann nannte er Miles Namen Er schaute mich erschrocken an. Ich musste grinsen und zog ihn weg in Richtung Küche, wo der fertige Kaffee bereits auf uns wartete. Bill war noch immer völlig von der Rolle.

„Kim, ich habe so eine verblüffende Ähnlichkeit noch nie gesehen. Man meint, Miles liegt im Kinderwagen. Verleugnen kann er seine Kinder nicht, die sind ihm wie aus dem Gesicht geschnitten. Sag mal, wie heißen die Beiden nun? Du hast die Namen bis heute geheim gehalten", wollte er wissen.

„Zoe und Wesley. Kurz und bündig", grinste ich ihn an.

Er nickte und fand sie passend. Nur bei dem Namen Wesley hatte er so seine Bedenken, wegen Miles.

„Tja, da muss Miles jetzt durch. Apropos Miles. Wie geht es ihm eigentlich? Kann es sein, dass ich vorhin bei meiner Ankunft eine Halluzination hatte. Mir war, als wenn ich Miles in der Tiefgarage gesehen hätte? Aber das kann ja nicht sein, ich habe mich sicherlich verguckt. Oder war er hier?", fragte ich.

„Ihr beide habt euch um Sekunden verpasst. Du hast dich nicht verguckt, er war hier", bestätigte er mir und ich schaute ihn ungläubig an.

„Das verstehe ich jetzt nicht, Bill. Woher wusste Miles denn, wann ich eintreffen würde?", wollte ich wissen.

Bill schüttelte den Kopf.

„Euer Beinahezusammenstoss hat nichts miteinander zu tun. Ich werde dir jetzt die Überraschung zeigen."

Bill schleifte mich nach oben und öffnete die Tür zu meinem Atelierzimmer. Das Zimmer war komplett umgestylt worden und sah nun genauso aus wie einer meiner Kinderzimmerentwürfe, bevor ich verschwand. Ich schaute Bill fragend an.

„So! Miles hat vorgestern das Zimmer verändert. Als ich ihm erzählt habe, dass du im Dezember eintreffen würdest, ließ er sich das nicht nehmen. Er wollte nur noch einmal nach dem Rechten sehen. Das ist der Willkommensgruß von Miles für euch", gab er von sich.

Ich blickte Bill verwundert in die Augen und meine Gedanken überschlugen sich. Da meldeten sich die Kids und wollten etwas zu essen. Bill nahm die beiden aus dem Buggy und war völlig begeistert. Wir fütterten sie und setzten sie dann zum Spielen auf den Boden.

Zoe hatte es ihm besonders angetan. Sie kokettierte mit ihm, als wenn sie ihn schon seit ewigen Zeiten kannte. Bill grinste mich frech an.

„Na? Zoe scheint ganz die Mutter zu sein", bekräftigte er noch mit seinen Worten.

Wesley saß etwas abseits und musterte Bill ganz genau. Bill warf ihm einen langen Blick zu.

„Bei Wesley bekomme ich regelrecht Gänsehaut. Der Junge ist mir unheimlich. Langsam glaube ich wirklich an Wiedergeburt. Ich habe das Gefühl, hier sitzt Miles Bruder noch einmal", meinte Bill.

Da wir gerade beim Thema waren, hakte ich nach.

„Wie ist es Miles eigentlich nach meinem plötzlichen Verschwinden ergangen, Bill?", fragte ich neugierig.

„Kim, versprich mir, dass du dich jetzt nicht unnötig aufregst. Du kannst ja nicht wissen, was noch am selben Abend nach deinem Verschwinden hier vorgefallen ist. Miles hat, nachdem du nach der Auseinandersetzung mit Trixi, dass Weite gesucht hast, verzweifelt versucht dich zu erreichen. Kurz, nachdem du gegangen warst, hat er Trixi rausgeworfen und ihr gesagt, dass es ihm reichen und Schluss mit Almosen sein würde. Er habe nun eine eigene Familie, um die er sich kümmern müsste. Er hat ihr die Frist von einer Stunde gesetzt, um mitsamt ihren Klamotten zu verschwinden. Dann hat er nach dir gesucht. Weder telefonisch noch hier vor Ort konnte er dich erreichen und war verzweifelt. Miles hat noch Glück im Unglück gehabt. Er hat mich angerufen und gebeten bei der Suche nach dir behilflich zu sein. Miles ist nur ein paar Sekunden früher im Schloss angekommen als ich. Trixi muss bereits auf ihn gelauert haben und stach ihm ein Messer in den Brustkorb. Kurz darauf traf ich ein und habe ihn blutend und stöhnend am Boden vorgefunden. Trixi hat das Weite gesucht und wurde aber am nächsten Tag von der Polizei geschnappt. Nun sitzt sie erst einmal ein paar Jahre im Knast. Miles Verletzung war so gefährlich, dass man schon mit dem schlimmsten gerechnet hat. Dich konnte man nicht erreichen, um dir die Nachricht zu überbringen. Die Ärzte mussten Miles eine Woche ins künstliche Koma versetzen. Zum Glück ist er wiederhergestellt. Zwei Zentimeter höher und Trixi hätte das Herz getroffen", offenbarte er mir.

Ich schlug die Hände vors Gesicht.

„Oh Gott! Ich verdamme meinen eigenen Stolz. Hätte ich an diesem Abend die Tür geöffnet, wäre alles nicht passiert", gab ich gepresst von mir.

„Doch! Kim, dann wäre das Schicksal einen anderen Weg gegangen. Es hätte ja auch dich treffen können, wenn Miles mit dir im Schloss erschienen wäre. Ich habe noch eine Bitte. Kannst du dich durchringen, dass Miles seine Kinder wenigstens einmal zu Gesicht bekommt. Er bereut zutiefst, dass er durch seine verdammte Sturheit die Geburt der Zwillinge und das Heranwachsen verpasst hat", räusperte er sich.

„Du kannst Miles die Nachricht überbringen, wenn er Interesse an seinen Kindern hat, dass er sie sehen kann so oft er will. Bitte aber nur nach Absprache mit mir", erklärte ich.

„Danke, ich werde es ihm ausrichten und auch vorher anrufen, Kim", versprach er.

Bill verabschiedete sich von den Kids und mir und nahm mich in den Arm. Ohne Aufforderung legte er meinen Haustürschlüssel auf den Tisch. Was ich noch nicht wusste war, dass Bill mir in Bezug auf Miles doch etwas verschwiegen hatte.

So nahm das Schicksal seinen Lauf.

Der Tag verging ohne weitere Vorkommnisse und zur Schlafenszeit verfrachtete ich die Zwillinge in das von Miles liebevoll eingerichtete Kinderzimmer.

Mir stiegen die Tränen in die Augen, wenn ich über die verlorene Zeit nachdachte. Ich war entschlossen, mit Miles das Weihnachtsfest zu verbringen. Bill rief am nächsten Tag an.

„Hallo! Kim, ich habe Miles die Nachricht überbracht. Er war ganz aus dem Häuschen und kann es kaum erwarten die beiden zu sehen. Die Namen habe ich allerdings noch nicht preisgegeben, dass überlasse ich dir. Allerdings habe ich so meine Bedenken mit dem Namen von Wesley. Wer weiß wie Miles darauf reagiert", gab er von sich.

„Bill, mache dir bitte keine unnötigen Gedanken. Alles wird gut. Falls du Angst um die Kinder und mich hast, kannst du gerne dazu kommen", bot ich ihm an.

„Nein! Ihr beide müsst endlich euer Leben in den Griff bekommen ohne Hilfe anderer", gab er zurück.

„Gut, ich verspreche dir sehr einfühlsam mit Miles umzugehen. Hat er dir einen Termin genannt, wann er zu Besuch kommen will?", fragte ich.

„Nein, Kim! Den Zeitpunkt überlässt er dir."

„Okay, ich brauche dich erneut als Vermittler. Richte Miles aus, dass er Samstagnachmittag gegen vierzehn Uhr zu Besuch kommen kann."

Bill versprach die Nachricht weiterzuleiten, wünschte mir viel Glück und legte auf. Da die Nahrungsvorräte für die Zwillinge zu Ende gingen, machte ich mich mit den beiden auf den Weg zum Einkaufen. Im Einkaufscenter traf ich überraschend auf Owen, der mich erst nicht erkannte. Ich begrüßte ihn herzlich.

„Owen! Hallo! Darf ich dir die Zwillinge Zoe und Wesley vorstellen?"

Er war sichtlich berührt und starrte fasziniert in den Kinderwagen. Bei Wesley wurde er kreidebleich und schaute mich an.

„Mein Gott! Kim! Der Junge ist im ersten Moment Miles wie aus dem Gesicht geschnitten, aber beim genaueren hinsehen, kann man die Ähnlichkeit zu Wesley erkennen. Ich kenne beide schon von klein auf und kann mir diese Feststellung erlauben. Das ist ja direkt unheimlich. Konnte Miles die Kinder schon sehen? Was hat er dazu gesagt?", wollte er wissen.

„Nein! Miles hat die Kids noch nicht gesehen. Ich bin erst seit gestern wieder im Lande. Miles bekommt sie diesen Samstag zu Gesicht. Bill hat mich gestern im Schnelltext über das damalige Unglück informiert und ich bin sehr betroffen darüber", erklärte ich Owen.

Wir plauschten noch etwas und Owen lud mich ein, mit den Zwillingen bei Gelegenheit vorbeizuschauen. Ich freute mich und sagte zu. Owen wünschte mir für Samstag viel Glück.

Die Woche verlief ohne besondere Vorkommnisse. Die Kids und ich hatten uns eingelebt und mittlerweile Einladungen von früheren Freunden bekommen. Ich war glücklich, dass mich keiner vergessen hatte und versprach demnächst eine nachträgliche Babyparty zu veranstalten.

Besagter Tag kam.

Der Vormittag verlief ziemlich hektisch für mich. Ich war völlig aufgeregt, Miles wieder zu sehen. Wie würde er auf seine Kinder reagieren. Nach dem Mittagessen verlangten beide ihr Recht auf Schlaf und das kam mir sehr gelegen. Ich konnte mich erst einmal auf Miles konzentrieren und einiges klären. Es klingelte und ich schickte den Lift nach unten. Mir wurde schlecht vor Aufregung und mein Herz schlug rasend. Der Lift traf ein und öffnete sich. Das erste was ich sah, war ein Gebinde voller Luftballons in allen Farben. Dann trat Miles aus dem Lift und schaute mir erwartungsvoll ins Gesicht. Da sah ich sie wieder, diese unverkennbaren blauen Augen. Wir standen uns wortlos einige Zeit gegenüber, bis Miles sich räusperte und nachfragte, ob er hereinkommen durfte. Ich entschuldigte mich hektisch und nahm ihm die Ballons ab, die er mir immer noch entgegenhielt. Nun konnte ich ihn in voller Statur sehen. Über ein Jahr war vergangen und Miles war sichtlich reifer und noch selbstsicherer geworden, was ihm gutstand. Zu meinem Leidwesen sah er noch umwerfender aus als früher. Ich seufzte auf, was ihm wiederum sein altes Grinsen ins Gesicht zauberte.

Miles war nicht entgangen, wie ich ihn gemustert hatte und er reichte mir seine Hand.

„Wow! Super siehst du aus, Kim. Deine langen Haare unterstreichen deine Fraulichkeit und du bist noch hübscher geworden", meinte er so nebenbei.

Als sich unsere Hände berührten, hatte ich das Gefühl in Ohnmacht fallen zu müssen, denn die alten Gefühle stiegen wieder in mir hoch. Ein unbändiges Verlangen packte mich und am liebsten hätte ich Miles jetzt ins Schlafzimmer gezogen und wäre über ihn hergefallen. Ich schloss kurz meine Augen und kostete diese Gefühlsregung aus.

„Kim, was für ein Gedanke ist dir denn gerade durch den Kopf geschossen? Du siehst ja ganz verzückt aus", holte er mich lachend mit dieser Frage zurück.

Erschrocken öffnete ich meine Augen, sah in seine und wurde knallrot. Er legte seinen Mantel ab und schaute sich suchend um.

„Miles, wir sollten die Zeit zum Reden nutzen, solange

die Zwillinge noch schlafen. Danach ist es nicht mehr möglich, denn die Wonneproppen bestehen auf volle Aufmerksamkeit. Hältst du das noch solange aus?", fragte ich nach und Miles schaute mich von der Seite an.

„Werde ich wohl oder übel müssen. Neun Monate habe ich meine Kinder nicht zu Gesicht bekommen, da kommt es auf ein paar Minuten auch nicht mehr an", gab er sarkastisch von sich.

Ich senkte beschämt meinen Kopf und lotste Miles in die Küche. Eigentlich hatte ich mir das Treffen mit ihm etwas wärmer vorgestellt, aber was konnte ich schon erwarten, nachdem was an dem Abend vor meiner Abreise passiert war. Ich bekam schon wieder diesen dicken Kloß in meinem Hals und würgte die aufsteigenden Tränen hinunter. Miles schien mich genau beobachtet zu haben und da er mich und meine Gefühlsregungen nun auch schon ein bisschen kannte, kam er auf mich zu und zog mich wortlos in seine Arme. Die versöhnende Geste brach alle Dämme und ich fing zu heulen an. Unter Tränen entschuldigte ich mich, dass ich einfach verschwunden war. Er hob meinen Kopf an, strich mir die Tränen aus den Augen und küsste mich sanft auf den Mund. Als ich mich wieder einigermaßen beruhigt hatte, löste ich mich aus der Umarmung. Miles nahm am Tisch Platz und freute sich, dass ich seinen Lieblingskuchen nicht vergessen hatte. Ich lachte und goss ihm den Kaffee ein. Wie es der Teufel wollte, brach just in diesem Moment der Henkel der Tasse weg und alles lief über die Hose von Miles. Ich schrie erschrocken auf, stellte die Kanne auf den Tisch und schlug mir die Hände vors Gesicht. Sekunden der Stille herrschten im Raum. Miles fing das Lachen an und konnte sich nicht mehr beruhigen.

Ich stand noch immer wie zur Salzsäule erstarrt und schaute Miles entsetzt an. Dieser lachte Tränen, stand auf und zog sich die Hose aus.

„Kim, ich habe gerade ein Deja-vu-Erlebnis, nur nicht mit Sahne. Mit dieser fleckigen Hose kann ich aber nicht auf die Straße. Was die Leute da nur denken würden", überreichte er mir mit diesen Worten seine Hose und zwinkerte mir zu.

Ich wurde feuerrot, entriss sie ihm, rannte ins Bad und stopfte sie in die Waschmaschine.

„Ach Kim? Dieses Mal benötige ich keine Decke. Du weißt ja wie ich nackt aussehe", rief er hinterher.

Ich lehnte mich an die Badezimmertür und schämte mich zu Tode. Alls ich in die Küche zurück kam, kaute Miles bereits genüsslich vor sich hin und ich setzte mich zu ihm. Mir war die Lust auf Kuchen vergangen und ich trank nur Kaffee. Zwischendurch brach Miles immer wieder in Lachsalven aus und amüsierte sich über mein Missgeschick. Ich fand das nicht lustig und streckte ihm frech die Zunge heraus.

„Wie geht es eigentlich Milly? Ich muss sie unbedingt besuchen", lenkte ich ab.

„Ihr geht es hervorragend und sie ist schon gespannt auf die Zwillinge. Kim und nun will ich meine beiden Kinder sehen, egal ob sie schlafen oder nicht. Ich kann es vor Anspannung kaum mehr aushalten", erwiderte Miles.

„Ich danke dir Miles, dass du das Kinderzimmer so schön gestaltet und meinen Entwurf mit eingebunden hast", bedankte ich mich.

„Für die Kids ist mir nichts zu schade und das gleiche Zimmer befindet sich im Schloss, falls ihr einmal zu Besuch kommt", entgegnete er.

Ich schaute Miles an, nahm ihn bei der Hand und

führte ihn nach oben ins Kinderzimmer. Leise öffnete ich die Tür und zog ihn hinein. Die Zwillinge schliefen noch tief und fest und ich bugsierte ihn zuerst an das Bett von Zoe. Ich nannte ihm den Namen und er schaute verzückt auf seine Tochter. Dann blickte er mich an, nahm mich kurz in den Arm und küsste mich auf die Stirn.

„Kim, sie ist dir wie aus dem Gesicht geschnitten und wird später den Männer den Kopf verdrehen", meinte er leise.

Dann wandte er sich in Richtung von Wesleys Bett. Dieser lag auf der Seite und Miles konnte ihm nicht direkt ins Gesicht sehen. Ich wollte ihm gerade den Namen nennen, als wenn Wes, so nannte ich ihn, auf seinen Auftritt gewartet hätte. Er drehte sich plötzlich auf den Rücken und schaute Miles mitten ins Gesicht. Dieser wurde kreidebleich, sank in die Knie, umfasste die Gitterstäbe des Kinderbettes und stöhnte ein gequältes „Wesley" hervor. Ich stand wie erstarrt. Wes drehte sich wieder herum, schlief weiter und dann sah ich Miles heulend zusammenbrechen. Er kniete immer noch vor dem Kinderbett und schluchzte vor sich hin. Als er sich einigermaßen unter Kontrolle hatte, stand er auf und kam auf mich zu. Er umschlang mich und entschuldigte sich für all, dass, was er mir in der Vergangenheit angetan hatte. Ich musste schlucken, legte den Finger an die Lippen und zog Miles am Arm aus dem Zimmer. Wir gingen wieder nach unten in die Küche und bis wir dort ankamen, war Miles war fast wieder der Alte. Er zog mich erneut in seine Arme und bedankte sich, dass ich ihm wunderschöne Kinder geschenkt hatte. Die Situation wurde mir langsam peinlich, ich löste mich aus seinen Armen und goss ihm noch einen Kaffee ein.

„Miles, ich habe vor wenigen Tagen Owen getroffen. Er hat genauso erschrocken reagiert wie du gerade, wegen der Ähnlichkeit. Ich selbst bin während der Entbindung eingeschlafen und habe ihn erst gesehen, als man ihn später brachte. Meine Reaktion bei seinem Anblick war heftig gewesen und die Schwester hat den Arzt holen müssen, weil ich nur noch geheult habe", gab ich zu.

Miles schaute mich an und ich wurde wieder unruhig.

„Hat er schon einen Namen?", fragte er.

„Ja, er hat schon einen Namen, auf den er auch hört. Was für ein Name würde dir denn gefallen, Miles?", hakte ich diplomatisch nach.

Miles atmete tief durch.

„Es hört sich zwar verrückt an Kim, aber ich hätte ihm wegen der Ähnlichkeit zu meinem verstorbenen Zwillingsbruder den Namen Wesley gegeben", sagte er leise.

Ich schaute Miles tief in die Augen und schluckte.

„Es ist keineswegs verrückt, Miles. Dein Sohn heißt Wesley", offenbarte ich ihm.

Die Waschmaschine meldete sich in diesem Moment und signalisierte, dass die Hose trocken war. Ich stand auf, holte sie und als ich mich umdrehte, stieß ich mit Miles zusammen der mir gefolgt war. Er nahm mir die Hose ab und legte sie auf die Waschmaschine zurück. Dann kam er ganz langsam auf mich zu, nahm meine Hände, schaute mich mit seinen unwiderstehlichen blauen Augen an und zog mich dann ganz nah an sich.

„Dankeschön, Kim. Weißt du was? Ich habe die ganze Zeit deine körperliche Nähe vermisst und würde jetzt gerne mit dir schlafen", flüsterte er.

Ich erstarrte, mein Herz schlug Purzelbäume und ein gieriges Verlangen nach Miles stieg in mir auf und ich hauchte nur ein „Ja". Miles hob mich vorsichtig hoch, trug mich ins Wohnzimmer und legte mich auf die Couch. Dann setzte er sich neben mich und fuhr mir mit seinem Finger über mein Gesicht. Ich schloss genussvoll meine Augen und genoss das prickelnde Gefühl, dass mich durchströmte. Wie hatte ich seine Liebkosungen vermisst. Miles Finger glitten weiter über den Hals zu meiner Brust wo er kurz innehielt. Seine berühmten Fingerspielchen ließen mich nicht kalt und ich stöhnte auf. Miles öffnete mir langsam die Knöpfe meiner Bluse. Er liebkoste meine Brüste, ich verging fast vor Lust und streckte mich ihm entgegen. Ich hatte mich in keiner Weise mehr unter Kontrolle, versank in endlosen Tiefen, ergriff Miles Kopf und zog ihn an seinen Haaren ganz nah an mein Gesicht, blickte ihn an und begann ihn zu küssen. Diesmal blieb Miles die Luft weg. Ich verbiss mich regelrecht in seine Zunge, zwang ihn sich auf den Rücken zu legen und setzte mich über ihn. Während ich ihn weiter küsste, knöpfte ich ihm mit einer Hand langsam das Hemd auf. Miles zog es von seinem Körper und ich spürte, dass sein Brustkorb in den Monaten, wo ich ihn nicht gesehen hatte, muskulöser geworden war denn je. Ich knabberte Miles liebevoll am rechten Ohrläppchen, zog daran und ließ es wieder los. Meine Zunge wanderte wellenförmig über seinen Hals. Auf der Höhe der Schulter saugte ich mich fest. Er stöhnte auf und ich sah, dass es ihm sichtlich Spaß machte. Ich freute mich, endlich seine erogenen Zonen gefunden zu haben. Langsam arbeitete ich mich zu seinem Brustkorb vor. In der Höhe des Herzens entdeckte ich plötzlich eine riesige Narbe. Entsetzt schlug ich meine Hand vor den Mund und gab einen erstickten Schrei von mir. Wie erstarrt saß ich auf ihm und blickte entgeistert in seine Augen. Miles ergriff meine Hände und schüttelte mit dem Kopf.

„Nicht jetzt, Kim. Ich erzähle dir später die ganze Geschichte. Diesen Moment möchte ich jetzt mit dir genießen und an nichts anderes denken."

Ich brauchte Zeit, um das Gesehene zu verarbeiten und konnte mich nur schlecht auf unseren Liebesakt konzentrieren. Miles gelang es, mich in kurzer Zeit wieder in seinen Bann zu ziehen. Ich wiederholte unser Liebesspiel, bis ich zu seinem Bauchnabel kam. Er schnappte mich ohne Vorwarnung, legte mich auf den Rücken, öffnet ganz langsam den Reißverschluss von meiner Jeans und zog mich aus. Er entledigte sich ebenfalls seiner Unterwäsche, küsste mich am ganzen Körper und fing an mit seiner Zunge über meine nackte Haut zu fahren. An meinen Brüsten machte er wieder besonders lange halt und wonnige Schauer rannen durch meinen Körper. Ich verlor fast den Verstand und krallte mich in Miles Rücken. Er stöhnte auf, erstarrte kurz und fuhr dann fort. Miles verstand es wirklich gut eine Frau langsam zum Höhepunkt zu führen, denn alles an meinem Körper vibrierte. Er rollte zur Seite weg, zog mich mit sich und stand sichtlich unter Strom. Nach mehreren Höhepunkten ließen wir erschöpft und schweißnass voneinander ab. Miles lag auf mir und umschlang mich wie ein Ertrinkender. Ich war völlig fertig und zitterte am ganzen Körper vor Erregung. Miles löste sich von mir und legte sich neben mich.

„Ich habe deine Nähe unwahrscheinlich vermisst und möchte dich nicht mehr missen", hauchte er mir ins Ohr.

Miles entfernte meine Haare aus dem verschwitzten Gesicht und küsste mich liebevoll. So bleiben wir eine zeitlang wortlos liegen und er streichelte weiterhin meinen Körper. Ich hing meinen Gedanken nach und hoffte, nicht schon wieder einen Fehler gemacht zu haben. In diesem Augenblick meldeten sich über das Babyfon, die Kleinen. Ich schoss hoch, zog mich schnell wieder an und Miles tat es mir gleich. Ich wartete, bis er seine Hose aus dem Bad geholt und angezogen hatte und zog ihn dann wieder in Richtung Kinderzimmer. Zoe und Wesley saßen in ihren Betten. Miles stand gerührt da und schaute begeistert von einem Kind zum anderen. Ich nahm Wesley zuerst aus dem Bett und drückte ihn einfach Miles in den Arm. Dieser stand etwas unbeholfen da und wusste nicht so recht, wie er sich verhalten sollte. Ich grinste und schnappte mir Zoe. Miles stand immer noch wie versteinert und schaute Wesley weiterhin fasziniert an. Er schloss die Augen, drücke ihn liebevoll an sich und streichelte ihm über den Kopf. Ich war ganz gerührt über diese Geste. Miles öffnete die Augen, blickte mich dankbar an und ich nickte ihm zu. Wir gingen wieder in die untere Etage, setzten die Zwillinge in die Spielecke und Miles blieb bei ihnen. Somit hatte ich Zeit in die Küche zu gehen und das Essen für Zoe und Wesley aufzuwärmen. Ein Lächeln überflog mein Gesicht und ich dachte, dass Miles einen liebevollen Vater abgeben würde.

„Miles! Wenn du möchtest, kannst du mir beim Füttern helfen! Setz schon einmal die beiden in die Kinderstühle!", rief ich ihm zu.

Als sich nichts rührte ging ich ins Wohnzimmer und sah Miles schlafend am Boden liegen. Die Zwillinge lagen neben ihm und er hatte schützend einen Arm über sie gelegt. Als beide mich erblickten brabbelten sie los. Diese Umarmung war ihnen anscheinend nicht ganz geheuer. Miles lag entspannt da und ich ließ ihn weiterschlafen. Vorsichtig hob ich seinen Arm an und legte ihn etwas beiseite. Zoe und Wes streckten mir ihre Ärmchen entgegen, ich nahm sie hoch und ging zurück in die Küche, um sie zu füttern. Nachdem beide fertig waren, setzte ich sie zum Spielen in mein Arbeitszimmer und warf einen Blick auf Miles. Grinsend holte ich eine Decke aus dem Schlafraum, bereitete diese über ihm aus und ging in die Küche zurück, um ein Abendessen für uns zu zaubern. Kurze Zeit später hörte ich ein Geräusch hinter mir und drehte mich um. Miles schien vom andauernden klappern der Töpfe aufgewacht zu sein. Er erhob sich ächzend und beim Anblick seines gequälten Gesichtes, musste ich auflachen. Er schaute kurz auf seine Uhr und kam langsam auf mich zu.

„Warum hast du mich denn nicht geweckt, Kim? Ich wollte dir doch beim Füttern der Kids helfen?", meinte er enttäuscht.

Ich grinste ihn frech an.

„Du hast so tief und fest geschlafen, dass ich dir das nicht antun konnte. Kinder brauchen nun einmal ihren Mittagsschlaf", antwortete ich und streckte feixend meine Zunge heraus.

Miles schnappte mich, zog mich ganz nah an sich und küsste mich fordernd. Ich löste mich von ihm, zeigte in Richtung Arbeitszimmer und schüttelte den Kopf. Während ich das Essen fertigkochte, kümmerte sich Miles rührend um seine Kinder. Ich hörte Lachen und Kindergeplapper aus dem Arbeitszimmer. Es schien als hätten die Kids ihren Vater ins Herz geschlossen. Das Essen war fertig und ich ging Miles holen. Dieser lag am Boden und die Zwillinge krabbelten wild auf ihm herum. Miles schien es Vergnügen zu bereiten.

Ich beobachtete alle drei eine Weile und machte mich dann bemerkbar. Miles schaute auf und lachelte.

„Ich habe für uns beide ein Abendessen gerichtet und ich möchte dich dazu einladen? Ist es dir recht?", fragte ich vorsichtig.

„Ja gerne, Kim. Ich komme sofort nach", bedankte er sich und stand auf.

Die Zwillinge schauten ihn enttäuscht an. Ich musste schallend lachen und schnappte sie mir.

„Schlafenszeit", erklärte ich Miles und er nahm Zoe auf den Arm.

Wir brachten beide wieder ins Kinderzimmer und Miles schaute mir zu, wie ich sie für das Bett fertig machte.

„Beim nächsten Mal musst du dein Können zeigen", erklärte ich ihm.

Miles küsste Wes und Zoe auf die Stirn, legte sie hin und deckte sie liebevoll zu. Gemeinsam gingen wir wieder in die Küche und Miles half mir den Tisch zu decken. Ich schickte ihn in den Vorratsraum mit der Bitte eine gute Flasche Rotwein zu holen. Miles kam der Aufforderung nach. Ich stellte das Radio an und wir machten es uns am Tisch gemütlich. Schweigend saßen wir uns eine zeitlang gegenüber und jeder hing seinen Gedanken nach. Ich ließ den Tag noch einmal Revue passieren, als mir siedendheiß die Narbe von Miles einfiel und ich erstarrte kurz. Miles schien mein eingefrorener Blick aufgefallen zu sein.

„Kim? Ist alles okay bei dir? Du schaust so komisch. Was geht dir durch den Kopf?", fragte er nach.

„Miles, mir lässt deine Narbe keine Ruhe. Bill hat mir die Geschichte nur im Telegrammstil erzählt und bis vorhin habe ich nicht mehr daran gedacht. Erst als ich diese schreckliche Narbe wiedergesehen habe. Was ist in dieser Nacht passiert, als ich gegangen bin?", wollte ich wissen.

Miles schaute mich an, räusperte sich kurz und fing das Erzählen an.

„Ich habe mich mit Trixi heftig gestritten und ein Wort gab das andere. Zu spät bemerkte ich, dass du gegangen warst. Ich habe panische Angst um dich bekommen und Trixi hinausgeworfen. Sie bekam ein Ultimatum von mir, innerhalb der nächsten Stunde ihre Sachen zu packen und zu verschwinden. Das ist gar nicht so einfach gewesen, da sie sich vehement weigerte. Erst als ich ihr eine größere Abfindung versprach, willigte sie ein. Ich habe danach verzweifelt versucht dich telefonisch zu erreichen, aber es hat keiner abgehoben. Aus Sorge um dich, dass du dir vielleicht etwas aus Enttäuschung antun könntest, rief ich Bill an und bat um Mithilfe auf der Suche nach dir. Bill wollte alle Lieblingsplätze von dir absuchen. Ich habe mich auf den Weg zum Appartement gemacht. Es brannte kein Licht und du hast auch nicht auf Klingelversuche geöffnet. Da bin ich vor Angst um dich beinahe verrückt geworden. Verzweifelt habe ich bei Bill nachgefragt und der hat dich auch nicht finden können. Bill war dann auf die Idee gekommen, dass du es dir vielleicht anders überlegt hast und zurück ins Schloss gefahren bist. Bill hat mich aufgefordert, dorthin zu gehen, um auf alle Fälle zu vermeiden, dass du mit Trixi zusammentriffst. Dieser Person traute er inzwischen alles zu und er würde sofort nachkommen. Ich bin dann ins Haus gestürmt und habe nach dir gerufen. Trixi hat bereits auf mich gewartet. Aus den Augenwinkeln sah ich ihr hasserfülltes Gesicht und dann hat sie zugestochen. Mein Glück war, dass ich seitlich zu ihr gestanden habe. Hätte ich frontal gegenübergestanden, würde ich nicht mehr hier sitzen. Ich verspürte nur noch einen brennenden Schmerz und bin dann schon zu Boden gegangen. Trixi hat gelacht, dass Messer in die Ecke geworfen und ist davongerannt. Mir ist nur noch der Gedanke an dich und die ungeborenen Kinder durch den Kopf gegangen und was mit euch nun geschehen würde. Kurz darauf erschien Bill, der zum Glück sofort reagierte und Notarzt samt Krankenwagen gerufen hat. Mir sind unterdessen ganz langsam die Lichter ausgegangen und mein einziger Gedanke in dem Moment war bei dir und den Ungeborenen. Nach einer Woche bin ich wieder zu mir gekommen. Die Wunde war gut verheilt und ich auf dem Weg der Genesung. Bill hat mir erzählt, dass du das Weite gesucht und einen Brief an ihn hinterlassen hast. Ja, und so nahm das Schicksal dann seinen Lauf", erklärte er mir.

Ich erzählte ihm wie es den Kids und mir die letzten Monate ergangen war.

„Miles, ich habe nicht damit gerechnet dich noch einmal zu Gesicht zu bekommen, nachdem was alles zwischen uns vorgefallen ist. Ich muss dir aber gestehen, dass ich mir gewünscht hätte, wenn du bei der Geburt der Kinder dabei gewesen wärst", teilte ich ihm mit.

Wir leerten unsere Gläser, Miles half mir das Geschirr wegzuräumen und dann holte er noch eine Flasche Wein. Wir machten es uns im Wohnzimmer auf der Couch gemütlich und hörten Musik. Ich lehnte mich an seine Schulter und schloss die Augen. Ein neues Gefühl der Geborgenheit umgab mich wie eine Aura. Miles legte schützend seinen Arm um mich und hielt mich eng umschlungen fest. Die Lovesongs im Radio entrückten mich in eine andere Welt und so kam es, dass Miles und ich uns die ganze Nacht über liebten, als gäbe es keinen Morgen mehr. Irgendwann schlief ich neben ihm erschöpft ein.

Als ich am späten Morgen hochschrak, war der Platz neben mir leer.

„Das hätte ich mir ja denken können, dass Miles mich wieder nur als Objekt seiner sexuellen Begierden nutzt", brummelte ich vor mich hin.

Enttäuscht stand ich auf und ging ins Badezimmer. Als ich wieder herauskam, hörte ich Kindergebrabbel und eine männliche Stimme aus der Küche. Ich lief hinüber und sah, dass Miles den Frühstückstisch gedeckt hatte und gerade dabei war Zoe und Wes zu füttern. Die beiden schienen ihren Spaß daran zu haben. Diesmal hatte ich ihm Unrecht getan. Miles sah mich an, wünschte mir einen Guten Morgen und winkte mich an den Tisch. Er hatte es sogar geschafft die Zwillinge einzukleiden. Als ich mich gesetzt hatte, brachte er mir einen frischen Kaffee und küsste mich zärtlich auf den Mund. Ich blickte ihm in seine Augen und da sah ich sie wieder diese unergründliche Tiefe, die mich hinab riss und alles um mich vergessen ließ. Diesmal nahm Miles zuerst seinen Blick von meinem und brachte mich so in die Gegenwart. Nachdem wir gemütlich gefrühstückt und Miles noch etwas mit Zoe und Wes verbracht hatte, verabschiedete er sich. Als er mein enttäuschtes Gesicht sah, lachte er.

„Kim, als Vater von zwei Kindern muss ich nebenbei etwas Geld verdienen, damit ich die hungrigen Mäuler stopfen kann. Ich verspreche dir heute abends wieder zu kommen. Natürlich nur, wenn es dir recht ist."

Ich atmete erleichtert auf, freute mich und nickte nur. Dann bekamen wir alle drei noch einen Kuss auf die

Stirn und Miles verschwand.

Aus den Augen aus dem Sinn wäre wohl besser gewesen, denn diesen Abend und den nächsten Tag wartete ich vergebens auf ihn. Er meldete sich auch nicht über Telefon. Miles schien seine Gewohnheiten noch nicht ganz abgelegt zu haben und ich hatte die Schnauze voll, mich ständig von ihm zum Narren halten zu lassen. Dieses Mal lief ich nicht wieder hinterher. Ich fing an meine alten Kundenkontakte wieder aufzuwärmen und diese hatten mich schon sehnsüchtig zurückerwartet. Mein Auftragsbuch war in kürzester Zeit gefüllt. Meine Arbeitstelle befand sich in der Wohnung uns so war es ein leichtes meine Terminobjekte und die Kinder unter einen Hut zu bringen. Ich konnte sie bei den Ausführungen vor Ort mitnehmen und das erleichterte die Arbeit ungemein. Meine Entwurfszeichnungen übertrafen alles. Der Kundenkreis wurde größer und bald war ich in aller Munde. Zwischendurch rief Bill an und erkundigte sich nach uns.

„Hallo Kim, du bist wieder sehr groß eingestiegen und wirst langsam berühmt. Überall hört man nur deinen Namen und du musst wirklich alle Erwartungen der Leute übertreffen", meinte er.

Ich lachte und plauschte ein wenig mit Bill. Als er auf Miles zu sprechen kam, hörte er an meiner Stimme, dass wieder etwas vorgefallen sein musste.

„Möchtest du reden?", fragte er nach.

„Ja, ich glaube schon Bill. Ich habe sonst niemanden, dem ich mich anvertrauen kann. Wie wäre es mit einem Treffen nachmittags in unserem Stammcafè? Die Zwillinge müssen sowieso mal an die frische Luft, genau wie ich. Ich muss unbedingt meinen Kopf wieder klar bekommen und du kannst mir bei den Weihnachtseinkäufen behilflich sein", machte ich den Vorschlag.

Bill freute sich, sagte zu und Stunden später trafen wir uns wie abgesprochen. Bill wartete bereits auf mich. Wir begrüßten uns und er lenkte erst einmal die ganze Aufmerksamkeit auf Zoe und Wes. Diese grinsten ihn freudig an, während er die Bestellung aufgab.

„So, Kim und nun erzähle mir, was vorgefallen ist", forderte er mich auf.

Da Bill verschwiegen und einer meiner engsten Vertrauten geworden war, erzählte ich die ganze Geschichte. Dass ich mit Miles eine Nacht verbracht und mich ihm bedingungslos hingegeben hatte. Seitdem war er verschwunden. Als ich geendet hatte schaute Bill mir ernst ins Gesicht.

„Okay, Kim. Es scheint doch an der Zeit zu sein, Klartext zu reden. Ich sage dir jetzt, dass Miles seit gut einem dreiviertel Jahr mit seiner Therapeutin verlobt ist und eine Hochzeit in Erwägung zieht. Was ich nicht verstehe ist, dass er dir das nicht gesagt hat", offenbarte er mir schonungslos.

Die Zeit blieb Bruchteile für Sekunden stehen, mir entfiel die Kaffeetasse und ich sah wie sie in Zeitlupe am Boden zersprang. Fassungslos schaute ich Bill an und es drehte sich alles vor meinen Augen. Die Bedienung räumte schnell die Bescherung weg und ich entschuldigte mich für meine Ungeschicktheit. Ich hatte ein ernsthaftes Problem damit, dass eben gehörte zu verstehen. Bill wartete, bis ich mich gefangen hatte und erzählte dann weiter.

„Miles hat sich nach seiner Verletzung redlich bemüht dich zu finden, was ihm nicht gelungen ist. Nach der Verurteilung von Trixi, hat er sich in psychologische

Behandlung begeben. Er wollte endlich mit seiner Vergangenheit aufräumen. Miles hat nicht mehr damit gerechnet dich wieder zu sehen. Nach Monaten sind die Therapeutin und er sich nähergekommen. Genau zu Ostern, zu dem Zeitpunkt als du die Zwillinge zur Welt gebracht hast, hat er sich verlobt."

Mir wurde schlecht, ich bat Bill auf die Kleinen zu achten und rannte würgend in die Toilette. Danach ging es mir besser und Bill schaute mich besorgt an.

„Ist alles okay mit dir, Kim?", fragte er.

Ich nickte.

„Verdammt, wie blöd bin ich eigentlich, Bill. Ich hätte es mir denken können, dass Miles sich nie ändern wird und das gleiche Schwein geblieben ist. Ich dumme Kuh bin erneut auf seine Lügen hereingefallen", ärgerte ich mich.

„Kim, ich verspreche dir, Miles gründlich den Kopf zu waschen", beruhigte mich Bill so gut er konnte.

„Das nützt mir jetzt auch nicht mehr viel. Ich muss dir den Vorwurf machen, mich nicht gewarnt zu haben, denn sonst wäre ich mit Sicherheit nicht mit Miles ins Bett gestiegen", regte ich mich auf.

„Du hast recht, Kim. Ich wollte mich nur nicht in eure Beziehung einmischen", erklärte er.

„Jetzt ist es sowieso zu spät", sagte ich und er senkte beschämt den Kopf.

Etwas später machten wir uns auf den Weg, um schnell ein paar Geschenke für Weihnachten zu besorgen. Bill und ich hatten unseren Spaß und amüsierten uns. Für eine kurze Zeit vergaß ich das soeben erlebte. Als wir im Menschengewühl das Kaufhaus verlassen wollten, sah ich Miles und blieb abrupt stehen. Bill der mit dem Kinderbuggy hinter mir lief, prallte voll auf mich auf. Erschrocken entschuldigte er sich und folgte meinem starren Blick in Richtung Miles. Dort stand er, den Arm verliebt um eine Blondine gelegt und über das ganze Gesicht strahlend. Mir wich das Blut aus dem Gesicht. Bill hatte die Szenerie verfolgt und griff mir unter den Arm um mich zu stützen. Als wenn sich Miles beobachtet gefühlt hätte, blickte er urplötzlich in meine Richtung, das Lächeln erstarb auf seinen Lippen und er schaute mich erschrocken an. Ich hielt seinem Blick stand. Endlose Sekunden vergingen und ich rang um Beherrschung. Bill drückte mir den Buggy in die Hand, schob mich ein Stück weiter und bat mich draußen auf ihn zu warten, da er noch etwas zu klären hatte. Wie in Trance lief ich weiter und sah nur noch aus dem Augenwinkel, dass Bill in Miles Richtung steuerte. Beim Verlassen des Kaufhauses schlug mir eiskalte Winterluft entgegen und brachte mich zur Besinnung. Völlig durcheinander blieb ich an einer geschützten Ecke stehen und wartete auf Bill. Meine Gedanken überschlugen sich und ich verstand nichts mehr. Kurz darauf erschien Bill, zwinkerte mir zu und ließ mich im ungewissen, was er mit ihm besprochen hatte. Er begleitete mich nach Hause und brachte die Geschenke mit nach oben. Wir zogen die Zwillinge aus und ich machte das Abendessen zurecht. Bill half mir noch beim Füttern, ohne dass ich ihn auffordern musste. Mir schoss durch den Kopf, dass er später bestimmt einmal ein guter Vater würde. Kurze Zeit später lagen die Kleinen bereits im Bett und Bill saß mit mir bei einem Glas Wein in der Küche. Wir unterhielten uns gerade über Miles, als es an der Tür klingelte. Ich erschrak und blickte Bill stirnrunzelnd an. Er stand auf, schickte den Fahrstuhl nach unten und kam zurück. Ich schaute ihn fragend an.

„Ich habe über deinen Kopf hinweg, Miles zu einer Unterredung gebeten", antwortete er mir.

Ich glaubte mich verhört zu haben und hatte das Gefühl den Verstand zu verlieren. Machte denn hier jeder mit mir was er wollte. Völlig neben der Rolle verbarg ich meinen Kopf in den Händen. Bill war inzwischen zum Aufzug geeilt. Er kam mit Miles zurück und bat ihn, sich zu setzen. Ich schaute diesen fragend an. Eisiges Schweigen herrschte sekundenlang zwischen uns. Bill warf ich einen vernichtenden Blick zu, den dieser grinsend quittierte. Dann fing Miles zu sprechen an. Er erzählte noch einmal genau dasselbe, was Bill mir schon im Cafè berichtet hatte.

„Kim, an dem Tag als ich dich besuchte, wollte ich dir erzählen, dass ich eine Verlobte habe. Die Geschichte ist mir völlig aus dem Ruder gelaufen und ich wollte nicht, dass es so endet", erklärte er.

Während der ganzen Erzählung hatte ich Miles, ohne mit der Wimper zu zucken fixiert. Meine Gefühle für ihn, waren innerhalb von Sekunden abgekühlt und ich empfand wieder den gleichen Hass wie früher. Bill ließ mich keine Sekunde aus den Augen und war auf alles gefasst. Ich blickte hektisch zwischen Bill und Miles hin und her. Mein Blick blieb wieder an Miles haften. Ich starrte ihm weiter wortlos in die Augen. Mein Herz schlug bis zum Hals, ich war wie erstarrt, brachte keinen Ton heraus und schluckte. Mir wurde furchtbar schwindlig und dann urplötzlich schwarz vor Augen.

Ich erwachte mit fürchterlichen Kopfschmerzen auf meiner Couch. Bill drückte mich energisch zurück, als ich versuchte aufzustehen.

„Bleib bitte liegen, Kim. Den Kids geht es gut, sie schlafen", sagte er.

„Ich habe fürchterliche Kopfschmerzen. Was ist denn

passiert, Bill?", wollte ich aufstöhnend wissen.

„Kim, du hast von einer Sekunde zur anderen die Gesichtsfarbe gewechselt und bist, ohne einen Ton von dir zu geben vom Stuhl gekippt. Leider bist du ungünstig mit deinem Kopf aufgekommen. Miles war erschrocken und ist als Erster bei dir gewesen. Er hat dich hochgehoben, an sich gedrückt und dann auf die Couch gelegt. Ich hatte deshalb mit Miles noch einen fürchterlichen Streit. Ich sagte ihm ein paar klärende Worte und das er sich über seine Gefühle zu dir klar werden sollte. Miles ist daraufhin wortlos gegangen."

Ich hielt mir stöhnend den Kopf fest und nach einiger Zeit ging es mir wieder besser.

„Kim, ich mache mir fürchterliche Sorgen um dich. Du brauchst unbedingt etwas Entlastung. Die Kinder, die Arbeit und jetzt auch noch der Stress mit Miles wachsen dir über den Kopf. Du musst endlich etwas an dich denken. Ich werde deshalb gleich morgen früh dafür sorgen. Wir beide werden zu einer Agentur fahren und ein Kindermädchen für die Kids einstellen. Außerdem musst du einmal aus deinen vier Wänden heraus und etwas entspannen. Wie lange willst du dir das mit Miles eigentlich noch antun? Irgendwie ist er es nicht wert und andere Mütter haben auch schöne Söhne", gab er unverschämt grinsend von sich und deutete auf sich.

Ich musste trotz Schädelbrummen lachen und Bill fiel mit ein. Wir unterhielten uns noch und dann schickte er mich ins Bett.

„So und du verziehst dich jetzt, Kim. Ich werde die Nacht hier auf der Couch verbringen und du schläfst dich mal richtig aus. Um Zoe und Wes brauchst du dir keine Gedanken zu machen, ich werde mich um sie kümmern."

„Danke! Ohne deine Hilfe wäre ich aufgeschmissen. Du bist wirklich ein wahrer Freund im Gegensatz zu Miles."

Bill sah mich grinsend an, hob seinen Finger, deutete in Richtung Schlafzimmer und wünschte mir einen erholsamen Schlaf.

Frisch gestärkt wachte ich am Morgen auf. Bill spielte mit den Kids und winkte mir zu als ich in die Küche kam. Schnell zauberte er mir ein frisches Frühstück, drückte mich in den nächsten Stuhl und schenkte mir einen Kaffee ein.

„Ich muss dir schon wieder danken, Bill. Du bringst sehr viel Verständnis für mich auf", gestand ich ihm.

Er winkte ab und grinste breit vor sich hin.

„Weißt du, Bill? Ich habe mir schon häufig Gedanken darüber gemacht, ob du nicht der bessere Vater für die Kinder bist. Vielleicht hätte ich mich doch mehr auf dich konzentrieren sollen als auf Miles", vertraute ich ihm an.

Bill schaute mich verblüfft an und brach in schallendes Gelächter aus. Er ließ sich auf einen Stuhl fallen und konnte sich gar nicht beruhigen. Jedes Mal, wenn er mich kurz ansah bekam er einen erneuten Lachflash. Ich schaute ihn verstört an. Er wurde sehr ernst und lehnte sich im Stuhl zurück.

„Kim, ich muss dir ein Geständnis machen, von dem selbst Miles nichts weiß. Ich hoffe nur, dass du mich danach nicht verachtest. So und nun halt dich fest, damit du nicht vom Stuhl fällst. Kim, ich bin schwul und wundere mich, dass du das noch nicht bemerkt hast", gab er schonungslos preis.

Ich schluckte. Dann war ich an der Reihe zum Lachen.

„Wenn Miles das wüsste. Er ist immer eifersüchtig auf dich gewesen, wenn du mich zum Tanzen aufgefordert hast", erzählte ich in den Lachpausen, „und hat mir ein Verhältnis mit dir unterstellt. Ich werde Miles kein Sterbenswörtchen über deine Neigung erzählen und ich verachte dich auch nicht, Bill", versprach ich.

Wir lachten Tränen, bis wir nicht mehr konnten und Bill zwinkerte mir zu. Das war also das Geheimnis, was er die ganze Zeit mit sich herumtrug. Ich hatte mich schon gewundert, warum er nicht liiert war, denn Bill sah verdammt gut aus. Nachdem Frühstück zog ich mich an und dann machten wir uns auf den Weg in eine Kindermädchenagentur. Wir suchten eine Dame mittleren Alters aus, die ich bei Bedarf zur Betreuung der Zwillinge abrufen konnte. Sie würde ab morgen täglich für ein paar Stunden vorbeikommen, damit Wes und Zoe sich langsam an sie gewöhnen konnten. So, das war auch geregelt und Bill lud mich auf einen Kaffee ein. Während wir mit dem Buggy durch die Stadt liefen, trafen uns dauerhaft anerkennende Blicke, denn anscheinend hielt man uns für eine kleine Familie. Bill und ich amüsierten uns köstlich und schon waren wir in unserem Stammcafé und hatten eine Menge Spaß.

Kurze Zeit später verging mir gründlich das Lachen. Miles kam plötzlich mit seiner Verlobten zielstrebig auf uns zu. Ich verschluckte mich an meinem Kaffee und dachte ich sehe nicht richtig.

„Bleib ruhig, Kim", raunte Bill.

Miles grüßte. Dann zog er seine Handschuhe aus und kniete sich vor den Kinderwagen. Ich schnaufte auf und verspürte plötzlich die Hand von Bill auf meinem Bein. Er zeigte mir dadurch, dass nichts passieren konnte. Zoe und Wesley quietschten vergnügt auf, als sie Miles erkannten. Sie schnappten sich seinen Finger, den er ihnen reichte und hielten ihn eisern fest. Ich blickte Miles Verlobte an, die mich genau musterte. Miles wechselte mit den Zwillingen ein paar Worte, strich ihnen über die Köpfe, wandte sich mir zu und reichte mir einen Umschlag. Fragend schaute ich ihm in die Augen.

„So, Kim. In dem Umschlag befindet sich eine Summe für die Kids, die ihnen monatlich zusteht. Ich habe den Betrag rückwirkend bis zu dem Tag ihrer Geburt beigelegt. Außerdem enthält er noch eine einstweilige Verfügung des Jugendamtes. Somit darf ich die Kinder regelmäßig sehen", knallte er mir an den Kopf.

Ich starrte Miles mit offenem Mund an. Seine Verlobte grinste hämisch. Bill gab einen zischenden Laut von sich und nun war ich diejenige die ihn unter dem Tisch festhalten musste. Obwohl ich um Fassung ringen musste, schaute ich Miles fest in die Augen.

„Vielen Dank für deine Großzügigkeit im Bezug auf das Finanzielle, Miles. Das wäre nicht nötig gewesen, denn ich verdiene selbst genug. Die Besuchszeiten hätten wir auch ohne schriftliche Verfügung vom Amt vereinbaren können. Ich würde dir nie Steine in den Weg legen, damit du deine Kids sehen kannst. Miles, das weißt du auch. Du bist doch derjenige gewesen, der sich in den letzten Tagen nicht blicken ließ und ein Anruf kostet nicht viel. Ach, und danke noch einmal. Das ist ein außergewöhnliches Weihnachtsgeschenk. Eine schönere Überraschung zum Fest hättest du mir gar nicht machen können", gab ich sarkastisch von mir.

Seine Freundin lachte kurz auf. Miles warf ihr einen giftigen Blick zu und sie verstummte. Miles und Bills Blicke kreuzten sich und ich sah, wie sie einen Kampf mit ihren Augen ausfochten. Dann wandte sich Miles wieder an Wesley und Zoe. Er drückte ihre kleinen

Hände und verabschiedete sich. Ich wandte mich von ihm ab und würdigte ihn keines Blickes mehr. Kaum war er mit seiner Verlobten verschwunden, schossen mir die Tränen in die Augen. Bill war immer noch fassungslos und versuchte mich so gut wie möglich zu trösten. Wir tranken unseren Kaffee, der mittlerweile kalt geworden war. Bill zahlte und wir gingen. Als wir im Appartement ankamen, konnte ich meine Tränen nicht mehr zurückhalten und ließ ihnen freien Lauf. Bill brachte die Zwillinge nach oben und kümmerte sich dann rührend um mich. Er verstand die Welt nicht mehr und schon gar nicht Miles Verhalten. Bill schwor mir, Miles jetzt gründlich in den Schwitzkasten zu nehmen.

„Daran ist nur dieses Miststück schuld. Sie muss ihm eine Gehirnwäsche verpasst haben. Früher hätte Miles so etwas nie in Erwägung gezogen", beteuerte er mir. Ich öffnete den Umschlag, entnahm die Geldscheine und das Schreiben. Der Brief vom Jugendamt war schnell gelesen. Man forderte mich darin auf, einmal im Monat den Kontakt mit dem leiblichen Vater zu pflegen und ihm die Kinder zu überstellen. Der Satz hörte sich an, als wenn man ein Produkt weiter reichen sollte. Nächste Woche war bereits Heiligabend und ich wusste was auf mich zukommen würde. Miles würde die Entscheidung des Amtes nutzen und die Kinder an diesem Abend bei sich haben wollen. Sollte er das von mir verlangen, dann nur unter meiner Aufsicht. Seiner Verlobten würde ich Zoe und Wes nicht so einfach überlassen. Wenn er die Kinder sehen wollte, dann nur hier in meiner Wohnung ohne seine Freundin, oder bei ihm, aber dann nur mit mir. Bill kämpfte immer noch mit seiner Wut und ging dann nachhause. Wie ich ihn kannte überlegte er bestimmt wie er Miles eins auswischen konnte.

Am nächsten Tag klingelte es nachmittags an der Tür. Über die Hausanlage konnte ich erkennen, dass Miles davorstand. Ich schickte den Lift nach unten und wartete bis dieser wieder nach oben kam. Er stieg aus, begrüßte mich kurz und kam gleich zur Sache.

„Kim, ich möchte die Zwillinge mitnehmen. Würdest du die Freundlichkeit besitzen und sie anziehen. Meine Verlobten wartet unten", sagte er bestimmend.

Ich schaute ihn an, als wäre er verrückt geworden.

„Nein! Ich werde einen Teufel tun und sie wegen einer bescheuerten Shoppingtour wecken. Miles, die beiden halten ihren Mittagsschlaf. Außerdem habe ich dich gebeten vorher anzurufen, wenn du sie haben willst", gab ich barsch zurück.

„Kim, ich erinnere dich nur ungern an den Brief vom Jugendamt", konterte er.

„Ich kann lesen und außerdem Miles, bin ich nicht blöd. Ich erinnere dich daran, dass einmal im Monat darinsteht und nicht mehr. Wenn du schon hier bist, können wir in dieser Hinsicht die Fronten klären. Die Kinder bekommst du nur, wenn deine Verlobte nicht dabei ist. Falls sie dabei ist, nur in meiner Begleitung. Miles, ich warne dich. Überspanne den Bogen nicht und unterschätze mich nicht immer", gab ich ihm den Rat.

Er schaute mich erstaunt an.

„Okay Kim, dann eben die härtere Tour. Ich bestehe darauf, die Kinder über Weihnachten zu bekommen."

„Dachte ich mir schon, dass du das vorhattest, Miles. Du kannst sie gerne haben, aber nur mit mir und ohne deine Freundin", gab ich lachend zurück.

„Verdammt, Kim. Darüber ist das letzte Wort nicht gesprochen. Es gibt zum Glück höhere Instanzen, die dich in deine Schranken weisen können", antwortete er.

Ich verlor die Beherrschung und fing an zu schreien.

„Miles! Warum tust du mir das ständig an! Besitzt du überhaupt keinen Funken Anstand mehr? Wenn ich zur Polizei gehe und erzähle, wie die Kinder zustande gekommen sind, dann hast du dein Besuchsrecht sowieso verwirkt und landest im Knast!", brüllte ich ihn an.

Miles lachte nur unbeeindruckt und da gingen mir die Nerven durch. Ich holte aus und schlug mit voller Wucht meine Faust in seinen Solarplexus. Er guckte ziemlich erstaunt und knickte ein. Benommen rappelte er sich wieder auf und starrte mich schweigend und kopfschüttelnd an. Aus mir war alles Blut gewichen, meine Hand schmerzte und ich stand da wie eine Salzsäule. Ich wusste, dass ich gerade einen Fehler gemacht hatte. Miles schien nur darauf gewartet zu haben, um mich aus der Reserve zu locken. Wortlos drehte er sich um, rieb beim Gehen die Bauchgegend und verschwand im Aufzug. Ich war so verzweifelt und rief sofort Bill an. Dieser beruhigte mich, stand kurze Zeit später vor der Tür und ich ließ ihn herein.

„Bill, ich kann nicht mehr. Die Kids sollen nicht darunter leiden und meine Nerven ertragen diese Situation nicht mehr. Ich ziehe in Erwägung zu Tante Claire zu fahren und diesmal entgültig meine Zelte hier abzubrechen", gab ich von mir.

„Nein! Kim, das nützt dir nichts. Miles wird dir sicher die Behörden auf den Hals hetzen. Er braucht eine kräftige Abreibung und ich weiß schon, wie ich das bewerkstelligen kann. Außerdem muss ich gerade an den Gedanken, wie du Miles eine verpasst hast, lachen. Das Schauspiel hätte ich gerne live miterlebt", gab er dauerhaft grinsend von sich.

Bill blieb wieder einmal über Nacht, wofür ich ihm recht dankbar war. Am nächsten Morgen war mir klar, dass ich zum Gegenangriff übergehen musste. Ich rief Miles an und entschuldigte mich für mein Verhalten. Er antwortete sehr reserviert und erklärte, dass er mir diesen Ausrutscher verzeihen würde. Somit wären wir fast quitt. Ich hatte das Gefühl mich verhört zu haben. Was zum Teufel noch einmal hatte er wieder mit mir vor. Miles erwähnte nebenbei, dass er am Heiligabend vorbeikommen würde, um die Geschenke für Zoe und Wes zu bringen. Außerdem würde er alleine kommen. Miles legte auf. Bill stand die ganze Zeit neben mir, hatte das Gespräch mit angehört und schüttelte verwundert den Kopf.

„Sehr eigenartig, aber ich habe mittlerweile einen Plan ausgearbeitet. Kim, du musst dich darauf einlassen, denn zu verlieren hast du nichts", erklärte er mir.

Bill verabschiedete sich und wollte nachmittags wieder vorbeikommen, um alles genauer mit mir zu bereden. Ich zog die Kleinen an und machte mich mit ihnen auf den Weg ins Einkaufscenter. Für Bill hatte ich noch kein Geschenk gefunden und der Christbaum und der dazugehörige Schmuck fehlten mir auch. Im Kaufhaus fand ich dann doch das gewünschte, bezahlte und ließ alles an meine Adresse schicken. Die bestellten Sachen sollten morgen angeliefert werden. Gutgelaunt machte ich auf dem Nachhauseweg einen Abstecher in mein Stammcafè. Ich bestellte mir eine Tasse Schokolade und freute mich schon aufs Fest. Ich lehnte mich entspannt zurück und schloss kurz die Augen. Als ich sie öffnete erschrak ich mich fast zu Tode, denn Miles stand vor mir und musterte mich schon wieder. Ich wurde nervös.

„Verflixt! Miles! Geht das wieder los? Musst du mich ständig verfolgen? Das ist doch nicht mehr normal bei dir. Weiß deine Therapeutin was du da veranstaltest? Wenn ja, was würde sie dazu sagen", fragte ich.

Miles ließ sich nicht aus der Fassung bringen.

„Vergiss bitte nicht, ich habe das Recht meine Kinder zu sehen", gab er frech zur Antwort.

Er setzte sich einfach an den Tisch und bestellte sich einen Kaffee. Dann nahm er ungefragt Zoe und Wes aus dem Buggy. Setzte sich beide auf den Schoß und sah mir grinsend ins Gesicht. Ich schluckte nur, hielt seinem Blick stand und versuchte mich nicht von ihm provozieren zu lassen. Die Kleinen waren erfreut und patschten in ihre Händchen. Miles schäkerte mit ihnen und musterte mich ab und zu dabei über den Tisch. Zoe und Wes gähnten nach einiger Zeit und ich bat Miles sie wieder hinzulegen. Er kam meinem Wunsch nach und setzte sie in den Wagen. Ich hoffte, dass er nun verschwand. Den Gefallen tat er mir nicht, blieb sitzen und schaute mir unentwegt ins Gesicht. Ich wurde unruhig und musste mich stark unter Kontrolle halten, denn Miles machte mich sichtlich nervöser. Ich starrte ihn an.

„Was willst du, Miles!", fragte ich barsch.

Er durchbohrte mich mit seinen blauen Augen und dann kam die Antwort wie ein Fausthieb.

„Kim? Hast du erneut Lust auf eine heiße Nacht mit mir? Das ist mit Sicherheit zum Vorteil der Kleinen", fragte er leise.

Ich stand abrupt auf, dass ich fast den Tisch umriss. Die Leute im Kaffee schauten uns erstaunt an.

„Miles!", erwiderte ich ruhig und zischend, „wenn du nicht augenblicklich verschwindest, veranstalte ich hier einen Wirbel, der sich gewaschen hat."

Er lachte überlegen und rief nach der Bedienung. Ich zitterte am ganzen Körper, setzte mich langsam wieder und versuchte mich zu beruhigen. Miles zahlte für uns beide, bevor ich reagieren konnte, zwinkerte mir zu und verschwand. Wie in Trance machte ich mich auf den Weg nachhause und traf zeitgleich mit dem neuen Kindermädchen ein. Ich begrüßte sie herzlich und wir fuhren gemeinsam mit dem Lift in die Wohnung. Zoe und Wes freuten sich schon auf Miss Brown. Diese hatte am ersten Schnuppertag die Kleinen ins Herz geschlossen und so wie es aussah, mochten die beiden sie auch. Kathleen war leider versagt geblieben eigene Kinder zu bekommen und so hatte sie den Beruf des Kindermädchens gewählt. Beim ersten Treffen hatte ich sie ins Vertrauen gezogen, ihr das Du angeboten und meine verzwickte Situation erklärt. Sie versprach mich tatkräftig zu unterstützen und ich könnte sie Kathy nennen. Ich stellte die Einkäufe in die Küche und bereitete das Essen für die Zwillinge zu. Nachdem sie gegessen hatten, brachte ich sie ins Arbeitszimmer zum Spielen und bat Kathy, sich für eine Unterredung zu mir zu setzen. Diese schaute mich besorgt an.
„Kim? Ich habe bemerkt, dass du verstört bist. Geht es dir gut?", fragte sie nach und ich schluckte.
„Ich hatte vorhin im Cafè eine unschöne Situation mit Miles. Seit Verfügung vom Amt, verfolgt er mich auf Schritt und Tritt und belästigt mich. Ich nehme dir das Versprechen ab, dass du sehr gut auf die Zwillinge aufpasst, egal wo ihr gerade seid. Inzwischen traue ich Miles zu, dass er seine eigenen Kinder entführt."
Wir tauschten noch ein paar Gedanken aus und Kathy kümmerte sich wieder um Zoe und Wes. Ich brachte schnell die Wohnung etwas in Ordnung. Da klingelte bereits Bill wieder an der Tür. Ich ließ ihn herein. Er

küsste mich auf die Stirn, begrüßte die Kids und Kathy. Dann zog er mich am Arm in die Küche.

„Kim, ich habe mir stundenlang den Kopf zerbrochen wie wir Miles eins auswischen können. Nun habe ich die Lösung", teilte er mir mit.

Während ich Bill mit Kaffee und Plätzchen versorgte, erzählte ich ihm, was heute im Cafè vorgefallen war.

„Dieses Dr. Jekyll und Mr. Hyde-Verhalten von Miles verstehe ich überhaupt nicht", bestätigte er mir. „In letzter Zeit komme ich auch nicht mehr an ihn heran und bin mehr ein Rivale für ihn. Einerseits verzehrt er sich nach dir, andererseits wieder, versucht er dich zu demütigen, wo er nur kann. Kim ich habe folgenden Vorschlag für dich. Ich werde am Heiligabend, wenn Miles die Kinder besucht, anwesend sein. Miles weiß nicht, dass ich die Neigung zur Homosexualität habe. Wenn du damit einverstanden bist, kann ich den Part deines Partners übernehmen. Wir spielen ihm ein liebendes Paar vor und du siehst wie er reagiert. Das gibt dir Sicherheit und Miles wird sich zurücknehmen müssen."

Ich fand der Vorschlag von Bill gar nicht schlecht und stimmte zu. Wir brüteten noch ein paar Gemeinheiten aus und Bill freute sich schon auf das dumme Gesicht von Miles.

Am nächsten Tag rief Miles an und holte sich erneut die Bestätigung, dass er Weihnachten hier bei mir mit den Zwillingen verbringen konnte. Ich fertigte ihn recht kühl ab und ging auf Fragen von ihm nicht ein. Zwischenzeitlich wurden der Weihnachtsbaum, sowie der dazugehörige Schmuck geliefert. Diesen wollte ich am Weihnachtsmorgen mit Bill aufstellen und dekorieren. Die Tage flogen nur so dahin. Es gab keine besondere Vorkommnisse und ich war froh um die Ruhe dir mir gegönnt wurde. Ich erledigte die restlichen Einkäufe und Kathy betreute die Zwillinge. Bill hatte mir fest versprochen, dass er Miles den Schock seines Lebens versetzen würde. Dieses Weihnachtsfest sollte er nicht so schnell vergessen. Ich war schon sichtlich gespannt, was er vorhatte.

Endlich - Heiligabend.
Ich wachte unausgeschlafen auf. Die ganze Nacht über hatte ich wieder einmal Alpträume von Miles, in denen er die schlimmsten Sachen mit mir anstellte. Erst nach dem Frühstück ging es mir einigermaßen besser. Die Zwillinge nörgelten die ganze Zeit und forderten ihr Recht. Ich spielte mit ihnen, bis Bill kam. Er nahm mich in den Arm, drückte mir wie immer einen Kuss auf die Stirn und knuddelte Wesley und Zoe. Dann wandte er sich an mich.
„Kim, ich beschwöre dich heute wirklich mitzuspielen. Unser Vorhaben scheitert sonst im Ansatz und ich bin schon auf Miles erstauntes Gesicht gespannt wie ein Flitzebogen", grinste Bill vor sich hin.
„Bill, ich weiß nicht so recht. Meinst du nicht, dass wir zu arg übertreiben", räumte ich bedenklich ein.
Bill schüttelte den Kopf.
„Kim, du brauchst nur mitspielen und dich ohne, wenn und Aber auf das einlassen, was ich mit dir anstelle", legte er mir ans Herz.
Ich grinste ihn an und stimmte zu. Wir schmückten den Weihnachtsbaum und die Zwillinge schauten mit großen Augen zu.
Der Nachmittag nahte und somit auch Miles. Der Kaffeetisch war eingedeckt und ich hatte mich mit Bill abgesprochen, dass er sich beim Eintreffen von Miles, erst einmal im Hintergrund halten sollte. Miles würde

noch früh genug an diesem Tag auf ihn treffen. Bill hatte seinen Plan bis ins kleinste Detail ausgefeilt und grinste dreckig vor sich hin. Obwohl ich ihn gedrängt hatte mich mit einzuweihen, verriet er mir nichts. Er erklärte, wenn er zuviel erzählen würde, wäre meine Spontaneität weg und Miles könnte am Ende den Braten doch noch riechen.

Es klingelte, ich schaute Bill an und schluckte. Dieser drückte mir die Daumen und verschwand in Richtung Badezimmer. Miles fuhr nach oben und trat sofort nach öffnen des Fahrstuhles ein. Er schaute sich um.

„Zoe und Wes schlafen wohl schon wieder", meinte er genervt und ging ohne Aufforderung direkt in die Küche.

Ich folgte ihm lässig.

„Ja, die Kinder schlafen immer um diese Zeit. Guten Tag erst einmal und du darfst gerne in der Küche Platz nehmen", erklärte ich ihm.

Miles lachte trocken auf, grinste mir frech ins Gesicht und dann drückte er mir die Geschenke in die Hand. Ich reichte sie ihm zurück und bat ihn, sie den beiden nachher selbst zu geben. Genervt riss er mir die Tüte aus der Hand und stellte sie neben sich.

„Na, wie ist denn die restliche Woche verlaufen nach unserem Treffen? Hast du mein Angebot in Erwägung gezogen?", fragte er und dabei lachte er anzüglich.

Ich schluckte und war froh, dass ich Bill in der Nähe wusste. Ich wandte Miles den Rücken zu und setzte frischen Kaffee auf. Miles schien mein Schweigen wohl missverstanden zu haben. Er hatte sich an mich herangeschlichen, riss mich herum und versuchte mich zu küssen. Mein Puls raste von null auf hundert und ich wehrte mich wie eine Verrückte. Ich rief Bill in Gedanken und das ich jetzt seine Hilfe benötigte.

„Hör auf dich zu wehren, Kim. Du hast doch keine Chance gegen mich", meinte Miles lachend.

In der Hitze des Gefechtes stieß ich eines der Gläser vom Schrank und dies schien das Zeichen für Bill gewesen zu sein. Ich sah aus den Augenwinkeln, wie er aus der Badezimmertür kam und atmete innerlich auf. Als er um die Küchenzeile lief, traf mich bald der Schlag. Bill war nackt und rieb sich im Laufen die Haare trocken.

Das Spiel konnte beginnen und Miles ließ mich abrupt los. Er schaute entgeistert in Bills und dann wieder in meine Richtung. Ich war von dessen Aktion völlig überrumpelt und war im Gesicht puterrot angelaufen. Obwohl Bill eine andere Neigung hatte, ließ mich sein nackter Anblick keinesfalls kalt. Er war von der Natur genauso gut ausgestattet worden wie Miles und ich sah wie hypnotisiert auf Bills bestes Stück.

„Kim? Wo hast du meine Unterwäsche deponiert? Ich kann sie nicht finden", rief Bill im weitergehen.

Er nahm das Handtuch aus seinem Gesicht, schaute mich an, grinste unverschämt und tat so, als wenn er meinen entsetzten Blick nicht bemerkt hätte. Dann schaute er lässig zu Miles hinüber, der noch immer wie versteinert auf seinem Platz stand und begrüßte ihn. Ich hörte wie Miles knurrte und dann die Luft hörbar einsaugte. Sein Blick verriet, dass er am liebsten auf Bill losgegangen wäre. Ich stand da und hatte immer noch mit meiner Fassung zu kämpfen. Die Luft zwischen den Beiden hätte man mit einem Schwert schneiden können. Bill schwänzelte im wahrsten Sinne des Wortes lässig durch die Wohnung. Er kam zurück, klatschte heftig und demonstrativ auf meinen Po, um dann ins Arbeitszimmer zu verschwinden. Miles fixierte mich inzwischen mit zusammen gekniffenen

Augen.

„Na, du hast dich aber schnell getröstet, Kim", zischte er mir zu.

Ich war immer noch nicht zu irgendeiner Regung fähig, da kam Bill angezogen zurück. Er schritt auf mich zu und nahm mich in den Arm. Dann drückte er mir einen extrem langen Kuss auf den Mund. Ich wurde steif und riss meine Augen auf. Bill signalisierte mir mit seinen, dass ich mitspielen musste, dann ließ er mich los. Ein Blick auf Miles zeigte, dass dieser kurz vor dem explodieren war. Ich hantierte wieder an der Kaffeemaschine und gewann somit wieder etwas von meiner Fassung zurück. Miles schien auf unser Spiel hereinzufallen und ich musste innerlich auflachen. Bill wollte wissen, ob er mir behilflich sein konnte und stellte sich zu mir. Aus den Augenwinkeln konnte ich sehen, dass er lachen musste und mir zuzwinkerte. Miles war so damit beschäftigt das eben gesehene zu verdauen, dass er unser Augenspiel zum Glück nicht mitbekam. Bill stellte Milch, Zucker und den Kuchen auf den Tisch. Ich brachte den Kaffee hinterher und setzte mich dazu.

„Miles, bleibst du heute zum Abendessen?" fragte ich.

„Nein! Ich bleibe nicht zum Essen! Ich möchte eure Zweisamkeit nicht unnötig stören", blaffte er mich an. Bill reagierte und schnappte die Stelle auf.

„Schade. Ich habe mir eine besondere Überraschung für Kim ausgedacht und würde dich als guten Freund gerne teilhaben lassen. Es liegt mir viel daran, wenn du bleiben würdest", meinte er augenzwinkernd.

Ich schaute Bill von der Seite an und fragte mich, was er nun wieder vorhatte. Miles lachte auf.

„Jetzt hast du mich aber doch neugierig gemacht, Bill. Unter diesen Umständen werde ich deine Einladung natürlich annehmen. Ich werde mir doch keinesfalls die damit verbundene Überraschung entgehen lassen", kam zurück.

Bill spielte seine Rolle vortrefflich und ich hoffte, dass Miles nicht ausrasten würde. Eine Schlägerei konnte ich nicht gebrauchen. Miles war rasend eifersüchtig auf Bill, dass sah man nun eindeutig. Also lag ihm doch etwas an mir.

„Ich hoffe deiner Verlobten geht es gut, Miles? War sie denn überhaupt damit einverstanden, dass du den Weihnachtsabend hier alleine bei mir verbringst?", fragte ich.

„Kein Problem, Kim. Ich genieße das volle Vertrauen meiner Verlobten und außerdem bist du nicht alleine", erklärte Miles.

Ein Blick in seine Augen strafte mich Lügen. Ich war mir sicher, sie hatte Miles die Hölle heiß gemacht, dass er Heiligabend nicht mit ihr verbrachte. Die Zwillinge meldeten sich über Babyfon und Bill machte sich wie gewohnt auf den Weg sie zu holen.

„Super! Bill hat sich schon sehr gut in seine zukünftige Vaterrolle eingelebt. Ich hoffe du bist nun zufrieden", konnte sich Miles den Kommentar nicht verkneifen.

Ich zuckte zusammen.

„Miles! Verdammt, was willst du eigentlich? Du hattest die Chance deine Kinder auf Dauer zu sehen. Leider hast du es komplett versaut. Wer hat sich denn anders orientiert, während ich die Kids zur Welt brachte? Was führst du eigentlich im Schilde? Kannst du mich nicht endlich in Ruhe leben lassen? Hasst du mich so sehr, Miles, dass du mir ständig weh tust?", erwiderte ich.

Ich drehte mich um, damit er die Tränen, die mir in die Augen stiegen nicht sehen konnte. Bill kam mit den Zwillingen zurück und setzte sie in die

Hochstühle. Ein Blick in mein Gesicht ließ ihn kurz stutzen. Ich schüttelte unmerklich mit dem Kopf und bat ihn, mir die Teller aus dem Schrank zu holen.

Miles war kurz darauf wieder in seinem Element und scherzte mit ihnen. Zoe und Wes konnten nicht genug von ihm bekommen und krähten vor Vergnügen. Das Essen der Kinder war fertig und ich stellte Miles die Teller vor die Nase.

„Hier! Falls du Interesse daran hast, kannst du deine Kinder füttern", gab ich von mir.

Ich machte dann wieder in der Küche weiter, um das Abendessen vorzubereiten. Bill merkte, dass meine Stimmung auf Null gesunken war und half mir bei den Vorbereitungen.

„Was ist vorgefallen?", fragte er leise und ich erzählte es ihm.

Bill umarmte mich von hinten und ich zuckte leicht zusammen.

„Kim, du musst jetzt nur mitspielen. Ich kann Miles in der Scheibe des Glasschrankes beobachten und seine Reaktionen erkennen", flüsterte er mir ins Ohr.

Mit einem Seitenblick auf Miles erhaschte ich wieder dessen wütende Blicke. Ich nickte Bill unmerklich zu. Während ich den Salat vorbereitete, fummelte Bill ständig an mir herum und ich lehnte mich an seine Schulter. Er schob meine Haare auf die Seite und fing an meinen Hals zu liebkosen. Als Bill dann noch an meinen Ohrläppchen zu knabbern anfing, war es mit meiner Beherrschung vorbei. Ich musste schlucken, denn diese Berührung rief Gefühlsregungen in mir hervor und ließ mich doch nicht kalt, wie ich dachte. Obwohl Bill nichts von Frauen wollte, spielte er seine Sache gut. Ich genoss die Streicheleinheiten und mir kamen die alten Zeiten mit Miles in den Sinn.

Irgendwie klinkte sich irgendetwas in meinem Gehirn aus. Ich drehte mich herum schnappte mir Bills Kopf, schloss meine Augen und küsste ihn was das Zeug hielt. Der wütende Aufschrei von Miles, brachte mich wieder in die Gegenwart zurück. Ich öffnete meine Augen und erschrak über mich selbst. Bill löste sich von mir und grinste mich mit Nachdruck an. Nur gut, dass er mit dem Rücken zu Miles stand, der dies nicht sehen konnte, sonst wären wir in diesem Moment aufgeflogen. Ich schämte mich in Grund und Boden, dass ich mich so vergessen konnte. Verwirrt blickte ich in Miles Richtung. Er war sichtlich blass geworden und starrte mich entgeistert an. Dann stieg ihm die Zornesröte ins Gesicht.

„Verdammt! Schämt ihr beiden euch überhaupt nicht vor den Kindern, euch so gehen zu lassen", blaffte er. Bill prustete los.

„So sind Verliebte nun mal, Miles. Die Kinder tragen sicher keinen Schaden davon, wenn sie uns so sehen. Außerdem müssen sie sich in nächster Zeit sowieso an diesen Anblick gewöhnen", gab er gelassen von sich. Miles schaute Bill genauso verständnislos an, wie ich. Dieser drehte sich zu mir, zwinkerte und lief Richtung Arbeitszimmer. Kurze Zeit später, kam er zurück und ergriff im vorbeieilen meine Hand. Ich folgte ihm. Bill setzte sich auf einen Stuhl und zog mich zu sich auf den Schoß. Er überreichte mir einen Behälter, der sehr geschmackvoll verpackt war und ich runzelte die Stirn. Bill grinste mich mehr als anzüglich an und ich sah in seinen Augen, dass er den Schalk im Nacken sitzen hatte. Mit Nachdruck zwickte er mich ins Hinterteil und ich nahm meine Schauspielkunst zusammen.

„Bill? Das ist nicht dein Ernst? Solltest du es wahr werden lassen?", fragte ich überrascht.

„Nun mach es nicht so furchtbar spannend. Öffne das Kästchen einfach und dann siehst du, was für eine Überraschung ich vorgesehen habe", ermunterte mich Bill.

Ich packte das Geschenk in Zeitlupe aus und öffnete es. Mir entfuhr ein Schrei. In der Schachtel befand sich ein wunderschöner Diamantring. Nun war ich wirklich überrascht und das musste ich nicht spielen. Bill nahm ihn mir ab, ergriff meine Hand und steckte ihn mir auf den Finger. Entgeistert starrte ich darauf und dann in Bills Gesicht. Dieser schmunzelte.

„Kim, verlange jetzt aber nicht von mir, dass ich auf die Knie gehe. Das hier ist meine offizielle Verlobung zu Weihnachten. Miles ist gerade Zeuge und ich hoffe, du nimmst sie an", dabei schaute er in seine Richtung. Ich folgte Bills Blick und sah, dass Miles nur noch die Gesichtsfarben wechselte. Er hatte Mühe sich unter Kontrolle zu halten. Bill zwickte mich erneut und ich spielte meinen Part weiter. Überschwänglich umarmte ich ihn und küsste ihm das ganze Gesicht ab. Dieser grinste über alle vier Backen und man sah ihm an, dass er sich freute Miles mit Nachdruck eines ausgewischt zu haben. Miles räusperte sich lautstark.

„Kim, ich habe auch eine Überraschung. Allerdings kann diese mit der von Bill nicht mithalten", gab er etwas geknickt von sich.

Er kramte in der Tüte neben sich und überreichte mir einen Umschlag. Ich schaute ihn an.

„Ach? Noch eine Überraschung vom Jugendamt für mich, Miles", meinte ich sarkastisch.

Miles zuckte unmerklich zusammen. Ich nahm den Umschlag entgegen und öffnete ihn. Miles hatte mir eine Einladung für den Silvesterball im Gothic-Stil überreicht, den er zum Ausklang des Jahres ganz groß geplant hatte. Ich schaute Bill an und dieser nickte mir zu. Miles hatte meinen Blick bemerkt.

„Natürlich ist Bill als dein Verlobter mit eingeladen", bestätigte er.

„Lass mal, Miles. Einer muss bei den Kindern bleiben und Kim hat mein volles Vertrauen. Auch sie hat nach den Aufregungen etwas Zerstreuung verdient", meinte Bill und klopfte mir mit Nachdruck aufs Hinterteil.

Ich schaute Miles an.

„Danke. Ich kann nicht versprechen, dass ich wirklich zum Ball erscheine, Miles. Alleine möchte ich nicht und werde alles noch mit Bill bereden. Außerdem ist es jetzt Zeit die Geschenke zu holen", erklärte ich und stand auf.

Eilig verschwand ich in die Oberetage und als ich nach unten kam, stand Miles mit Wesley auf dem Arm vor dem Weihnachtsbaum. Bill stand mit Zoe auf dem Arm daneben. Eigentlich ein Idyllisches Bild, dachte ich bei mir, nur mit einem kleinen Makel, Bill bekam ich nicht und Miles wollte mich nicht. Verstehe einer die Welt, dachte ich und schüttelte meinen Kopf. Ich lief auf die vier zu und fing an die Geschenke zu verteilen. Beide Männer setzten die Zwillinge auf den Boden. Zuerst überreichte ich Bill sein Geschenk. Ich hatte ihm eine goldene Krawattennadel besorgt, in die ich seine Initialen hatte eingravieren lassen. Bill hatte ein Faible für diese Dinger. Er bedankte sich bei mir und freute sich wie ein kleines Kind. Miles überreichte ich einen Fotorahmen mit dem Bild der Zwillinge. Er nahm ihn entgegen und kam mit meiner Hand in Berührung. Erschrocken zog ich sie zurück und hatte das Gefühl, als wenn ein Funke übergesprungen wäre. Mit einem schnellen Blick in Miles Augen, sah ich, dass er das gleiche verspürt haben musste. Geht das schon wieder los, dachte ich und drehte mich zu Bill um, der mich forschend ansah und wissend angrinste. Miles bedankte sich bei mir aus dem Hintergrund. Nun konnte er seine Kids jeden Tag anschauen. Ich nahm die Päckchen für Wes und Zoe und setzte mich zu ihnen auf den Boden. Beide schauten mich mit ihren großen Augen an. Gemeinsam rissen wir das Papier ab und die Zwillinge plapperten vor Vergnügen dabei vor sich hin. Die Begeisterung für die Bauklötze, die ich besorgt hatte, war enorm und sie wurden sofort in Beschlag genommen. Miles lief in die Küche und holte die Geschenke für die beiden. Zoe bekam eine Puppe mit Schlafaugen und Wesley ein rotes Feuerwehrauto. Beide waren hellauf begeistert und klatschten in ihre Händchen. Ich schickte die beiden Männer wieder in die Küche, das Essen war zwischenzeitlich fertig und der Tisch schnell gedeckt. Plötzlich klingelte es an der Tür. Erstaunt sah ich Bill an. Ich hatte mit keinem weiteren Besuch heute gerechnet. Er zuckte mit den Schultern. Ich schritt in Richtung Tür und sah im Monitor die Verlobte von Miles, die nervös von einem Fuß auf den anderen wechselte. Ich schickte ihr den Lift und informierte Miles, der daraufhin feuerrot im Gesicht wurde. Mit einem verstohlenen Blick auf Bill sah ich, dass dieser erneut ein verhaltenes Grinsen im Gesicht hatte und wusste Bescheid. Miles Freundin schoss wie eine Rauschkugel aus dem Lift und schaute hektisch nach rechts und links. Ich ging auf sie zu und begrüßte sie. Arrogant grüßte sie zurück und musterte mich wieder abfällig. Miles kam aus der Küche und winkte. Misstrauisch blickte sie zwischen uns beiden hin und her. Innerlich amüsierte ich mich köstlich und dachte, von wegen, absolutes Vertrauen. Da erschien Bill auf der Bildfläche.

„Wo bleibt ihr denn? Das Essen wird kalt", gab er von sich.

Miles Verlobte entspannte sich sichtlich.

„Würden sie meine Einladung zum Weihnachtsessen annehmen?", fragte ich sie.

Sie bedankte sich und sagte zu. Miles blickte mich erstaunt an und ich schaute provozierend zurück. Ich holte die Zwillinge aus dem Wohnzimmer, die heftig protestierten und nahm sie mit in die Küche. Bill ging mir derweilen zur Hand und sorgte dafür, dass unsere Gäste nicht verhungern mussten. Eisiges Schweigen herrschte vor. Bill und Miles fochten schon wieder einen stummen Kampf mit den Augen aus.

„Wie darf ich sie ansprechen", fragte ich die Verlobte von Miles, um die Stille zu durchbrechen.

„Helen", sagte sie und schaute mich dabei an.

Ich nannte ihr meinen Namen und wir einigten uns auf ein Du. Miles schaute entgeistert und verwirrt von Helen zu mir und verstand die Welt nicht mehr. Bill schon und er signalisierte mir mit den Augen, dass ich das super gelöst hatte. Langsam kam ein Gespräch auf. Bill erzählte uns Anekdoten aus seiner Kindheit und wir hatten sogar noch eine Menge Spaß. Die Zwillinge fingen nach einer Zeit zu quengeln an. Ich nahm sie aus den Hochstühlen und machte mich auf den Weg nach oben in ihr Kinderzimmer.

„Kim? Darf ich beide ins Bett bringen?", fragte Miles hinterher.

„Ich habe nichts dagegen", bemerkte ich.

Miles nahm mir Zoe ab und folgte mir nach oben. Er half mir beide bettfertig zu machen und da wir uns einen Wickeltisch teilen mussten, kamen wir ständig in Berührung. Mein Pulsschlag beschleunigte sich und meine Gefühle schlugen wieder einmal Purzelbäume. Ich bekam Schweißausbrüche und war froh, dass Miles zuerst mit Zoe fertig war. Er nahm sie hoch und legte sie hin. Ich beruhigte mich langsam wieder und brachte dann Wesley in sein Bettchen. Die Zwillinge waren so müde, dass sie sofort einschliefen. Während ich inzwischen die Kleidung der Kinder sortierte und für morgen schon alles zurechtlegte, spürte ich den Atem von Miles im Nacken. Ich wurde stocksteif und hoffte, dass er die Situation nicht im Kinderzimmer ausnützen würde. Unter diesen Umständen hätte ich keine Chance gehabt. Miles umarmte mich von hinten, legte seinen Kopf auf meine Schulter und hielt inne. Ich war völlig von den Socken und brauchte ein paar Sekunden, um zu realisieren, was da gerade passierte. Dann schüttelte ich ihn ab und zeigte auf meinen Ring. Er zuckte nur mit den Schultern, drehte sich um und ging nach unten. Ich schloss die Kinderzimmertür hinter ihm, lehnte mich dagegen und rutschte an ihr herunter. Zitternd saß ich am Boden und wusste nicht wie lange ich so verharrt hatte, als es leise an die Tür klopfte. Ich stand langsam auf und öffnete. Bill stand davor und schaute mich fragend an. Ich hielt den Finger vor meinen Mund und schlüpfte nach draußen. Bill merkte sofort, dass etwas vorgefallen sein musste und begleitete mich ins Wohnzimmer zurück. Suchend schaute ich mich um und er erklärte, dass Miles es vorhin sehr eilig hatte zu verschwinden. Nachdem ich nicht nach unten gekommen war, hatte er nach dem Rechten gesehen. Ich eilte in den Vorratsraum, holte zwei Flaschen Wein, die passenden Gläser dazu, schenkte ein, ging wieder ins Wohnzimmer und setzte mich dort auf die Couch. Bill setzte sich daneben und nahm mich in die Arme. Gemeinsam stießen wir auf unseren gelungenen Streich an und amüsierten uns noch etwas über Miles Verhalten, als Bill mir den Ring übergestreift hatte. Ich entschuldigte mich erst einmal bei Bill für die Situation am Nachmittag, als ich ihn so intensiv küsste.

„Bill, deine Nacktheit hat mich nicht kalt gelassen. Mich hat bald der Schlag getroffen, als du aus dem Bad gekommen bist und das noch in Adamskostüm. Nachdem du auch noch an mir herumgeknabbert hast, sind mir die alten Zeiten mit Miles eingefallen und ab da hatte ich einen regelrechten Blackout", gestand ich ihm unverfroren.

„Ich fand es absolut nicht schlimm, war aber ziemlich überrumpelt, da ich damit nicht gerechnet hatte. Ich kann deine Reaktion verstehen und habe Miles und dich intensiv beobachtet. Ihr beide könnt nicht ohne einander, aber auch nicht miteinander leben. Kim, im Innersten deines Herzens liebst du Miles noch immer und willst es dir nur nicht eingestehen. Bei ihm ist es ebenso, denn zwischen euch besteht eine richtige Hassliebe. Werde dir endlich klar, was du willst. Wenn du dir sicher bist, dass Miles der Richtige ist, musst du mit allen Mitteln kämpfen, um ihn zurückzuholen. Es ist nichts verloren und Miles hat nach unserem Streich etwas, worüber er sich den Kopf zerbrechen muss. Du findest sonst nie Ruhe und gehst irgendwann an deiner unerfüllten Liebe kaputt", beschwor er mich.

Bill hatte Recht, das war mir jetzt klar. Ich liebte Miles aus ganzem Herzen und würde um ihn kämpfen bis zum letzten. Der beste Zeitpunkt war der Silvesterball, zu dem er mich geladen hatte. Ich zog nachdenklich den Ring vom Finger und reichte ihm Bill.

„Ich danke dir, Bill. Vor allen Dingen, dass du Miles einen Denkzettel verpasst hast", gab ich lachend von mir.

Bill schüttelte mit dem Kopf und steckte mir den Ring wieder an den Finger.

„Den Ring darfst du behalten als Weihnachtsgeschenk von einem guten Freund", eröffnete er mir.

Ich nahm Bill in den Arm und drückte ihn. Wir schauten noch fern und leerten die Weinflaschen. Der Alkohol forderte bei mir wieder seinen Tribut und mir war klar, dass ich morgen mit einem Brummschädel aufwachen würde. Bill blieb wieder über Nacht.

Der Rest der Woche verlief ruhig. Miles ließ sich nicht blicken, dass Wochenende nahte und somit auch der Silvesterball bei ihm. Die ganze Zeit war ich unsicher, ob ich dorthin gehen sollte oder nicht. Bill bestärkte mich und versprach mir bei der Rückeroberung von Miles zu helfen. In ihm war ein weiterer Plan gereift. Es würde mich aber einige Überwindung kosten und ich müsste schon ein bisschen über meinen eigenen Schatten springen, diesmal würde es intimer werden. Ich sollte mir noch einmal gut überlegen, ob ich ein gemeinsames Leben mit Miles und den Kindern in Erwägung ziehen könnte. Wenn ich mir wirklich ganz sicher wäre, würden wir eine neue Aktion gegen Miles starten. Ich musste nicht überlegen und beteuerte Bill, dass ich mir ein Leben ohne Miles nicht vorstellen konnte und ich ihn von ganzem Herzen lieben würde. Wir wären zwar wie Tag und Nacht, aber bräuchten uns doch. Bill eröffnete mir seinen Plan und ich stieg ohne Bedenken darauf ein. Bill würde mich an diesem Abend begleiten und sich um Helen kümmern. Ich sollte währenddessen Miles unter die Fittiche nehmen.

Der Abend nahte und somit auch unser Auftritt. Am Silvesterabend passte Kathy auf die Kinder auf und würde auch über Nacht bleiben. Bill und ich besorgten uns das ausgefallenste Outfit was wir finden konnten. Wir sahen mehr als nur überwältigend aus. In diesem Aufzug würden wir sogar als Vampire durchgehen. Der schwarze Anzug von Bill, mit dunkelroter Schärpe und weißem Rüschenhemd saß perfekt. Ich hatte mir ein dunkelrotes tief ausgeschnittenes Spitzensamtkleid mit schwarzer Korsage besorgt. Die dazugehörigen Spitzenhandschuhe und Stiefeletten rundeten alles ab. Die absolute Krönung war ein riesiges Kapuzencape in schwarz, mit aufgestickten Pentagrammen in Silber. Meine Haare trug ich diesmal offen und meine Stirn zierte ein schwarzes Diadem mit blutrotem Stein. Bill pfiff mir begeistert hinterher.

„Kim, wenn ich nicht stockschwul wäre, würde ich mich festbeißen und dich sofort heiraten", gab er von sich.

Ich lachte und dachte, wenn ich auf Bill schon so eine Wirkung hatte, wie würde das bei Miles erst ausgehen. Wir bestellten uns ein Taxi und ließen uns ins Schloss bringen. Während der Fahrt erhaschte ich die Blicke des Taxifahrers im Rückspiegel. Dieser konnte sich von meinem Anblick überhaupt nicht mehr losreißen. Ich grinste in mich hinein und war ziemlich aufgeregt. Als wir am Schloss eintrafen, erstrahlte dieses in heller Pracht und wie es aussah, war heute alles vertreten was Rang und Name hatte. Ich hakte mich bei Bill unter und wir eilten in die Vorhalle. Ich blickte mich um und sah hier und da, ein paar Leute in kleine Gruppen stehen. Wie gewohnt wehte mir Stimmengewirr und dezente Musik entgegen. Beim Betreten richteten sich sämtliche Blicke auf uns und schon wurde wieder mit zusammengesteckten Köpfen getuschelt. Im gleichen Moment kam von der Seite ein Lakai auf uns zugeeilt und reichte uns einen Umschlag mit dem Hinweis, ihn erst nach Anweisung des Schlossherren zu öffnen. Ich schaute etwas verwundert, nahm ihn entgegen und dachte nichts dabei. Als ein Kellner mir einem Tablett voller Sekt an uns vorbeieilte, schnappte ich mir zwei Gläser und reichte eines davon an Bill weiter. Ich wurde sichtlich nervös. Was würde mich erwarten. Mit einem Schluck trank ich mein Glas leer, wofür mir Bill einen entsetzt gespielten Seitenblick zuwarf. Grinsend sah ich ihn an und schnappte mir sein Glas, mit dem ich genauso verfuhr. Dann fühlte ich mich besser. Ich staunte nicht schlecht, als wir in den Tanzsaal kamen. Dieses Mal standen die Tische nicht kreuz und quer in der Gegend herum. Eine lange weiße Tafel war für den heutigen Abend eingedeckt worden. Ich schaute mich suchend um, denn ich hatte Miles wie sonst auf seinem Stammplatz vermutet. Nirgendwo war er zu sehen und heute würde es auch viel schwerer werden, da wirklich alle Personen schwarze Masken trugen. Ich hoffte ihn an seiner Statur erkennen zu können, was bei dieser Menschenmenge auch nicht einfach sein würde.

Plötzlich hatte ich das Gefühl, von unsichtbaren Blicken durchbohrt zu werden. Langsam drehte ich mich um und erkannte Miles trotz Maske. Ich schaute direkt in seine blauen Augen. Schweigend standen wir uns Sekunden gegenüber und ich konnte meinen Blick nicht von ihm lösen. Miles sah in seiner Kleidung umwerfend, geheimnisvoll und unnahbar aus. Am liebsten wäre ich jetzt auf ihn zugerannt und hätte ihn in den nächstbesten Raum gezogen. Leider musste ich noch warten. Bill schaute uns beide an und grinste vor sich hin. Miles schritt auf mich zu und nickte mir anerkennend zu. Mir wurde ganz anders zumute, mein

Herzschlag beschleunigte sich und ich atmete schwer. Er ging nah an mir vorbei und streifte mit Absicht meinen Arm. Seine Berührung elektrisierte mich und brachte mich fast um den Verstand. Verzückt schaute ich ihm sehnsüchtig hinterher. Da eilte seine Verlobte auf ihn zu und hakte sich bei ihm ein. Bill, der meinen Blick in Miles Richtung verfolgt hatte, kam auf mich zu und tröstete mich. Nicht mehr lange, dann würde er sich um Helen kümmern und ich hatte freie Bahn. Miles eröffnete den Ball und begrüßte alle seine Gäste. „Liebe Anwesenden, für den heutigen Abend habe ich mir etwas ganz Besonderes einfallen lassen. Jedes Paar hat bei Eintritt in die Vorhalle einen neuen Umschlag erhalten und ein Symbol zugeordnet bekommen, das mit einem anderen am Tisch übereinstimmt. So wird heute jeder einen anderen Tisch- und Tanzpartner zur Verfügung haben. Wer allerdings nicht einverstanden ist, aus welchen Gründen auch immer, kann natürlich mit seinem eigenen Partner vorliebnehmen. Darf ich die Herrschaften nun zu Tisch bitten."

Ich warf Bill einen hilfesuchenden Blick zu und dieser hielt meine Hand.

„Kim, mich würde nicht wundern, wenn Miles wie zufällig an deiner Seite sitzt. Sicher hat er das Gleiche mit Helen und mir arrangiert. Mittlerweile kenne ich Miles gut genug und dieser führt mit Sicherheit was im Schilde. Das könnte aber unserem Plan wie gerufen kommen", orakelte er.

Ich nahm mein Symbol aus dem Umschlag, entdeckte eine liegende Acht und mir kam in Erinnerung, dass dieses Zeichen für Unendlichkeit stand.

Acht ist die Zahl der Gerechtigkeit, da sie sich in immer gleiche Einheiten unterteilen lässt. Eine Acht entsteht, wenn man einen Kreis spiegelt. Diese Acht steht für Klarheit und Bewusstsein, den Beginn eines ganz neuen Abschnitts und den Durchbruch. Etwas verwundert runzelte ich meine Stirn und überlegte, was Miles mir damit sagen wollte.

Bill hatte das Symbol für Omega, also für das Ende. Dazu brauchte es keiner Erklärung, dass war entgültig. Wir schauten uns beide erstaunt an und machten uns dann auf die Suche nach unseren Tischpartnern. Bill hatte Recht behalten und das war kein Zufall mehr. Miles und ich hatten das gleiche Symbol, genauso Bill und Helen. Ich dachte nur, dass Miles das wieder gut getrickst hatte und fragte mich, was er mit uns heute Abend vorhatte. Miles saß bereits am Tisch und hatte seine Maske entfernt, als ich langsam an seiner Seite Platz nahm. Er drehte sich zu mir und schaute mich herausfordernd an. Ich wich seinem Blick gezielt aus. Nur nicht wieder in diese verfluchten Augen sehen, dachte ich, sonst hatte ich gleich wieder verloren. Um die Situation besser überblicken zu können, nahm auch ich meine Maske ab. Bill nahm an der Seite von Helen Platz, die ihn grinsend musterte. Bill schaute mich über den Tisch an und nickte mir unmerklich zu. Was hatte Miles mit uns vor, ging es mir erneut durch den Kopf. Ich dachte an die Symbole und entfernte langsam und nachdenklich meine Kapuze. Ich merkte nebenbei, dass Miles mich unverschämt von der Seite musterte.

„Du trägst ein ziemlich heißes Outfit heute. Ich hoffe nur, dass sich kein anderer die Finger daran verbrennt. Gefällt mir sehr gut", meinte er an mich gewandt.

Ich warf ihm einen vernichtenden Blick zu, den er mit einem Lachen quittierte. Inzwischen wurde das Essen aufgetragen und ich bekam vor lauter Aufregung fast keinen Bissen herunter. Bei der Vorsuppe warf ich bereits das Handtuch. Miles ließ keine Gelegenheit aus, um unter dem Tisch mit mir dauerhaft zu füßeln. Ich wurde langsam unruhig, versuchte seinen Attacken auszuweichen und wäre am liebsten davongerannt. Mit einem Seitenblick auf Miles konnte ich erkennen, dass sich dieser über meine Ausweichmanöver köstlich amüsierte. Mir wurde es nach einiger Zeit wirklich zu bunt und ich rammte ihm meinen Stiefelettenabsatz mit Nachdruck voll in den Fuß. Er zuckte schmerzhaft zusammen, knurrte, warf mir einen giftigen Blick zu und stellte seine Fußspielchen ein. Ich musste mir die Hand vor den Mund halten, um nicht laut aufzulachen und schaute zu Bill. Dieser schien dieses Schauspiel einige Zeit verfolgt zu haben. Er konnte sich ebenfalls ein grinsen nicht verkneifen. Miles nahm meinen Blick auf und schaute in Bills Richtung. Beide visierten sich mit stechenden Blicken an und ich sah wieder diesen stummen Kampf, den sie mit ihren Augen ausfochten. Inzwischen waren die meisten Gäste mit dem Essen fertig und liefen in den Tanzsaal hinüber. Bill füllte die Verlobte von Miles sichtlich mit Sekt ab. Dieser schien es zu gefallen, denn sie fuhr voll auf Bill ab. Dies war ein Teil unseres Planes gewesen und schien wirklich zu funktionieren. Somit konnte ich mich voll auf Miles konzentrieren. Helen lachte und scherzte mit Bill was das Zeug hielt. Zwischendurch warf sie mir immer einen triumphierenden Blick zu. Ich grinste verstohlen in mich hinein und als ich Miles Blick von der Seite bemerkte, spielte ich die Eifersucht in Person und warf gespielt, giftige Blicke in Richtung der beiden. Miles quittierte das mit einem zufriedenen Grinsen. So haben wir aber nicht gewettet mein lieber Freund dachte ich und fing an den Spieß umzudrehen. Ich stieß wie unbeabsichtigt mein Besteck herunter und dieses fiel klirrend zu Boden. Provozierend bückte ich mich, so dass Miles einen herrlichen Einblick in mein Oberteil hatte, unter dem ich heute absichtlich keinen Büstenhalter trug. Wie ich Miles kannte, würde er mit Sicherheit unter dem Tisch verschwinden und mir zur Hand gehen wollen. Ich grinste, denn dieses zur Hand gehen hatte für Miles eine ganz andere Bedeutung. Die Gelegenheit würde ich ausnutzen und ein Spielchen, dass ich bereits vorbereitet hatte, mit ihm wagen. Auf seine Reaktion war ich schon gespannt. Er tat mir den Gefallen und erschien unter dem Tisch. Wir stießen unbeabsichtigt mit den Köpfen zusammen, ich schrie auf und rieb mir die Stirn. Miles guckte mir tief in die Augen, ergriff meinen Kopf und drückte mir einen schnellen Kuss auf den Mund. Ich erstarrte, war über Miles Gegenangriff erstaunt und bekam wieder genau dieses Herzklopfen, als ich mit ihm die letzte Nacht verbracht hatte. Diese Aktion hatte ich mir eigentlich anders vorgestellt und merkte, dass Miles versuchte, mir die Ruder aus der Hand zu nehmen. Verwirrt nahm ich das Besteck wieder hoch, legte es auf den Tisch und sah zu Bill. Er signalisierte mir unmerklich, dass ich die ganze Sache geschickt anfangen würde. Miles erhob sich.

„Bill? Darf ich Kim zum Tanzen auffordern oder ist es dir nicht recht?", fragte er.

Bill schüttelte mit dem Kopf und fragte das gleiche in Bezug auf Helen. Miles nickte zustimmend, stand auf schaute in meine Richtung und bot mir seinen Arm an. Ich schaute kurz zu Bill. Er nickte mir zu und ich ließ mich von Miles in den Saal führen. Inzwischen hatte Bill sich Helen geschnappt und mir somit freie Bahn für Miles gegeben. Helen schien wahrhaftig für alles offen und nicht abgeneigt zu sein. Sie schmiss sich Bill regelrecht an den Hals. Ich grinste in mich hinein. Miles dirigierte mich auf die Tanzfläche und zog mich ganz fest an sich. Mein Herz schlug Purzelbäume und während wir tanzten, sprach ich Miles auf seine Idee mit der Sitzverteilung an.

„Das mit den Tischkarten hast du geschickt gelöst, um in meiner Nähe zu sein", gab ich grinsend von mir.

„Das Biest möchte deshalb von der Schönen wissen, ob sie den Sinn der liegenden Acht verstanden hat", gab er von sich.

Lachend schaute ich ihm ins Gesicht.

„Die Schöne hat die Anspielung und Botschaft vom Biest wohl verstanden. Nur ist mir unklar, ob du damit gemeint hast mich unendlich zu lieben oder zu hassen, Miles. Wie du das bestehende Ungleichgewicht wieder in Balance bringen und mit Klarheit und Bewusstsein, den Beginn eines neuen Abschnitts und den damit verbundenen Durchbruch erreichen willst, ist mir ein Rätsel", erklärte ich ihm.

Miles kniff mich in den Po und schaute mich mit diesem unwiderstehlichen Blick an.

„Lass dich einfach von mir überraschen, Kim. Denk nicht so viel darüber nach", meinte er.

„Nein! Dankeschön! Weißt du, ich habe von deinen komischen Überraschungen die Schnauze voll! Was hält denn Helen überhaupt von solchen Spielchen?", hakte ich nach.

Miles blieb mir wieder eine Antwort schuldig, umgriff mich fester und tanzte mit mir durch den Saal, das mir schwindlig wurde. Meine Gedanken schwirrten nur so durcheinander und ich fragte mich wiederholt, was in seinem Kopf vorging. Endlich wurde eine Tanzpause eingelegt und ich entwand mich schnell aus seinem Griff. Miles warf den Kopf zurück und lachte amüsiert auf. Verstört machte ich mich auf die Suche nach Bill. Er stand mit dem Rücken zu mir an einem der Fenster in der Vorhalle und blickte starr in den Park. Ich lief auf ihn zu und berührte ihn. Bill erschrak, wandte sich mir zu und schaute mich erstaunt an. Ich erzählte ihm, was vorgefallen war.

„Also, wenn ich ehrlich sein soll, bin ich mir gar nicht mehr so sicher mit unserem Plan. Mir läuft alles aus dem Ruder und ich spüre, dass Miles an diesem Abend etwas Bestimmtes bezweckt", teilte ich ihm mit.

Bill nahm mich in den Arm und redete mir gut zu.

„Kim unser Spiel ist bis ins Kleinste ausgeklügelt und ich bitte dich, es bis zum Ende mitzumachen. Falls es dir zu heikel wird, kannst du immer noch abbrechen. Du musst keine Angst haben, denn ich bin immer in deiner Nähe und werde dir jederzeit zu Hilfe eilen. Und nun zu Helen, denn die ist nicht ganz ohne, wie sie immer vermitteln möchte. Sie ist einem kleinen Seitensprung von ihrer Seite aus nicht abgeneigt. Ich hatte die ganze Zeit damit zu tun, sie im wahrsten Sinne des Wortes von meinem Körper zu halten, was keineswegs einfach gewesen ist."

Ich musste lachen.

„Na, auf das dumme Gesicht von ihr bin ich gespannt, wenn sie nicht zum Zug kommt. Ob Miles überhaupt weiß, was seine Verlobte für ein Früchtchen ist? Miles angelt sich grundsätzlich immer die falschen Frauen", fügte ich hinzu.

Bill fing zu grinsen an.

„Deshalb passt ihr beide ja auch so gut zusammen in Bezug auf falsche Partner. Ihr gebt wirklich das ideale Pärchen dafür ab", meinte er und ich knuffte ihn in die Seite.

Er schnappte mich an der Hand und wir gingen in den

Tanzsaal zurück. Helen hielt bereits Ausschau und zog ihn besitzergreifend von meiner Seite. Ich schaute kopfschüttelnd hinter beiden her und dachte mir, dass Frechheit immer wieder siegt. Armer Bill, schoss es mir durch den Kopf und nahm einem vorbeilaufenden Kellner die nächsten zwei Gläser Sekt vom Tablett. Ich ließ meinen Blick etwas in die Runde schweifen und fühlte mich unwahrscheinlich ausgelaugt. Ich lief zurück in Richtung Vorhalle. Dort setzte ich mich auf eine der Fensterbänke, hing meinen Gedanken nach, was die Zukunft bringen würde und schwor mir, jetzt alles so hinzunehmen, was es in Bezug auf Miles geben würde. Ich war es einfach leid, ständig um meine Liebe kämpfen zu müssen. Meinen Part heute Abend würde ich dennoch zu Ende spielen, um wenigstens etwas Klarheit zu erhalten. Wie lange ich so versteinert saß und vor mich hinstarrte, wusste ich nicht mehr, als plötzlich ein Schatten neben mir auftauchte. Ich zuckte erschrocken zusammen und sah langsam hoch. Natürlich war es wieder einmal Miles. War ja klar, dass er mir auf die Pelle rücken würde. Miles räusperte sich und fragte um Erlaubnis, sich neben mich setzen zu dürfen. Nickend stimmte ich zu, ohne ihm in die Augen zu sehen. Ich nahm hastig einen Schluck Sekt aus meinem Glas und reichte ihm das zweite rüber, was er dankend annahm. Langsam rutschte ich auf der Fensterbank nach hinten, lehnte mich mit meinem Rücken an die Glasscheibe und schloss meine Augen. An der Bewegung und dem Luftzug neben mir, verspürte ich, dass Miles sich ebenfalls zurückgelehnt hatte. Ich bekam Herzklopfen, meine Gefühle kamen in Wallung und ich musste mich beherrschen, um nicht in seine Richtung zu sehen. Plötzlich ergriff er meine linke Hand, legte sie in seine und streichelte zärtlich darüber. Ich hielt meine Augen geschlossen, genoss diesen schönen Moment und erwiderte zögernd seine Streicheleinheiten. Wir saßen beide eine zeitlang nur schweigend nebeneinander, als Miles mich ganz sanft an sich zog und anfing mich vorsichtig zu küssen. Mein Sektglas, dass mir vor lauter Überraschung aus der Hand zu Boden fiel, zersprang dort klirrend. Mein Puls raste, ich hatte das Gefühl zu explodieren und dachte bei mir, dass wir einfach nicht voneinander lassen konnten. Langsam erwiderte ich die Küsse von Miles und mein Verlangen nach ihm wurde immer stärker. Mir war klar, dass wir im Bett landen würden. Miles küsste immer fordernder und wieder verbissen wir uns regelrecht ineinander. Ich hielt meine Augen weiterhin geschlossen und stöhnte vor Erregung. Ich legte meine Arme um seinen Hals und klammerte mich regelrecht fest. Miles löste ganz vorsichtig seine Lippen von meinen, hob mich auf seine Arme, stand auf, schaute sich kurz um, lief in Richtung Küche und ich ließ es einfach geschehen. Miles schnappte sich in der Küche zwei Gläser und zwei Flaschen Sekt aus dem Kühlcontainer. Er trug mich ins Schlafzimmer, stellte Gläser und Sekt ab und legte mich auf das Bett. Ich blieb entspannt liegen, genoss die Situation, in die mich Miles brachte und schwor mir, meinen Gefühlen trotzdem freien Lauf zu lassen. Ich hatte nichts aber auch gar nichts zu verlieren. Miles legte sich zu mir, beugte sich über mich und machte da weiter, wo er vorhin in der Halle aufgehört hatte. Seine bekannten Fingerspielchen lösten in mir alle Anspannungen, ich verlor mich einfach und legte alles in seine Hände. Völlig verzückt lag ich neben Miles, der meine Hüften umfasste und mich eng an sich zog. Ich küsste Miles ganz vorsichtig, zeichnete seine Gesichtskonturen mit meinem Finger nach und bat um etwas zu trinken. Er stand auf, kam meiner Aufforderung nach, schloss vorsorglich die Tür ab, schaltete im vorbeigehen den Lautsprecher ein, der mit dem Tanzsaal verbunden war und nun ertönte die Musik auch hier. Ich hatte mich aufgesetzt, griff nach den Gläsern und stellte sie vor das Bett. Miles nahm neben mir Platz, öffnete die Flasche Sekt und da passierte es, der Sekt schoss in einer Fontäne hoch und ihm genau auf das Hemd. Miles fluchte und hielt die Flasche genervt in eine andere Richtung. Das war meine Gelegenheit. Ich nutzte sie schamlos aus, schubste ihn nach hinten auf das Bett, setzte mich über ihn und fing an sein Hemd ganz langsam aufzuknöpfen. Mein Kleid rutschte bei dieser Aktion sichtlich nach oben und gab mehr preis als es sollte. Miles bekam Stielaugen, verlor komplett die Fassung, umfasste meine Hüften und versuchte mich auf die Seite zu drücken. Nicht so schnell, dachte ich mir und hatte Glück, dass die Sektflasche, die er immer noch in der Hand hielt, ihm erhebliche Probleme bereitete sein Vorhaben umzusetzen. Ich nahm ihm die Entscheidung ab und auch die Flasche, goss Miles etwas Sekt auf den Brustkorb und begann damit, diesen genüsslich abzulecken. Miles der damit nicht gerechnet hatte, blieb ruhig liegen und schaute mich erstaunt an. Geschafft, denn genau an diesen Punkt wollte ich ihn haben und nun konnte ich ihm einheizen, dass ihm Hören und Sehen verging. Miles stöhnte unter mir und ich musste gestehen, dass ich in Gedanken an seinen muskulösen Körper nun auch langsam anfing in den Rausch der Erektion zu geraten. Ungeduldig nestelte er an meinem Bustier herum und versuchte verzweifelt das Kleid auf zu bekommen. Ich grinste und wusste, dass er damit noch einige Zeit beschäftigt sein würde. Inzwischen machte ich mich an seiner Hose zu schaffen und merkte, dass er im wahrsten Sinne des Wortes unter Hochspannung stand. Na warte Freundchen, dem konnte abgeholfen werden, dachte ich und befreite sein bestes Stück aus dem engen Gefängnis. Miles hatte inzwischen ertastet, dass ich überhaupt keine Unterwäsche trug und schob mir das Kleid weiter nach oben. Seine Versuche dieses aufzubekommen waren leider gescheitert und er hatte entnervt aufgegeben. Da packte er meine Hüften und zog mich langsam nach unten. Dieses Spiel kannte ich ja bereits. Ich bekam schon wieder eine Gänsehaut am ganzen Körper nur allein an den Gedanken, dass er wieder Stück für Stück in mich eindrang. Miles setze meinen verruchten Gedanken in die Tat um und ich stöhnte genussvoll auf. Ich beugte mich zu Miles, küsste ihn und fing an mich rhythmisch auf und ab zu bewegen. Miles krallte sich in meine Oberarme fest, schob meinen Oberkörper nach hinten, um mir in die Augen sehen zu können. Ich hielt diesmal seinem durchdringenden Blick eisern stand. Wir lieferten uns mit den Augen ein regelrechtes Gefecht, steigerten uns noch weiter in Ekstase und als ich sah, dass Miles kurz davor war zu kommen, stieg ich von ihm herunter. Dieser war ja immer für eine spontane Überraschung gut und schien nur darauf gewartet zu haben. Er schnappte mich und bevor ich reagieren konnte, hatte er den Spieß umgedreht und ich lag unter ihm. Ich versuchte mich zu befreien, drückte gegen seinen Brustkorb, aber Miles hatte einfach zuviel Kraft. Er streichelte mich und ich ließ ihn gewähren. Als er mich küsste, verbiss ich mich wieder in seine Unterlippe und legte meine Beine um seine Hüften. Miles musste wohl oder übel auf dieses Spiel mit eingehen. Diese Stellung schien ihn mächtig anzuspornen und Spaß zu machen, denn ich bekam keuchend einen Höhepunkt nach dem anderen. Er legte seine Arme unter meine Hüften, hob mich leicht an, setzte sich etwas zurück und weiter ging es zur Sache. Miles hatte mich so in seiner Umklammerung und sich selbst so in Ekstase gesteigert, dass ich fast keine Luft mehr bekam. Ich versuchte mich zu befreien, aber es gelang mir nicht, denn Miles gab mich nicht frei. Er konnte gar nicht genug von mir bekommen und ich fragte mich, wo er plötzlich diese Energie hernahm. Ich kostete sein Verlangen nach mir aus und ließ mich einfach fallen. Meine Kräfte verließen mich langsam und ich keuchte Miles ins Ohr, dass ich nicht mehr konnte. Dieser nutzte meine Schwäche aus, grinste mich frech an und nahm mich richtig her. Miles schien seinen Höhepunkt erreicht zu haben und explodierte förmlich in mir. Er bäumte sich auf, legte mich wieder in die horizontale und blieb danach erschöpft auf mir liegen. Ich war völlig fertig und verschwitzt. Wie mein Kleid nach diesem Ritt aussah, wollte ich erst gar nicht wissen, geschweige sehen. Miles sah auch ziemlich ramponiert aus und grinste mich unverschämt an.

„Nun habe ich dir mein Stehvermögen ja gekonnt und ausdauernd unter Beweis gestellt", warf er ein.

„Verdammt! Miles du bist einfach nur ein unmöglicher Mensch", gab ich von mir.

Ich wurde feuerrot im Gesicht und dachte an den Abend im Kavaliershaus, als ich ihn gezeichnet hatte. Mit Erstaunen stellte ich fest, dass mir gar nichts mehr an meinem Plan lag, ihn mit Gewalt an mich zu binden. Das Schicksal sollte entscheiden. Miles sah mir ganz lange in die Augen, nahm eine Haarsträhne von mir in die Hand, wickelte sie sich langsam um den Finger und ließ sie wieder los. Entspannt lächelte er, umarmte mich und überschüttete mich mit weiteren Küssen. Ich schüttelte den Kopf und schob ihn von mir. Miles erhob sich und erinnerte mich daran, dass er mir noch eine Überraschung versprochen hatte. Ich blickte ihm verwirrt in die Augen und sah darin dieses eigenartige, wissende Aufblitzen. Miles hielt meinem Blick stand, reichte mir seine Hand und half mir hoch. Beide gingen wir in das kleine Badezimmer neben dem Schlafraum. Als ich mich im Spiegel sah, erschrak ich vor mir selbst. Mein Make-up war völlig verschmiert und meine Haare hingen wirr herum, als wenn ich in die Steckdose gelangt hätte. Mein Gesicht war mit roten hektischen Flecken überzogen, die sich über meinen Hals verbreiteten. Den Kopfschmuck hatte ich irgendwo im Bett verloren und mein Kleid war völlig verknittert. Miles brach in lautes Gelächter aus, als er meinen ungläubigen Blick im Spiegel erhaschte. Ich boxte ihn in die Seite und machte ihm klar, dass ich so nicht mehr im Saal erscheinen konnte, ohne mich zu Tode schämen zu müssen. Man würde mit Sicherheit erkennen, was wir beide da vor ein paar Minuten getrieben hatten. Was würde überhaupt Helen und Bill dazu sagen, wenn sie uns in diesem desolaten Zustand sahen. Miles kam auf mich zu, zog mich an sich und drückte mir einen Kuss auf die Stirn. Ich schickte ihn nach draußen und bat ihn, nach meinem Schmuck zu suchen. Zwischenzeitlich versuchte ich mich wieder einigermaßen in Fasson zu bringen, was mir sichtlich schwerfiel. Miles kam grinsend ins Bad zurück und überreichte mir die Utensilien. Ich kämmte mir die Haare so gut wie möglich und befestigte die Kette mit dem Stein wieder um den Kopf. Ein Blick in den

Spiegel zeigte, dass ich so einigermaßen hofierbar war. Miles konnte es natürlich nicht lassen, mich zu ärgern. Er schnappte mich ohne Vorwarnung und versuchte erneut das Kleid nach oben zu schieben. Ich hieb ihm ordentlich auf die Finger, worüber er nur lachte und dreckig vor sich hin grinste. Er schaute auf seine Uhr.

„Kim, ich glaube es ist jetzt besser, wenn wir uns wieder im Saal blicken lassen. Sicher ist unser längeres Verschwinden Bill und Helen aufgefallen", meinte er.

Ich ergriff seine Hand und schaute ihm in die Augen.

„Miles, was soll geschehen? Wir konnten uns nicht beherrschen und sind wieder übereinander hergefallen. Außerdem habe ich keine Lust mehr die zweite Geige spielen zu müssen", erklärte ich mit Nachdruck.

Vorsichtig legte er mir seinen Finger auf die Lippen.

„Darüber brauchst du dir keine Sorgen mehr machen. Ich bin mir bereits über etliches klar geworden, Kim."

Miles zog sich schnell ein frisches Hemd an und wir verließen den Ort des Geschehens. Langsam gingen wir beide in die Vorhalle zurück, wo Bill bereits stand und auf mich zu warten schien. Ich ging auf ihn zu, stupste ihn am Arm und Bill drehte sich herum. Er sah mich lange und wissend an und konnte sich ein schmutziges grinsen nicht verkneifen. Dann griff er mir ins Haar, zog einige Daunenfeder daraus hervor und hielt sie mir hin. Ich riss entsetzt meine Augen auf und schnappte sie mir. Dann wurde ich wieder einmal rot und blickte Richtung Miles. Er stand abwartend ein paar Schritte abseits und fixierte Bill mit Blicken. Bill schaute mich lange an, ging zielstrebig auf Miles zu und reichte ihm die Hand.

„Okay. Wie es scheint, habt ihr gerade ein Hühnchen miteinander gerupft. Nun scheinst du doch gewonnen zu haben und ich räume das Feld. Ich beglückwünsche dich zu deinem Erfolg", gab Bill grinsend von sich.

Beide Männer unterhielten sich sehr lange. Ich konnte nicht alles verstehen und hatte Angst, dass die beiden sich noch prügelten. Miles schaute ab und zu in meine Richtung.

„So und nun zum Thema Helen. Sie ist es überhaupt nicht wert geliebt zu werden. Den ganzen Abend über hat sie versucht ein Techtelmechtel anzufangen, um mich ins Bett zu bekommen. Helen scheint auch nur ein Auge auf dein Geld geworfen zu haben, wie Trixi. Entscheide dich endlich, wen du wirklich liebst und wem du dein Vertrauen entgegenbringen kannst. Und nun will ich dich über das Verhältnis zwischen Kim und mir aufklären. Ich bin homosexuell und oute mich gerade. Die Verlobung von Kim ist nur aus Not und Verzweiflung heraus entstanden. Wir wollten dir nur eins auswischen, damit du endlich aufwachst. Miles ich lege dir ans Herz, dass Kim dich bedingungslos liebt und bereit ist wirklich alles für dich zu tun. Was suchst du eigentlich? Bist du wirklich so blind, dass du noch nicht bemerkt hast, dass du die perfekte Frau bereits gefunden hast?", fragte Bill.

Miles schaute ziemlich verduzt in Bills Gesicht und dann in meine Richtung. Bill klopfte ihm auf die Schulter und winkte mir zu.

„Alles Gute. Kim, wenn du Hilfe benötigst bin ich im Tanzsaal zu finden", rief er mit entgegen.

Mir wurde schlagartig klar, dass Bill alles aufgeklärt hatte. Meine Knie fingen das zittern an und mir wurde schlecht. Ich musste mich setzen und erneut kam mir eine der Fensterbänke dabei zu Gute. Miles schritt ganz langsam auf mich zu und ließ sich neben mich fallen. An seiner Reaktion konnte ich erkennen, dass er an dem, was Bill ihm offenbart hatte ziemlich zu knabbern schien. Er schüttelte seinen Kopf, stützte seine Arme auf die Beine, stöhnte gequält auf, legte seinen Kopf in seine Hände und blieb so eine Zeit neben mir sitzen. Ich schaute ihn unsicher von der Seite an, wäre am liebsten weggerannt und zog es vor meinen Mund zu halten. Er stand ohne Vorwarnung abrupt auf, zog mich hoch und eilte, mich energisch hinter sich herziehend, in Richtung Tanzsaal. Ich war so überrascht über seine Reaktion, dass ich mich ständig in meinem Kleid verhedderte, stolpernd hinter ihm herlief und versuchte mit ihm Schritt zu halten, um nicht zu stürzen. Miles stürmte auf den DJ zu, raunte ihm etwas ins Ohr, dass ich nicht verstand und marschierte mit mir an der Hand ohne Umschweife auf die große Treppe zu, die in die oberen Räume führte. In der Mitte der Treppe hielt Miles inne, zog mich herum, sah in Richtung des DJ, nickte kurz und die Musik brach ab. Sämtliche Gäste schauten in unsere Richtung. Mir wurde mulmig, da ich nicht wusste, was Miles mit mir vorhatte und versuchte mich aus der Hand von Miles zu winden. Es gelang mir nicht, da er mich extrem festhielt. Mein Herz schlug bis zum Hals und ich schaute in die Runde. Gespannt waren alle Blicke auf uns gerichtet. Miles schaute sich gezielt im Saal um, erblickte Helen und bat sie an unsere Seite. Mit triumphierendem Blick in meine Richtung schritt sie nach oben. Ich bekam Panik und fühlte mich von Miles vor seinen Gästen vorgeführt. Eine stille Ahnung stieg in mir hoch und mein Puls setzte stellenweise aus. Miles wollte sich für alles an mir rächen und mich mit Sicherheit vor den Anwesenden brüskieren. Seine Überraschung, die er mir versprochen hatte, war ein Heiratsantrag an Helen. Verzweifelt versuchte ich mich erneut aus seiner

Umklammerung zu lösen, als sich Helen bereits neben uns gesellte. Miles drückte erneut meine Hand und befahl mir, endlich mit dieser Zappelei aufzuhören. Er schaute Helen lange ins Gesicht und wandte sich dann an die versammelte Menge. Ich schloss meine Augen, atmete tief und geräuschvoll ein und hoffte, dass alles schnell vorbei war. Miles begann zu sprechen.

„Sehr verehrte Gäste, ich habe zwei Entscheidungen zu treffen, die mir nach einigen Vorkommnissen am heutigen Abend sicherlich leichtfallen werden. Die Entscheidungen werden für die neben mir stehenden Damen zum Teil in einem positiven und negativen Ergebnis enden", teilte er mit.

Ich öffnete stöhnend meine Augen und starrte Miles von der Seite her an. Dieser drehte sich im gleichen Moment in Helens Richtung.

„Ich löse meine Verlobung mit dir, Helen. Du bist es nicht wert, dass du als Ehefrau an meiner Seite lebst. Eigentlich wollte ich dir heute einen Heiratsantrag machen. Nachdem du jedoch meinem besten Freund eindeutige Angebot gemacht hast, ist mir bewusst geworden, dass auch du ein Fehlgriff gewesen bist. Erneut ist man nach meinem Geld ausgewesen und damit ist nun entgültig Schluss", gab er bekannt.

Ein Raunen ging durch die Gäste und alle blickten zu Helen. Diese schaute Miles wortlos und wütend ins Gesicht. Dann sah sie in meine Richtung und giftete mich an. Wenn Blicke in diesem Moment getötet hätten, wäre ich auf der Stelle umgefallen. Helen riss sich den Verlobungsring vom Finger, schmiss ihn Miles vor die Füße und rannte wie vom Teufel verfolgt die Treppe hinunter. Der Ring kullerte ein paar Stufen tiefer und blieb liegen. Völlig verwirrt und entgeistert schaute ich Miles von der Seite an, als sich dieser zu mir wandte. Er nahm meine Hand hoch, die bereits schon ganz rot von seinem Druck war, führte sie zu seinem Mund und küsste sie. Miles drehte sich erneut zu seinen Gästen.

„In Kim habe ich die wahre Liebe gefunden. Obwohl ich sie in vergangener Zeit wirklich schäbig und unfair behandelt hatte, war sie im Gegensatz zu mir, immer für mich da. In der Zeit als es mir sehr schlecht ging, stützte und stärkte sie mich."

Miles drehte sich in meine Richtung und schaute mir tief in die Augen.

„Kim, willst du meine Frau werden und kannst du mir jemals verzeihen?", fragte er mich.

Mit offenem Mund schaute ich ihn an und ließ dann meinen Blick in die Runde schweifen. Verzweifelt hielt ich nach Bill Ausschau. Dieser winkte mir verstohlen aus einer Ecke zu und signalisierte mir das Zeichen für Okay. Völlig benommen und das eben gehörte noch verdauend, sah ich Miles verzweifelt in die Augen, die mich wiederum bittend anblickten. Ich schaute ihn lange und forschend an, während die letzten Monate im Zeitraffer vor meinem inneren Auge abliefen. Plötzlich war ich mir nicht mehr so sicher, ob ich Miles noch wollte und hatte das Gefühl, dass er mich nur begehrte, um seinen Bedürfnissen in sexueller Hinsicht gerecht zu werden. Was wäre, wenn ich ihm das Ja-Wort geben würde. Ob Miles mir dann auch auf ewig treu blieb? Meine Gedanken überschlugen sich und ich rief mir in Erinnerung, dass ohne Hilfe von Bill, dieser Abend heute völlig anders verlaufen wäre. Eigentlich wäre ich gar nicht hier, wenn er nicht so gedrängt hätte und es würde jetzt in diesem Moment Helen an Miles Seite stehen und diesen Heiratsantrag entgegennehmen. Miles schien noch nicht begriffen zu haben um was es mir in Wirklichkeit ging. Ich führte einen inneren verzweifelten Kampf mit meinen Gefühlen und mir traten die Schweißperlen auf die Stirn. Ich schluckte.

„Miles ich fühle mich wirklich sehr geehrt. Nur hast du überhaupt nicht begriffen, um was es mir geht. Mir genügt dein Antrag in dieser Form nicht und du musst dir etwas Besonderes einfallen lassen, damit du mich als deine Ehefrau gewinnen kannst", erklärte ich.

Er schaute mich nach dieser Offenbarung geschockt an und schluckte. Aus den Reihen der Gäste bekam ich Rückendeckung. Einige klatschten und meinten zu Miles, dass ihn endlich jemand in seine Schranken verwiesen hätte. Sie gaben mir durchaus Recht und wenn er wirklich ernsthaft an mir interessiert wäre, müsste er hart kämpfen, um mich zu bekommen. Ich stellte mich auf Zehenspitzen und küsste ihn lange auf den Mund.

„Miles? Verzeih, was ich gerade gemacht habe. Mir ist diese Entscheidung nicht leichtgefallen, aber Liebe tut oft sehr weh", gestand ich ihm.

Ich drehte mich um und lief eilig die Stufen hinab. Bill stand bereits am letzten Treppenabsatz und nahm mich schweigend in Empfang. Er schaute mich an und wir verstanden uns auch ohne Worte. Mit Tränen kämpfend, bat ich ihn mich nach Hause zu bringen. Bill drückte mich kurz an sich und legte schützend seinen Arm um meine Schulter. Er winkte in Miles Richtung und dann verließen wir die Feier. Wir stiegen in ein Taxi und ich brach entgültig heulend zusammen. Bill reichte mir eine Packung Taschentücher.

„Du hast richtig gehandelt Kim. Dies scheint wirklich der einzige Weg zu sein, um Miles zum Nachdenken zu bewegen. Wenn Miles dich wirklich ernsthaft liebt, ist es für ihn an der Zeit, dass er um dich kämpft."

Bill nannte dem Taxifahrer eine Adresse und dieser guckte betroffen über meinen Gefühlsausbruch in den Rückspiegel. Während er losfuhr, schaute ich aus dem Heckfenster zum Schloss und erblickte Miles, der mit meinem Kapuzencape über dem Arm völlig verloren in der Tür stand. Bill der meinen sehnsüchtigen Blick verfolgt hatte, schaute ebenfalls zurück.

„Kim, nun mach dir doch keine unnötigen Gedanken. Wenn Miles einen Funken Intelligenz besitzt, nimmt er den Umhang zum Anlass, um mit dir in Verbindung zu treten", meinte Bill an mich gewandt.